CHANSON
DE LA NEIGE SILENCIEUSE

DU MÊME AUTEUR

Last Exit to Brooklyn
Albin Michel, 1971

La Geôle
Albin Michel, 1972
10/18, 1982

Le Démon
Les Humanoïdes associés, 1977
10/18, 1984

Retour à Brooklyn
Les Humanoïdes associés, 1980
10/18, 1984

Hubert Selby Jr.

CHANSON DE LA NEIGE SILENCIEUSE

Traduit de l'américain
par Marc Gibot

Quai Voltaire

Les quinze textes de ce recueil ont été écrits et parfois publiés sous les titres originaux suivants :

« Le Jour de chance de gros Phil » : *Fat Phils Day,* 1958, in *Neon.*
« Salut champion » : *Hi Champ,* 1978.
« La Dernière Séance » : *Double Feature,* 1957, in *Neon.*
« Le Biscuit porte-bonheur » : *Fortune Cookie,* 1978.
« A quoi penses-tu? » : *A Penny for your Thoughts,* 1958, in *Moderns.*
« Liebesnacht » : *Liebesnacht,* 1981.
« Le Bruit » : *The Sound,* 1967.
« Je suis bien sage » : *Im being good,* 1980.
« L'été de la Saint-Martin » : *Indian Summer,* 1957 (revu en 1981).
« Un peu de respect » : *A Little Respect,* 1978, in *Special TV Supplement* (publié par The American Federation of Teachers).
« La Puberté » : *Puberty,* 1957 (revu en 1981).
« Le Manteau » : *The Coat,* 1978.
« Le Musicien » : *The Musician,* 1979.
« Des baleines et des rêves » : *Of Whales and Dreams,* 1980, in *Whales, a Celebration,* 1983.
« Chanson de la neige silencieuse » : *Song of the Silent Snow,* 1981.

Titre original :
Song of the Silent Snow

A ma femme Suzanne
qui chanta cette mélodie avec moi

LE JOUR DE CHANCE
DE GROS PHIL

Je sortais généralement du catéchisme vers dix heures trente et j'allais réveiller les copains et nous attendions au coin de la rue que la partie de passe anglaise commence. On y jouait tous les dimanches, même s'il faisait froid ou si le temps était pourri. Et gros Phil sortait de chez lui vers huit heures avec son attirail et il cirait les pompes de tous les mecs qu'allaient à l'église depuis la messe de neuf heures jusqu'à celle de onze heures trente. Il se postait au coin de la rue, l'air bien miteux et bien cradingue, et il se faisait un fric fou. Si quelqu'un lui demandait son âge, il se rajeunissait de trois ans et disait qu'il en avait dix et qu'il était soutien de famille. Il avait un baratin terrible et les culs bénis buvaient ça comme du p'tit lait. Enfin bref, quand il avait fini de cirer les pompes, il se pointait dans la 3e avenue pour jouer à la passe anglaise. Généralement moi et Fritz, on jouait jusqu'à c'qu'il nous reste dix cents et on les gardait pour aller au ciné, mais parfois on se faisait quelques dollars. Mais c'dimanche-là, Phil avait un pot terrible et il lessivait tout le monde. Danny, un p'tit truand à moitié givré qui créchait du côté de la 43e rue venait souvent et il flambait à tort et à travers, mais aujourd'hui, il était pas là et c'est nous qui devions parier contre le Grec. Si Danny avait été là, on aurait pu profiter du pot de Phil, mais il était pas là. En tout cas, chaque fois que Phil faisait rouler les dés, il y avait un abattage, et même s'il obtenait un point [1], il amenait le point en suspens au coup suivant. Après sept ou huit tours, il jouait sur toutes les chances possibles et gagnait : les hard ways [2], les points au-dessus ou en dessous de 7, et les points en suspens, il les ressortait, et tout ce qu'on mettait sur le tapis, il le raflait. On essayait tout pour faire cesser ce pot infernal, pour lui porter la poisse ou pour que les dés soient cassés et annuler le coup, mais il gagnait toujours. Et chaque fois qu'il lançait les bobs, il rugissait et gueulait, Allez-y mes salauds, qui veut parier? J'ai l'pot. Allez, allez, qui veut parier contre moi? Allez, encore cinquante cents, et quelqu'un les allongeait et il faisait rouler les bobs et gagnait encore une fois, et il hurlait et raflait le fric et on avait beau tenter de faire annuler un coup sur deux, il continuait à gagner et on était presque tous fauchés, et on s'est mis à lui taper sur la tête et à jeter ses boîtes de cirage, et il courait après, revenait et lançait à nouveau les dés, et il gagnait encore une fois et criait qu'il allait tous nous lessiver, et Booby lui a collé un bon gnon dans le bras et lui a dit que s'il passait pas la main il allait lui casser la gueule, et Phil gagnait toujours, mais maintenant il riait plus si fort, et chaque fois qu'il ramassait son pognon, on lui foutait un coup de pied dans le cul ou un pain sur la tête mais il n'arrivait pas à perdre. Il sortit un 4, et Sal le força

1. Il y a abattage si le joueur obtient l'un des deux points : 7 ou 11. Il perd s'il obtient l'un des trois points : 2, 3 ou 12. Dans les autres cas, le point est en suspens. Le joueur gagne s'il amène le point en suspens et perd s'il sort le point 7. *(N. d. T.)*

2. Les hard ways se jouent sur les totaux 4, 6, 8 ou 10 formés par des doubles. Ces chances gagnent si le double choisi sort. *(N. d. T.)*

à parier tous ses gains qu'il sortirait pas un double 2, et Phil posa le fric sur le tapis en chialant presque, et il fit rouler les dés et deux 2 sortirent et Sal lui dit qu'il allait lui écraser sa boîte à cirages sur sa sale gueule de Grec s'il perdait pas, et Phil dit qu'il voulait bien passer la main, et Sal lui dit qu'il allait jouer jusqu'à c'qu'il perde un point c'est tout ou on le tuerait, et il ramassa les dés, et il y eut encore un abattage et maintenant, on le rouait de coups et il chialait presque mais il continuait à ramasser le pognon et on lui alignait les coups de pied dans le cul, Sale fils de pute. Allez les mecs, foutez-moi la paix – pan – allez, merde. Rendez-moi ma brosse – pan – siouplaît – et il faisait rouler les bobs – Arrêtez les mecs. Allez, hein? Et il se protégeait la tête, attendant que nous ayons joué, et il obtint un point, et quand il ramassa les dés, on le démolit à coups de poing et à coups de pied, et il cessa de nous implorer pour se mettre à supplier les dés, Allez, un 7, un p'tit 7, siouplaît, et il lança encore une fois les dés, et finalement un 4 et un 3 sortirent, et il sauta en l'air et hurla, SEPT! Z'avez vu, un 7! J'ai perdu, j'ai perdu. Un 7, un 7! et il saisit sa boîte à cirages et s'enfuit comme s'il avait le feu aux fesses.

SALUT CHAMPION

Il trouva une place au milieu du bar et commanda un cocktail en souriant au barman. Il n'y avait pas trop de monde, pas encore, mais il savait que les employés des bureaux voisins n'allaient pas tarder à arriver, suivis par la foule des dîneurs et par les gens qui venaient prendre un verre avant d'aller au théâtre. Le barman le servit et sourit, Comment allez-vous ce soir?

Oh, bien, très bien. Harry prit son verre et regarda autour de lui s'il était déjà arrivé, mais il ne le vit nulle part. C'était à prévoir, il n'arrivait jamais si tôt. Il goûta son cocktail, puis reposa son verre sur le bar. Il n'était pas très porté sur la boisson, mais il prenait volontiers un verre ou deux de temps à autre. En fait, il avait bu davantage au cours de la semaine passée qu'à tout autre moment de sa vie. Peut-être plus qu'au cours de sa vie tout entière... ou du moins, plus qu'en un an. Mais c'était vendredi aujourd'hui, et demain soir, il avait rendez-vous avec Rita; alors, il devait lui parler ce soir. C'était maintenant ou jamais...

Il ne savait vraiment pas de quoi il avait peur. Sa requête était simple, et il lui suffirait de répondre par oui ou par non. Voilà tout. Il n'arrivait pas à comprendre pourquoi il lui était si difficile de lui poser la question, pourquoi il se sentait si gêné.

Il était venu ici, chez Jack Dempsey, tous les soirs de cette semaine pour le lui demander et, pour une raison obscure, il ne s'était pas décidé à le faire. Il rentrait chez lui et y pensait, et il se disait qu'il n'y avait rien de plus simple, et il décidait d'aller le trouver et de lui sourire, tout bonnement, et de lui poser la question, et voilà. Et toute la journée, au bureau, il se répétait qu'il n'y avait pas de quoi en faire un plat, et il attendait le soir avec impatience pour enfin lui poser la question, et puis, quand il se retrouvait au bar, à attendre, répétant mentalement son rôle, quelque chose se glaçait en lui, et il ne pouvait se décider à quitter le bar pour s'avancer vers Jack Dempsey qui accueillait les clients. Il savait que sa requête n'avait rien d'inhabituel, qu'il lui suffisait d'aller le trouver en souriant, Salut champion, je m'appelle Harry Lewis.

Bonsoir monsieur Lewis. Comment allez-vous ce soir?

Bien, très bien, champion.

Parfait.

Je me demandais si vous pourriez me rendre un service.

Je peux essayer. De quoi s'agit-il?

Je dois venir dîner ici demain soir avec une jeune femme qui m'intéresse tout particulièrement, et je me demandais si vous pourriez m'appeler par mon prénom, vous savez, pour faire bonne impression.

Mais bien sûr – il souriait à Harry – j'en serais enchanté, Harry.

Et ils riaient de concert, et Harry retournait au bar, ravi, et en rentrant chez lui, il se repassait le film de son arrivée au restaurant avec Rita, et Jack Dempsey lui mettait la main sur l'épaule et l'accueillait comme un frère que l'on a perdu de vue depuis longtemps. Et Harry se repassait le film si souvent qu'il était surpris que la pellicule ne fût pas encore usée.

Tous les jours et tous les soirs de cette semaine, il avait joué et rejoué cette scène et pourtant, il était encore là, à attendre. Mais il ne pouvait attendre plus longtemps. Son rendez-vous était pour demain soir. Il jeta un coup d'œil alentour... toujours pas là. Il consulta sa montre. Encore une quinzaine de minutes. Ce soir, voilà ce que je vais faire : j'irai le trouver dès qu'il arrivera. Ne pas risquer de le voir se lancer dans une conversation... Ouais, c'est la meilleure solution. Il hocha la tête, finit son verre et en commanda un second.

Il percevait confusément des bribes de conversation autour de lui, mais son attention se fixait de plus en plus sur la porte, et il souriait en voyant les gens se frayer un chemin vers le bar. Plus il y avait de monde, plus les gens se tapaient dans le dos, se hélaient joyeusement et se payaient mutuellement à boire, plus Harry se sentait isolé. Je dois être l'unique personne seule ici.

Et il semblait y avoir plus de monde que d'habitude, beaucoup plus de monde... plus de gens qui riaient, parlaient fort, plus... plus... plus d'animation. Quelque chose. Il le sentait. Cela le rendait nerveux et irritable. Il regarda autour de lui, aussi discrètement que possible, et personne ne paraissait s'intéresser à lui, mais il dut admettre que, logiquement, ils parlaient très certainement de lui puisqu'il se trouvait là seul, et qu'il ne faisait manifestement pas partie des habitués. Peut-être le considéraient-ils comme un intrus, ou comme un blanc-bec... ou tout simplement comme un type qui passait par là et était entré par hasard – Harry se sentit soudain pris au piège par les gens qui l'entouraient. C'était étrange, mais il avait presque envie de s'enfuir, enfin pas vraiment de *s'en-*

fuir, mais de partir. Mais il savait que c'était impossible. Il fallait qu'il voie le champion ce soir! La tension qui l'habitait allait croissant, et ce qui se passait dans sa tête l'obnubilait de plus en plus, et ces deux phénomènes augmentaient sa confusion et le poussaient à s'éloigner des autres clients du bar, et quand il vit Jack Dempsey, il se sentit propulsé vers lui.

Ah... Heu, heu, monsieur Dempsey, pourriez-vous...

Bonsoir. Comment allez-vous? Il tendit sa main et sourit.

Harry lui serra la main, hochant la tête à plusieurs reprises. Oh, ça va, heu, bien... heu, très bien. Il essaya de sourire, mais son visage se figea dans un rictus. Heu, comment allez-vous?

En pleine forme. Je ne me suis jamais senti mieux.

Harry continuait à hocher la tête, en s'efforçant de changer son rictus en sourire. Je me demandais si je pouvais, heu... enfin, vous savez... si je pouvais vous demander – Harry sentait les traits de son visage se crisper et se distordre, et il essayait désespérément de se raidir pour ne pas tomber à plat ventre...

Puis-je faire quelque chose pour vous?

Harry faillit pousser un cri de soulagement en acquiesçant, puis un autre de désespoir en s'apercevant qu'il ne parvenait pas à faire cesser ces foutus hochements de tête. Il y réussit enfin, et se figea dans un rictus. Harry respira profondément, Je dois venir dîner ici demain soir, avec quelqu'un, et j'aimerais que...

Dempsey eut un sourire rassurant, Vous voulez impressionner une fille, c'est ça?

Harry fit tout pour ne pas hocher la tête et ne pas grimacer. Oui.

Aucun problème. Comment vous appelez-vous?

Harry. Harry Lewis. Je ne sais comment...

Ravi de pouvoir rendre service. Il mit la main sur l'épaule de Harry. Je vous en prie, monsieur Lewis.

Harry sentit son visage se fendre en un large sourire.

Il faut que j'y aille. A demain soir.

Harry le regarda s'éloigner et se permit un hochement de tête... Puis il se retrouva dans la rue. Au grand air. C'était bon. Dieu que c'était bon. Il ne grimaçait plus. Du moins, il l'espérait. Sa vision était redevenue normale. Ne pas hocher la tête. Le visage qui fait tout drôle... Il gloussa. Faut t'détendre. Il marchait. S'arrêta. Regarda autour de lui. Où suis-je??? Ah oui, d'accord. Il ralentit l'allure. T'as tout ton temps... tout ton temps.

Les samedis passaient toujours tout seuls. Aucune réflexion, aucune prévision, ou presque, n'étaient nécessaires. Il se contentait de faire ce qui ne pouvait être fait que le samedi, comme le ménage, la lessive, les courses et les diverses choses que l'on n'a pas le temps de faire pendant la semaine. La laverie automatique se trouvait au coin de la rue, et il faisait des achats dans un magasin pendant le lavage, puis dans un second pendant le séchage, mais attendre une machine libre était ce qui prenait le plus de temps. Il en profitait pour consulter les magazines qu'il n'avait pas eu le temps de lire.

Quand il regagna son appartement, il fit du rangement, bricola, écouta un peu de musique et regarda un vieux film d'horreur à la télévision. L'après-midi était déjà bien avancé quand il se mit à penser à son rendez-vous avec Rita. Il fut bientôt l'heure de s'habiller et de partir.

Rita ouvrit la porte, toute souriante, Entrez. Mais n'allez pas trop loin, ou vous ressortirez par la porte de derrière. Du moins, c'est ce qui vous arriverait s'il y avait une porte de derrière. Rita pouffa et Harry se mit à rire. Je passe mon manteau, et je suis prête. Autrefois, je partageais un appartement plus grand avec une amie, mais j'ai jugé préférable d'avoir un logement plus petit et un peu d'intimité.

Harry l'aida à enfiler son manteau. Je suis d'accord avec vous. J'aime faire ce qui me plaît, quand ça me plaît... et avec qui me plaît. Elle se dirigea vers la porte, Attention, je vais ouvrir la porte. Elle gloussa.

Ils attendirent un taxi au coin de la rue. J'ai pensé que nous pourrions aller dîner chez Jack Dempsey. Cela fait un moment que je n'y suis pas allé, et j'aimerais voir si les lieux n'ont pas changé.

Elle sourit, Cela me convient parfaitement. Je ne crois pas y être jamais allée.

Voilà bien longtemps que je n'y ai pas mis les pieds, mais je crois que ça vous plaira.

Harry s'efforça de se décontracter quand ils entrèrent dans le restaurant. Il y avait un groupe de six personnes devant eux et, bien qu'ils pussent entendre la voix de Jack Dempsey, ils ne firent que l'entrevoir. Le maître d'hôtel arriva et conduisit le groupe vers sa table, et soudain, Jack Dempsey se trouva devant Harry et Rita.

Un sourire rayonnant éclaira le visage de Jack, Harry, Harry Lewis, comment vas-tu? Jack tapa dans le dos de Harry et lui serra la main, Comment ça va depuis le temps?

Très bien, champion. On fait aller, si tu vois ce que je veux dire.

Ouais, je vois très bien.

A propos, Jack, j'aimerais te présenter mon amie Rita.

Bonsoir.

Enchantée.

Tu as l'air en pleine forme, champion.

Tu me connais, Harry. Jack appela le maître d'hôtel, Henry, monsieur Lewis aimerait une table tranquille, un peu à l'écart.

Henry hocha la tête, Mais certainement. Si vous voulez bien me suivre.

A bientôt, champion.

Ils prirent place, et Harry déplia sa serviette; il se sentait épanoui, avait envie de s'ouvrir et d'ouvrir les bras.

Rita sourit, Je ne savais pas que vous connaissiez Jack Dempsey.

Eh bien, nous ne sommes pas précisément des amis intimes, mais enfin...

Je trouve ça formidable. Je suis très impressionnée.

Harry sourit acceptant le compliment d'un hochement de tête. C'est vraiment un type charmant, vous savez. Je veux dire, un chic type.

J'aime sa façon de parler. Je suppose que je m'attendais à voir une espèce de dur – elle haussa les épaules – certainement pas un homme aussi poli, aussi gentil.

Oui, le cinéma a tendance à présenter une image stéréotypée de certains...

Aimeriez-vous prendre l'apéritif?

Harry regarda le garçon... Oui, pourquoi pas? Je prendrai un Martini dry, bien tassé. Et vous?

Oui, je vais prendre la même chose.

Quand les Martini arrivèrent, Harry goûta le sien... Juste comme il faut. Je n'aime pas sentir le goût du vermouth, ni son odeur. Il sourit. Plus un Martini est sec, meilleur il est.

Je n'y avais jamais prêté attention. Elle prit son verre, Eh bien, à votre santé, champion. Ils s'esclaffèrent.

Tout se passa bien. Chacun apprécia le repas et

la conversation de l'autre. Il n'y eut pas de temps morts embarrassants, en fait, il n'y eut pas de temps morts du tout. Tous deux alimentèrent la discussion, et ils passèrent d'un sujet à l'autre, écoutant et parlant tour à tour, se sentant détendus en compagnie l'un de l'autre.

Quand ils quittèrent le restaurant, Harry salua Jack de la main, Au revoir, champion.

Jack sourit et lui rendit son salut, Bonne nuit.

Eh bien, qu'aimeriez-vous faire maintenant, Rita?

Vous aviez songé à quelque chose?

Harry secoua la tête, Non, je suis libre comme l'air et ouvert à toutes les suggestions.

Rita sourit avec une pointe d'espièglerie. Eh bien, il y a un festival du film d'horreur au cinéma de la 12ᵉ rue. Ce soir, je crois qu'ils passent *Frankenstein* et *la Fiancée de Frankenstein.*

Sans blague? C'est formidable.

La voix de Rita se teinta d'allégresse, Cela vous plairait?

Énormément. J'ai toujours aimé Elsa Lancaster.

Ils se mirent à rire et, en se tenant la main, allèrent au coin de la rue chercher un taxi.

Le cinéma était rempli de cinéphiles, et une certaine excitation régnait dans la salle. Harry et Rita s'installèrent dans leur fauteuil, appréciant le film, et la compagnie de l'autre, partageant le même plaisir et, ce faisant, l'accroissant.

Quand ils sortirent du cinéma, tous deux respirèrent un grand coup, automatiquement et presque simultanément, et leur expiration ressembla à un soupir. Ils se regardèrent et éclatèrent de rire.

Si on allait prendre un dernier verre au Cedar?

Non, cela ne me tente pas, champion. Je n'aime pas beaucoup boire. Cela ne vous dérange pas?

Non, pas du tout.

Pourquoi ne pas acheter un cheesecake ou autre, et monter chez moi? Je nous ferai un bon café.

Excellente idée. Ça me va tout à fait.

Harry passa son bras autour des épaules de Rita tandis qu'ils descendaient tranquillement la rue.

Quand Rita ouvrit la porte, elle dit à Harry de faire attention, N'allez pas trop loin, vous pourriez vous cogner dans un mur.

Harry gloussa, Je peux toujours sortir par la porte de derrière.

Vous feriez mieux d'attendre qu'ils aient installé un escalier.

Et une porte.

Rita éclata de rire. En attendant, donnez-moi ça et faites comme chez vous. Elle lui prit le gâteau des mains et se rendit dans la cuisine. Lorsque le café fut passé, ils s'installèrent autour de la table, mangèrent le gâteau et burent le café.

Huuummmmmm, ça, c'est du café. Quel est votre secret? Celui que je fais est imbuvable.

C'est très simple. Ne lavez jamais la cafetière.

Harry, la bouche pleine de café, faillit s'étrangler de rire, et dut faire un effort désespéré pour ne pas tout recracher.

Vous êtes extraordinaire, vous faites un bien fou à mon ego; toutes mes mauvaises plaisanteries vous font rire.

Je ne savais pas que vous plaisantiez.

Elle éclata de rire au moment précis où elle portait la tasse à ses lèvres, et elle dut la saisir à deux mains pour la reposer sur la soucoupe. Nous pourrions peut-être faire la trêve et attendre d'avoir fini notre café avant de nous remettre à dire des blagues.

D'accord – Harry leva la main droite – parole de scout. Mais vous savez, c'est dur d'être sérieux avec vous.

Oh... Rita souleva un sourcil et sourit.

Ne recommencez pas. Nous venons de faire un pacte. Ce que je veux dire, c'est que – il haussa les épaules – je me sens si détendu. Avec vous, je me sens comme... comme... comme chez moi.

Rita sourit, touchée. Merci, c'est gentil de dire cela.

Eh bien, vous-même êtes très gentille – ils se sourirent, sans gêne, contents de sourire et de voir l'autre sourire –, et cette idée d'aller au ciné était un coup de génie.

Eh bien, à vrai dire, j'ai songé toute la journée à la façon de procéder pour que vous m'y emmeniez.

Ils éclatèrent de rire.

Eh bien, il ne vous a pas fallu longtemps pour me convaincre.

Rita cessa de rire et fronça légèrement les sourcils. Je suis sûre que lorsqu'ils tournaient ces films, ils essayaient de faire un film et rien d'autre, mais je ne peux pas m'empêcher d'y voir autre chose, notamment dans *la Fiancée de Frankenstein.*

Harry s'enfonça dans son fauteuil et allongea les jambes, Quoi par exemple?

Eh bien... le fait que chaque fois que l'homme veut contrecarrer la nature, il crée un monstre.

Harry acquiesça, Je vois ce que vous voulez dire. A mon sens, l'un des passages les plus touchants du film, c'est celui où John Carradine marche en titubant et crie, Ami, Ami...

Elle approuva, Il ne voulait pas grand-chose, n'est-ce pas? Juste quelqu'un avec qui partager ce qu'il a. Curieux comme il paraît simple parfois d'être heureux, et comme tout peut devenir subitement compliqué.

Harry acquiesça et sourit, et il observait la façon dont ses yeux brillaient quand elle parlait et s'animait, la façon dont sa bouche s'ouvrait largement quand elle riait, et comment chacun de ses rires et presque tout ce qui arrivait semblait la remplir tout entière de bonheur.

Ils continuèrent à discuter, détendus, passant d'un sujet à l'autre en gloussant, en souriant et en riant, s'arrêtant parfois de plaisanter pour parler sérieusement, s'apercevant qu'ils éprouvaient du respect et de l'intérêt pour ce que l'autre avait à dire, bavardant sans retenue, disant franchement ce qu'ils pensaient, appréciant aussi bien la légèreté que le sérieux de leur conversation. Puis Rita jeta un coup d'œil à sa montre. Eh là, vous avez vu l'heure. Pas étonnant que je me sente fatiguée.

Harry consulta la sienne, Oui, il se fait tard. Rien de tel que de s'amuser pour ne pas voir le temps passer.

Rita acquiesça puis sourit. Vous voulez rester pour la nuit?

Un large et chaleureux sourire éclaira le visage d'Harry, Rien ne me ferait plus plaisir. Ils se levèrent. Mais vous feriez bien de me montrer le chemin, je ne veux pas sortir par la porte de derrière.

Ils se mirent à rire.

A peine au lit, Harry prit Rita dans ses bras et la serra contre lui. Son esprit était incroyablement et anormalement tranquille et libre. Il était absorbé par la jeune femme et par les sensations qu'il faisait naître en elle... Elle avait la douceur de son sourire. Ils firent l'amour, et ce fut une réussite totale pour chacun d'eux, et quand ce fut fini, ils restèrent étendus sur le côté, dans les bras l'un de l'autre, souriants, s'embrassant, rayonnants...

jusqu'à ce qu'ils sombrent dans la douceur du sommeil.

Le lendemain matin, Harry se réveilla le premier. Il contempla longuement Rita, puis il se leva sans bruit pour ne pas la réveiller. Il s'était douché et rasé et réchauffait le café dans la cuisine quand elle ouvrit l'œil. Bonjour.

Bonjour. Tu veux une tasse de café?

Rita secoua la tête, Pas tout de suite. Je crois que je vais prendre un bain d'abord. Tu ne veux pas du café frais? Celui-ci doit être un peu fort, non?

Non. Ça vous retape un homme. Il sourit et la regarda, et il avait envie de la toucher, et de se pencher et de l'embrasser, mais pour une raison quelconque, le soleil qui entrait à flots dans la cuisine l'en empêcha. Il essaya de se faire violence mais resta immobile. Tu as bien dormi?

Son visage se fendit en un large sourire, Oh, merveilleusement bien – soudain, elle se mit à bâiller – Eh bien, ça alors! Qu'est-ce que tu dis de ça? Elle se mit à rire, Mais j'ai bien dormi. Et je me sens en pleine forme.

Parfait.

Tu aimes le saumon fumé et les bagels [1], ce genre de petit déjeuner dominical traditionnel?

Bien sûr.

Il y a une bonne épicerie juive au coin de la rue. Tu pourrais y aller pendant que je prends mon bain, et je préparerai des œufs brouillés avec du saumon fumé.

Super. Je ferai attention en ouvrant la porte.

Elle éclata de rire, et Harry la regarda tandis qu'elle se dirigeait vers la salle de bains.

L'épicerie était bondée et quand Harry revint, Rita était dans la cuisine. Tiens. Et j'ai acheté le *Times*.

1. Petit pain – Mot d'origine yiddish. *(N. d. T.)*

Je me suis dit que, quitte à être traditionnel, il fallait l'être jusqu'au bout. Ils gloussèrent, et Harry s'installa à table avec une tasse de café et le *Times* pendant que Rita préparait le petit déjeuner.

Lorsqu'ils eurent fini de manger, Harry se renversa sur sa chaise et poussa un soupir, Voilà qui me suffira pour la journée.

Elle lui sourit, Je suis contente que ça t'ait plu, mais moi, j'ai bien peur de ne pas pouvoir m'en tenir là. Je dois déjeuner avec mes parents. Elle jeta un coup d'œil à sa montre. En fait, il faut que je parte dans quelques minutes.

Quel dommage. Eh bien, dans ce cas, je ferais bien de m'en aller.

Si tu attends une minute, nous irons ensemble jusqu'au métro.

Très bien. Harry sourit. Prends donc la partie magazine du *Times,* comme ça, tu auras quelque chose à lire pendant le trajet.

Ils descendirent la rue, Harry tenant Rita par la taille, leurs corps se mouvant de concert, en harmonie. En arrivant à la station de métro, ils s'arrêtèrent. Je vais te quitter ici. Je crois que je vais prendre le bus.

Rita regarda Harry en souriant. J'ai passé une soirée merveilleuse hier. La meilleure que j'aie vécue depuis bien longtemps. Son visage était rayonnant.

Ouais, moi aussi. Ah, si seulement c'était un classique du cinéma, nous pourrions nous le repasser aussi souvent que nous le souhaitons. Harry s'esclaffa.

Ce serait formidable. J'ai toujours aimé les histoires qui finissent bien. Oh, tu ne m'as pas donné ton numéro de téléphone. Elle regarda dans son sac. Je n'ai rien pour écrire.

Ça ne fait rien. Je t'appellerai ce soir.

Vers neuf heures.

D'accord. Tiens, n'oublie pas le journal. Il lui tendit la partie magazine du *Times*.

Merci.

Il l'embrassa, et elle était douce et palpitante dans ses bras, et quand il abandonna ses lèvres, il eut envie de soupirer. Passe une bonne journée chez tes parents.

Oui, merci. Au revoir.

Harry la regarda descendre l'escalier, puis il fit demi-tour et se dirigea vers l'arrêt d'autobus.

En arrivant chez lui, Harry s'installa confortablement dans un fauteuil, et sans faire le moindre effort pour y songer, il revit cette nuit et cette matinée, et il se sentit de nouveau tout excité. Elle était aussi gentille que belle, la femme la plus attirante qu'il ait jamais connue. Il retrouva le bonheur de l'avoir à ses côtés, la douceur de sa peau sous ses mains, la chaleur qui irradiait de son corps...

et ce sourire qui l'éclairait tout entière comme s'il prenait sa source au plus profond de son être. Et c'était si amusant de rester assis à bavarder avec elle. C'était incroyable... Et il ne s'était pas senti mal à l'aise, à aucun moment. Il n'avait jamais connu cela auparavant. Il y avait toujours une sorte de malaise lors d'un premier rendez-vous, la conversation était émaillée de silences et de propos empruntés, mais rien de tout cela ne s'était produit. Toute la soirée et toute la matinée semblaient avoir suivi un cours naturel, divinement prédéterminé. Cela paraissait presque irréel. Dieu, quelle nuit... Quelle femme... Quel bonheur. Ouais, quel bonheur. Si c'est comme cela dès la première nuit, qu'est-ce que ce sera par la suite??? Généralement, ça s'améliore quand les gens se connaissent mieux, mais comment les choses pourraient-elles s'améliorer? Cela paraissait impossible. Tout était si parfait qu'il ne voyait pas d'amélioration possible. Eh bien, on verra. Appelle-la ce soir, et tu verras bien... Harry éclata de rire en songeant aux longues soirées qu'il avait passées chez Jack Dempsey, essayant de trouver le courage de lui demander ce petit service. Comment une chose aussi simple avait-elle pu lui sembler aussi difficile? Cela paraissait incroyable. A présent, en tout cas. Et il avait été vraiment formidable. C'est absolument incroyable. Une semaine entière pour demander un tout petit service. Et toute la nuit aurait pu être gâchée par une chose aussi insignifiante. Qui sait ce qui se serait produit s'il ne le lui avait pas demandé??? Ç'aurait pu être un rendez-vous banal, un de plus. Sûr que son accueil l'a impressionnée. Ouais... elle était vraiment impressionnée. Ça a probablement déterminé tout le cours de la soirée. Elle aurait pu avoir une opinion très différente de moi sans ce petit subterfuge. Si elle ne me croyait pas ami avec Jack Dempsey, elle ne songerait peut-être même pas à me téléphoner ce soir. J'aurais peut-être passé la nuit ici au lieu de la passer avec elle... Mais je lui ai dit que nous n'étions pas des amis intimes. Je n'ai pas poussé le bouchon trop loin. Disons que c'est une petite licence poétique. Rien là de...

Ouais...

Peut-être qu'elle ne va pas chez ses parents. Peut-être qu'elle voulait seulement me voir partir. Et cette histoire de numéro de téléphone n'est peut-être qu'un jeu. Si elle voulait vraiment connaître mon numéro, pourquoi ne me l'a-t-elle pas demandé avant? Pourquoi a-t-elle attendu que nous soyons à la station de métro? Elle avait eu tout le temps de le faire auparavant. Et qu'est-ce qu'elle voulait dire avec ses histoires qui finissent bien? Qu'est-ce qui est fini? Si elle ne veut plus me revoir, elle n'a qu'à le dire franchement!!!

Je ne connais pas vraiment Jack Dempsey, et alors? Ce n'est pas une raison pour jouer à ce petit jeu-là. Elle n'avait pas besoin d'inventer cette histoire de déjeuner chez ses parents pour ne pas m'avoir sur les bras toute la journée. Je serais parti...

Mais toute la nuit ne reposait pas vraiment sur un mensonge... pas vraiment. Pas un vrai mensonge. Pas comme de prétendre qu'on doit déjeuner chez ses parents pour se débarrasser de quelqu'un. *Ça,* c'est un mensonge. Et de dire à quelqu'un qu'on l'aime quand ce n'est pas vrai. *Ça,* c'est un mensonge. Et de lui demander son numéro de téléphone quand on n'en a rien à faire. *Ça,* c'est un mensonge. Toute la soirée... toute la nuit... toute la matinée...

Un mensonge.

Juste quelque
chose pour aviver la solitude que chacun de nous essaye de cacher dans son cœur...

Mais peut-être qu'elle appellera à neuf – non... non. Elle n'appellera pas... Peut-être... Peut-être que si.

Et quand bien même? Ça ne changera rien. Tu sais à quoi t'attendre. La gêne... A quoi bon? Elle te racontera une autre histoire... un autre mensonge. Inutile d'appeler.
C'est toujours pareil...

C'est fini.

LA DERNIÈRE SÉANCE

Il n'y avait aucune raison précise de se sentir si bien (à moins de croire à l'astrologie, mais il n'y croyait pas et ignorait tout de la conjonction des astres et des phases de la lune); ce n'était pas non plus uniquement parce qu'on était vendredi, ce qui signifiait deux jours et trois nuits à glander... encore que cette perspective, ainsi que la chaleur de ce début d'été, fussent en partie responsables. Mais il n'essayait pas de déterminer les raisons de son bien-être. Il se contentait de l'éprouver, voilà tout. Ce genre de sentiment n'arrive pas sur commande; il suffit d'en jouir, de se laisser bercer par lui, de se détendre et de rigoler. Ouais, c'est ça le secret, et tant qu'on se borne à suivre le mouvement, tout baigne, mais dès qu'on essaye d'accélérer les choses, on gâche tout...

Ouais, il allait se la couler douce. Faire un saut jusqu'à l'avenue et passer prendre Chubby, et peut-être aller au ciné, et puis chez *Charlie* écouter les mecs faire un bœuf – boire quelques bières et... qui sait? Quand on se sent comme ça, inutile de chercher bien loin pour prendre son pied.

Il remonta en souriant la 69ᵉ rue jusqu'à la 4ᵉ avenue et retrouva Chubby devant l'académie de billard. Comment va, Chub, en lui donnant des coups de poing dans l'épaule et en sautillant comme un boxeur à l'entraînement. Qu'est-c'qui t'prend, Harry, t'as bouffé du speed? en riant et en brandissant son gauche sous le nez de Harry. Ouais. Y'a du monde à l'intérieur? Non. Deux ou trois mecs sont chez Phil en train de parler du match de cet après-midi. J'parie qu'Phil doit bien se marrer. Les Giants ont vraiment foutu une raclée aux Dodgers aujourd'hui. Se marrer? Il arrête pas de hurler de joie depuis la fin du match. Ouais, j'imagine.

Ils éclatèrent de rire, et Chubby sortit un paquet de cigarettes, en porta une à ses lèvres et garda l'allumette à la main jusqu'à ce que Harry eût pris une sèche, et il la lui alluma. Qu'est-ce t'as envie de faire ce soir, Chub? J'sais pas. C'est encore un peu tôt pour faire quelque chose. T'as envie de te faire une toile? J'sais pas, qu'est-c'qui passe? Y'a une comédie musicale au Bay Ridge. J'ai vu le lancement la semaine dernière. Ça a l'air pas mal. Oh ouais, y'a deux mecs qui l'ont vue et ils m'ont dit que c'était super. Y'a une scène qu'a rendu Jimmy complètement dingue. Une rouquine qui fait une danse vachement baisante. Ça, ça m'botte. Alors on y va? D'accord.

Ils quittèrent l'avenue, et traversant pour marcher à l'ombre, ils descendirent la 69e rue jusqu'à la 3e avenue. Qui sera chez *Charlie* ce soir? J'suis pas sûr. J'ai rencontré Mitch, le bassiste, y'a pas longtemps, et il m'a dit que Buck Clayton viendrait peut-être ce soir. Sans déconner? Alors ça devrait chauffer dur. Ça devrait, généralement, il est vachement bon. Il m'a dit que le jeune type qui jouait du trombone la semaine dernière serait peut-être là lui aussi. Extra! Parfois il perd un peu les pédales, comme s'il cherchait quelque chose, mais quand il se laisse pas aller à ses élucubrations, il est bon. Il deviendra sûrement un grand tromboniste. Tu t'souviens d'ce solo qu'il a pris dans *A Small Hotel?* Ouais. Super boulot, mon pote. Pas le délire, mais ça swinguait, ça swinguait vachement. Par contre il était pas du tout dans le coup dans *How High the Moon.* Ouais, il faisait vraiment n'importe quoi avec son trombone dans ce morceau-là ; Willie martelait les accords comme un dingue pour lui rappeler la grille. Mais il est bon. J'espère qu'il viendra ce soir. Ça m'botterait de l'entendre jouer avec Clayton. J'crois qu'il sera là. Clayton prend sûrement son pied à jouer avec des jeunots comme ça. Ouais, t'as sûrement raison.

Ils prirent à gauche dans la 3e avenue et se dirigèrent vers le cinéma. Un pâté de maison plus loin, Chubby suggéra qu'ils se tapent d'abord une bière. Ils entrèrent dans le bar qui se trouvait au coin de la rue, avalèrent deux bières et un sachet de cacahuètes, puis ils repartirent en direction du cinéma. Quelques instants plus tard, Harry saisit Chubby par le bras et proposa d'emporter quelque chose à boire. Juste un demi-litre de vin, tu vois, pour prendre notre pied. Chubby sourit et haussa les épaules, pourquoi pas ?

En rigolant, ils achetèrent du vin et un paquet de gobelets en papier. Pas de conneries, mec, faut pas qu'on ait l'air de deux ivrognes. Chubby mit la bouteille dans la poche arrière de son pantalon et marcha devant Harry pour être sûr qu'elle était dissimulée par son blouson.

Plus ils approchaient du guichet, plus il leur semblait bizarre d'aller au cinéma avec une bouteille de vin en poche. Un peu excitant même. Ils s'efforcèrent de prendre un air dégagé, et Chubby se tint à côté de Harry pendant que celui-ci achetait les billets, puis il traversa le hall derrière lui, détournant le regard quand le préposé prit les billets. Ils montèrent au balcon quatre à quatre avant de se détendre un peu ; puis ils commencèrent à chercher des places libres.

Ils trouvèrent deux fauteuils vides au bord de

l'allée au dernier rang et restèrent assis sans broncher pendant quelques minutes. Puis Harry dit à Chubby d'ouvrir le paquet de gobelets. Il commença à déchirer l'emballage, lentement, le froissement de la cellophane résonnant de plus en plus fort. Il s'arrêta une seconde, puis déchira le reste du papier d'un coup. Après quoi, il se rejeta en arrière et attendit un instant avant de passer la bouteille à Harry. Celui-ci s'en saisit et, immédiatement, se pencha derrière le siège de devant tandis que Chubby regardait alentour, tous deux gloussant. Harry ouvrit enfin la bouteille, et Chubby lui tendit deux gobelets, et il les remplit, remit la capsule sur le goulot, posa la bouteille sous le siège et se redressa. Puis, ils s'enfoncèrent dans leur siège, regardèrent l'écran et sirotèrent leur vin.

La plupart des spectateurs s'esclaffaient et échangeaient des commentaires à voix haute, mais Harry et Chubby riaient aussi discrètement que possible et se bornaient à chuchoter. Quand leurs gobelets furent vides, Harry plongea derrière le dossier du fauteuil et les remplit de nouveau, en prenant moins de précaution. Lorsqu'il les remplit pour la troisième fois, la seule précaution qu'il prit fut de ne pas renverser de vin. Ils étaient assis là, tenant du bout des doigts les gobelets posés sur le siège entre leurs jambes, les portant à leurs lèvres et buvant tout en continuant à regarder l'écran, se penchant l'un vers l'autre pour échanger des commentaires quand une femme à demi nue traversait le grand écran panoramique... et riant. Après le troisième gobelet, ils se sentirent détendus et riaient aussi fort que les autres, mais de façon moins provocante, éclataient parfois de rire en buvant, renversant un peu de vin qui dégoulinait sur leur menton. La femme continuait à se balader sur l'écran, et ils s'étouffaient, toussaient, essayant de ne pas faire trop de bruit et de ne pas renverser trop de vin.

Quand Harry eut versé les dernières gouttes de vin, il reposa bruyamment la bouteille, et Chubby et lui portèrent un toast et sirotèrent à la santé l'un de l'autre. Lorsque leurs gobelets furent vides, ils les laissèrent tomber par terre et pendant quelques minutes fumèrent, regardèrent le film et rigolèrent. Puis Chubby déclara qu'il commençait à avoir soif. Ouais, moi aussi. Si on s'en buvait une deuxième? Pourquoi pas? Tu crois qu'ils te laisseront rentrer? Sûr, j'vais leur dire que j'ai oublié quelque chose dans ma voiture. Dis donc, et si t'achetais quelque chose à grignoter? T'sais, du pop corn ou des chips. Tu voudrais peut-être aussi des hors-d'œuvre?

Harry s'esclaffa puis, après que Chubby fut parti, il ferma à demi les yeux et fixa le faisceau de lumière du projecteur, regardant le nuage de fumée qui montait, puis s'illuminait et flottait et tourbillonnait dans le rayon lumineux... jouissant de plus en plus du bien-être qu'il ressentait. Il n'était pas ivre, simplement un peu parti, comme Chubby, d'avoir bu ce vin trop vite dans ce cinéma surchauffé, mais une douce chaleur se répandait en lui, et il se sentait suffisamment détendu pour ne penser à rien et pour ne pas se préoccuper de savoir à quel point il était détendu. Il avait envie de rire et de prendre son pied. Aucun risque de voir ce sentiment de bien-être disparaître en l'ignorant ou en essayant de l'entretenir à tout prix. Il laissait son esprit dériver entre la lumière, la fumée, une fille qui travaillait avec lui, la boîte de Charlie, Clayton et le tromboniste... mais surtout, il donnait libre cours à sa joie, la tête vide ou presque (ricanant de ses tentatives d'introspection), sachant qu'il allait passer une bonne soirée et un bon week-end. Pas complètement délirants. Non, il allait simplement bien se marrer. Harry planait hors de l'espace et du temps... Puis Chubby revint, s'assit, sortit deux bouteilles de ses poches et les lui passa. J'ai pensé qu'c'était une bonne idée d'en acheter une deuxième. J'veux dire, au cas où.

Harry s'esclaffa, prit les bouteilles, en mit une sous le fauteuil, ouvrit l'autre et remplit un gobelet. Pendant qu'il versait le vin, Chubby sortit de son blouson un énorme sandwich taillé dans un pain entier. Trop occupé à ouvrir la bouteille et à verser le vin, Harry ne vit qu'une forme indistincte du coin de l'œil. Quand il se retourna pour donner son gobelet à Chubby, celui-ci tenait le sandwich horizontalement, grignotant la saucisse de foie qui dépassait de part et d'autre du pain, fredonnant *Clair de lune* [1] et agitant les doigts comme un joueur d'harmonica. Les gens autour d'eux se poussaient du coude et riaient, certains spectateurs tapant sur le dos des personnes se trouvant devant eux et montrant du doigt Chubby qui jouait du sandwich, Harry le regardant, un gobelet de vin à la main. Les rires et le nombre de spectateurs haussant la tête pour voir ce qui se passait allaient croissants à tel point que, bientôt, toute une partie du balcon délaissait l'écran et regardait le joueur de sandwich. Chubby se tourna vers Harry, et il roula des yeux et clignota des paupières en continuant à souffler dans le sandwich et à agiter les épaules au rythme de la musique. Harry, sans cesser de tendre son gobelet à Chubby, gloussa, puis rit franchement, le vin se renversant sur sa main et tombant sur le pantalon de Chubby, son bras s'abaissant peu à peu, le gobelet s'inclinant jusqu'à ce que le vin coule à flots et éclabousse leurs pieds, leurs

1. En français dans le texte.

rires se faisant de plus en plus tonitruants, les spectateurs se retournant, regardant et riant, tandis que Harry se marrait et que Chubby se marrait en continuant à jouer du sandwich (son rire, étouffé par le sandwich, résonnait curieusement), s'inclinant lentement vers l'avant, se pliant presque en deux, risquant à tout instant de rouler en bas de l'escalier comme un ballon avec un boum, boum, boum, boum régulier, riant et jouant toujours du sandwich, et Harry lâcha le gobelet, splash, et se laissa aller contre l'épaule de Chubby, et il le prit dans ses bras, lui arrachant le sandwich de la bouche, enfouissant son visage dans les plis de son blouson.

Ils restèrent enlacés jusqu'à ce qu'ils cessent de rire, non pas volontairement, mais uniquement parce qu'ils étaient épuisés, puis ils s'écartèrent l'un de l'autre et reprirent leur place en poussant de légers soupirs. Peu à peu, l'attention des autres spectateurs se reporta sur l'écran, et tous deux restèrent silencieux (exception faite d'un reniflement involontaire de temps à autre), voulant et ne voulant pas se regarder, se détournant légèrement l'un de l'autre (le sandwich posé sur les genoux de Chubby), le visage dans les mains...

Harry respira à fond et, sans regarder Chubby, lui dit de ranger ce foutu truc. Chubby marmonna quelque chose, mit le sandwich dans sa manche, et il dit, ça va aller maintenant, et ils se tournèrent lentement dans leur fauteuil jusqu'à faire de nouveau face à l'écran. Harry se pencha pour prendre la bouteille sous son siège, remplit deux gobelets et en tendit un à Chubby. Ils ne parlèrent qu'après les avoir bus et remplis de nouveau. Le vide laissé par leur crise de fou rire fut comblé par le vin et, sa chaleur les détendant peu à peu, ils se penchèrent l'un vers l'autre et se remirent à rire et à échanger des commentaires à voix basse.

Ils burent plus vite (un tintement de verre se faisant entendre quand ils remettaient la bouteille sous le siège), leurs têtes très proches l'une de l'autre, les coudes posés sur l'accoudoir qui séparait les deux fauteuils, levant le bras pour boire et rejetant la tête en arrière... chacun étant le reflet de l'autre. Et plus ils buvaient, plus leurs chuchotements, leurs gloussements et leurs rires s'amplifiaient, sans toutefois devenir bruyants ou gênants.

Tout d'abord, ils se bornèrent à commenter l'action qui se déroulait sur l'écran; puis ils en vinrent à prédire ce qui allait suivre et à prodiguer des conseils, encourageant le timide jeune premier à embrasser sa partenaire, Elle va pas t'mordre... gloussant, riant, s'emparant de la bouteille (cling), regardant le vin couler dans le gobelet (glou, glou, glou), reposant la bouteille (cling) – qu'est-ce qu'il a c'mec, il est taré ou quoi? Si une nana comme ça m'courait après, je – oscillant, le vin clapotant dans les gobelets, riant, avalant, glougloutant, s'étouffant, le vin éclaboussant leur nez, dégoulinant sur leur menton, tachant leur chemise et leur pantalon – tendant de nouveau la main (cling), plus qu'un fond, regardant la dernière goutte tomber dans le gobelet, l'en reste une (cling); deux cadavres; sacré film, hein Chub? les gobelets remplis une fois de plus (ramollis et détrempés, informes – serre pas trop fort, siouplaît, me serrez pas de si près – tenus par le fond dans le creux de la main); où qu'ils sont les autres? – y'en a plus – a plus, haha – y'en a (cling) plus (la bouteille posée sur les genoux) – donne-moi encore de ce nectar familier – HIHI – Elle s'avance, à demi nue, ses cheveux masquant un côté de son visage, les hanches fluides, elle caresse ses joues puis passe les mains dans ses cheveux, sur son cou et son dos et elle ondule devant lui, exhibant toutes ses vertus et (presque) tous ses charmes, le suppliant d'une voix rauque... Il lui demande ce qu'elle veut – OOOOHHH, qu'est-ce que t'as? T'es dingue? HAHAHA – il f'rait bien d'aller prendre des cours au Danemark – HIHIHI (gobelets écrasés et jetés par terre, la bouteille passant de l'un à l'autre), buvant à grandes gorgées, des gouttes de vin dégoulinant sur leur menton et leur pomme d'Adam – Elle le pousse vers un canapé, se penche sur lui, lui jette un regard passionné et l'embrasse... Il agite les jambes et les bras... j't'avais bien dit que c'étaient tous des tantes à Hollywood – il cesse de lutter, musique douce – laisse-toi faire, prends ton pied HAHAHA – levant la bouteille, y'en a plus beaucoup, va en chercher – OOOOHHH, siouplaît, me serrez pas de si près – plus qu'un fond; laisse-m'en un peu, une gorgée, aahh... tiens... essuyant sa bouche avec le dos de sa main, passant la bouteille vide (cling) – y'en a plus; tout bu, trois cadavres – HIHIHIHI – hé papa, je veux une glace. Ferme ta gueule et bois ta bière – IIIIILLL, c'mec est complètement taré – HIHIHIHI il comprend pas HAHAHA – mais qu'est-ce qu'IIIILLLL, l'écran flou et mouvant... l'image se brouillant... HAHIHOHAHIHOHAHIHO...

Un peu de silence s'il vous plaît monsieur, vous gênez les autres spectateurs. L'ouvreur, une fois son discours habituel et son travail terminés, s'apprêtait à s'éloigner lorsque Chubby se leva d'un bond, sortit son sandwich de sa manche et se mit à croiser le fer avec lui. En garde!!!! Il brandit le sandwich sous le nez de l'ouvreur, para quelques coups de pointe, fit un pas de côté pour esquiver un coup d'estoc qui frôla sa poitrine, para encore quelques bottes puis, avec une maîtrise et une grâce parfaites, esquiva une seconde estocade, et il se fendit, le genou gauche plié, la jambe droite tendue, para encore une fois et riposta d'un coup de pointe; TOUCHÉ!!! transperçant l'ouvreur, mortellement, un peu à droite du second bouton de cuivre de son uniforme. Chubby le regarda s'effondrer sur le sol, fier de sa victoire, certes, mais un peu triste d'avoir tué un si noble adversaire... Le sandwich avait légèrement plié sous le coup, et un bout de saucisse de foie tomba sur les chaussures de l'ouvreur. Celui-ci le contempla un instant (son intention était de faire son petit laïus et de partir, et maintenant, il se trouvait en face d'un ivrogne qui brandissait un grand sandwich, et de la saucisse maculait ses chaussures) jusqu'au moment où sa tête fut relevée par la pointe de l'épée de Chubby. Harry se leva et essaya de parler d'une voix de fausset, mais un flot de bile lui remonta à la gorge, et il ne put que gargouiller MON HEBURPROS! Puis il éclata de rire en s'appuyant sur l'épaule de Chubby. Chubby éclata de rire, le sandwich pendouillant dans sa main, la saucisse de foie tombant sur la moquette. Harry trébucha sur les bouteilles en poussant Chubby dans la travée, et ils descendirent l'escalier en titubant.

Les yeux de Harry larmoyaient et il ne cessait de se heurter à la rampe en descendant les marches, Chubby sur les talons. Arrivés au premier palier, ils tournèrent pour continuer à descendre, pliés en deux tant ils riaient, trébuchant, tombant... Chubby se mit à genoux, les mains sur le ventre, rigolant comme un fou, de la salive coulant de sa bouche. Harry sentit du sable sous ses ongles, parvint à se redresser, perçut un bruit sourd et continua à descendre en trébuchant; il se heurta aux portes (se retournant pour chercher Chubby des yeux, s'attendant à le voir rouler dans l'escalier, cul par-dessus tête, cul par-dessus tête, cul par-dessus tête) et se retrouva dehors, titubant toujours. Emporté par son élan, il alla jusqu'au coin de la rue où il s'appuya contre le capot d'une voiture, riant... riant tout simplement... sans chercher à s'arrêter ou à continuer, sans se demander où était Chubby, sans penser à la scène du duel, ou au bistrot de Charlie, ou à l'orchestre, ou à ce qu'il éprouvait, indifférent à la salive qui coulait sur son menton, ne songeant même pas à aller prendre un verre... riant, tout simplement...

Puis il y eut des ombres, des voix... puis des gens. Voilà l'autre. D'accord. Allez mon pote, amène-toi. Un agent de police le prit par le bras, et ils regagnèrent le cinéma derrière l'ouvreur et le directeur, traversèrent rapidement le hall et entrèrent dans le bureau du directeur. Chubby était assis sur une chaise dans un coin, fumant et souriant toujours, un second policier en face de lui. Vous êtes sûr que ce sont ces deux-là? Oh oui, monsieur, ce sont eux. J'en suis sûr. Je ne sais pas lequel a renversé le cendrier sur pied, mais je suis absolument certain qu'il s'agit bien d'eux. Voyez-vous, j'ai entendu un – Bon, bon, merci. Vous pouvez disposer.

L'ouvreur se retira et le flic se mit à faire les cent pas entre Chubby et Harry, frottant les jointures de sa main droite contre la paume de sa main gauche, et leur demanda où ils se croyaient nom de Dieu, dans un gymnase ou quoi? ennuyé d'avoir été appelé, et agacé par le sourire niais de Chubby (le jugeant insolent), mais voulant faire bonne impression devant le directeur, sachant que ce dernier n'oubliait jamais les services rendus. Il se planta devant Chubby, et d'un revers de la main fit sauter la cigarette de sa bouche. Mais il avait mal visé et, ce faisant, il se brûla la main. Il poussa un grognement, se tint la main pendant un instant, et quand il regarda de nouveau Chubby, il vit le même sourire idiot sur son visage. Il l'empoigna par les revers de son blouson, lui cogna la tête contre le mur, le gifla une demi-douzaine de fois, puis il le balança sur la chaise.

Harry suivait la scène des yeux sans comprendre ce qu'il voyait, encore incapable d'exiger un effort de son cerveau. Il se souvenait vaguement d'avoir entendu un bruit, mais la seule chose qu'il percevait distinctement était un éclat de rire, rien qu'un éclat de rire. Il était appuyé contre la chaise et riait. Mais ce n'était pas un souvenir, ça. C'était sûrement ce qu'il faisait en ce moment même, et ça n'avait rien à voir avec ce qui se passait. Qu'est-ce qui n'allait pas? Ce type là-bas, c'était Chubby. Il le reconnaissait. Il rit toujours, et ce liquide qui coule sur son menton, ça doit être du vin. Tout va bien. Et nous rions tous les deux... Il fit un pas en direction de Chubby, mais l'autre flic enfonça violemment sa matraque dans son estomac. Vas-y, espèce de fils de pute. Joue au con. Joue au con, p'tit dur, et tu vas voir!

Harry porta instinctivement ses mains à son ventre, en proie à la confusion la plus totale, toujours incapable de comprendre ce qui se passait et ce qui s'était passé. Le flic s'intéressa de nouveau à Chubby et lui demanda ses papiers. Chubby lui tendit son portefeuille, et le flic s'en servit pour le frapper à la poitrine, et il lui dit qu'il voulait ses papiers, pas son portefeuille. Tu crois pouvoir acheter qui, hein? Il saisit la carte d'identité militaire que Chubby lui tendait. Dix-neuf ans. Encore un de ces petits cons qui se croient grands et fortiches parce qu'ils ont une carte d'identité militaire. T'as rien de mieux à faire qu'à picoler de la bibine et à faire du grabuge dans un cinéma? Le flic aboyait, comme toujours, non pas délibérément, mais parce que c'était devenu une seconde nature, et il se tenait debout devant Chubby, le regardant d'un sale œil comme il le faisait toujours dans ces cas-là, s'attendant à le voir baisser la tête et murmurer des excuses et alors, il lui hurlerait de parler plus fort, et quand il aurait répété ses excuses, il l'injurierait, et il lui dirait qu'il avait de la chance de ne pas se retrouver en taule, et il lui ordonnerait de foutre le camp et de rentrer chez lui... regardant le visage toujours souriant, espérant encore que l'autre allait faire le malin et lui fournir un prétexte pour le gifler à nouveau. La première tentative que fit Chubby pour parler se résuma à un gargouillis incompréhensible. Quoi? Ch'était pas de la pipine! Les espoirs du flic étaient comblés, mais il ne prit pas le temps de s'en réjouir et cogna tout de suite, Chubby tombant de sa chaise et s'effondrant par terre. Chubby se remit lentement sur son séant, la tête pendante et bringuebalante. Le flic se tourna vers Harry et lui demanda son âge. Peut-être Harry ne comprit-il pas la question, ou peut-être son cerveau embrumé n'en saisit-il pas le sens, il n'aurait su dire (pas plus qu'il ne s'en souvint par la suite), mais pour une raison quelconque (si toutefois il y en avait une) il répondit 76 ans (et toujours cette vague envie de rire; il aurait suffi qu'il entende quelqu'un s'esclaffer, ou que Chubby se tourne vers lui en souriant pour déclencher une nouvelle crise de fou rire, et ils se retrouveraient dehors – je ne crois pas que nous y soyons en ce moment – et ils repartiraient à zéro, iraient chez *Charlie*). Il entendit une gifle claquer, puis une seconde. Toujours rien, sauf que les rires semblaient s'être tus; il continuait à ne rien comprendre. Il lui sembla avoir perçu un bruit. Ou se l'était-il imaginé?

Que voulez-vous qu'on en fasse, Mark? Le directeur, gêné par cette distribution de gifles, songeant aux rapports qu'il devrait faire, aux explications et aux assurances qu'il lui faudrait donner s'ils étaient arrêtés... Rien Jim. Ils n'ont pas cassé le cendrier. Il n'y a pas de dégâts sérieux. Foutez-les dehors et n'en parlons plus.

Ils furent remis debout sans ménagements, emmenés dehors et conduits jusqu'au coin de la rue. Les flics dirent à Chubby de remonter la 4e avenue et à Harry de descendre en direction de Ridge Boulevard. Et si vous emmerdez encore le monde, on vous cassera la gueule.

Harry tourna dans Ridge Boulevard, tituba jusqu'au perron de l'école et s'assit sur les marches. Il mit la tête dans ses mains, puis remarqua une petite trace de sang sur ses paumes. Il ne le goûta pas, mais c'était sûrement du sang. Toute cette histoire était complètement dingue. Il n'y avait pas eu de bagarre. Juste une crise de fou rire. Nous n'étions même pas ivres... Comment...? Il ne savait même pas comment tout ça avait commencé. Je ne sais même pas quelle heure il est...

Il s'essuya le visage, la nuque, regarda l'arbre qui se dressait à quelques mètres de lui et essaya de voir le ciel. Les feux rouge et orange clignotaient au coin de la rue.

Il fouilla dans ses poches à la recherche d'une cigarette mais n'en trouva pas. Oh merde! MERDE!!

Il fixa le trottoir pendant un instant, puis il se mit debout, lentement, en se tenant à la clôture, et rentra chez lui...

LE BISCUIT PORTE-BONHEUR

Harry était installé dans un box au fond du restaurant chinois, seul et soucieux, jouant avec sa soupe aux œufs et au poulet, en avalant une cuillerée de temps à autre. Le patron ne lui avait rien dit personnellement, mais il savait que son heure allait sonner... bientôt. Il n'avait pas posé d'ultimatum à Harry, mais les regards et les remarques – et plus encore ce qu'éprouvait Harry quand il était là, et le sentiment qui s'emparait de lui quand il entrait dans le bureau, ou simplement quand il lui parlait au téléphone, tout cela forçait Harry à accepter le fait que son heure allait sonner. Et il ne s'agissait pas simplement d'un doute prémonitoire. Harry savait ce qu'était le doute. Et pour cause. Il avait toujours été en proie au doute, mais ces derniers temps, cela ne faisait qu'empirer au fil des jours... des jours? Seigneur, cela empirait au fil des heures, et en ce moment, au fil des minutes. Ce n'était plus du doute, c'était une certitude.

Un vendeur est payé pour vendre. C'est aussi simple que cela. Un vendeur est payé pour vendre, et quand il ne vend plus, ce n'est plus un vendeur, et qui songerait à s'embarrasser d'un vendeur qui ne vend rien? Les entreprises ne gardent pas longtemps les vendeurs inefficaces. En fait, il avait de la chance qu'ils l'aient gardé aussi longtemps, allant même jusqu'à lui verser son fixe. Mais la semaine dernière, il avait touché son ultime paye, et ce jour était peut-être celui de la dernière chance. Pas de vente aujourd'hui et... Il contempla son bol de soupe pendant quelques instants puis le repoussa, le serveur s'en emparant sans tarder et le remplaçant par le plat suivant. Harry s'efforça de sourire, puis il prit une profonde inspiration et se mit à verser de la sauce de soja sur son chow mien.

Il fallait qu'il conclue cette vente aujourd'hui. Il n'avait pas le choix. C'était vaincre ou mourir... L'angoisse qui lui nouait l'estomac se mit à le ronger tout entier, remontant vers sa gorge, et Harry respira un grand coup et essaya de se détendre, suffisamment au moins pour pouvoir manger. Il avala un peu de nourriture et tenta de voir les choses avec optimisme. Après tout, il allait peut-être réussir. Il pouvait décrocher ce contrat. Il me suffira d'entrer, de sourire et de me détendre, et de laisser le produit et le client effectuer la vente. Voilà! Pas plus difficile que ça – mais c'est ce que je fais depuis des mois, et toujours pas la moindre commande. Son chow mien lui semblait lourd et pâteux. J'ai encore brûlé un cierge ce matin, et prié, et parcouru le chemin de la Croix, et je ne peux pas toujours échouer dans – mais ça fait des mois que je fais ça aussi. Il prit une nouvelle inspiration et essaya de se détendre... puis il avala un peu de nourriture. Faudrait que tu cesses d'être superstitieux – non pas que prier soit de la superstition, j'veux dire, toutes ces histoires de cravate et de costume porte-bonheur... Faut oublier tout ça... même si j'avais une cravate ou un costume porte-bonheur. Bientôt, je n'aurai peut-être plus ni costume ni cravate – c'est ridicule. Ce costume et cette cravate ne portent ni plus ni moins bonheur que les autres. Il haussa les épaules, J'ai loupé autant de ventes avec eux qu'avec les autres... Il glousa, et alla même jusqu'à sourire intérieurement, puis il s'intéressa au contenu de son assiette pendant quelques instants, les nouilles lui semblant un peu moins pâteuses. Son anxiété se remit à le ronger tout entier, et il pensa soudain à ses chaussures, peut-être que ce sont mes chaussures porte-bonheur, et il se remit à rire silencieusement, et il maîtrisa son anxiété, suffisamment en tout cas pour finir son chow mien, ou presque.

Le serveur débarrassa rapidement la table et lui apporta un biscuit porte-bonheur avec l'addition. Harry joua avec le biscuit pendant quelques instants, le tapotant sur la table, et pour finir, presque distraitement, il le brisa en deux et en tira le petit bout de papier, et il lui jeta un coup d'œil, n'y voyant tout d'abord qu'une suite de mots dépourvus de sens pour son esprit préoccupé, et soudain, une sorte de lueur parvint à son cerveau, et il lut attentivement le message : Reprenez courage, c'est aujourd'hui votre jour de chance. Il hocha la tête, Ouais... sûrement. Puis il cessa de froncer les sourcils, relut le message et se redressa. Pourquoi pas? Pourquoi ne serait-ce pas mon jour de chance? Il faut bien que ce soit le jour de chance de quelqu'un, et j'ai eu suffisamment de jours de poisse comme ça. Ouais... c'est sûr, j'en ai connu des jours de poisse. J'ai bien droit à un jour de chance comme tout le monde... C'est certain... absolument certain. Ils ont besoin de ce matériel, et il n'y a pas de raison pour qu'ils l'achètent à d'autres plutôt qu'à nous. Nous sommes aussi bien placés que nos meilleurs concurrents, et beaucoup mieux que la plupart d'entre eux. Et nous respectons les délais de livraison. Délais de livraison garantis et qualité garantie, voilà ce qui importe dans ce métier. Et nous offrons tout cela... tout! En nous passant cette commande, vous vous rendez service, à vous et à votre société. Oui, monsieur! Harry opina énergiquement et esquissa un geste pour prendre de l'argent dans sa poche, puis il s'arrêta et sortit ses cartes de crédit, celles qu'il craignait d'utiliser depuis plusieurs mois, et en déposa une sur le plateau avec l'addition, et il se renversa sur sa chaise, détendu, ravi. Il sourit largement en laissant un généreux pourboire, puis il signa – parapha même – le reçu. Il remit sa carte de crédit dans sa poche et quitta le restaurant d'un pas alerte.

Sa rencontre avec monsieur Dasher se passa bien, et le succès dont elle fut couronnée dépassa ses espérances. Harry semblait toujours parler au moment opportun, employer les arguments opportuns, se taisant de façon opportune aux instants opportuns, écoutant attentivement, créant une atmosphère de confiance et de détente communicative. Tout son comportement laissait entendre que le marché était déjà conclu, qu'il n'était là que pour aider autant qu'il le pouvait monsieur Dasher. A la fin de la rencontre, monsieur Dasher était aussi content que Harry, et les dernières paroles et la poignée de main qu'ils échangèrent furent extrêmement cordiales. Harry savait que la fidélité de son client était désormais acquise.

Bien entendu, Harry jubilait en regagnant son bureau, le bon de commande signé en poche, si content d'avoir réussi cette vente qu'il ne songea même pas à calculer le montant de sa commission. Lorsque cette idée lui vint, il la chassa aussitôt avec un haussement d'épaules, sachant que, de toute façon, sa commission serait insuffisante pour éponger ses dettes. Et il ne voulait pas gâcher sa joie en pensant à l'état de ses finances. Il avait réussi une vente, une grosse vente. C'était la seule chose qui comptait. Il avait mis un terme à sa malchance. Il était redevenu un gagneur, et il en éprouvait de la reconnaissance.

Dès qu'il eut remis le bon de commande au service compétent, il téléphona à son patron pour lui annoncer la nouvelle. Tout d'abord, monsieur Wells parut surpris puis, rapidement, le ton de sa voix manifesta son ravissement. C'est merveilleux, Harry. Félicitations. Je savais que vous réussiriez. Harry eut un sourire radieux et s'installa confortablement dans son fauteuil, hochant la tête et remerciant monsieur Wells de ses compliments. Il raccrocha, resta immobile pendant quelques instants, se laissant envahir par un sentiment de bien-être... puis il appela sa femme et lui fit part de la bonne nouvelle.

Harry resta assis sans bouger pendant quelques minutes encore, puis il consulta sa montre, et il se mit à téléphoner pour fixer des rendez-vous à des clients, n'ayant aucune difficulté pour en obtenir, et très bientôt son carnet de rendez-vous fut plein pour les deux semaines à venir.

Le lendemain matin, Harry brûla un cierge, ne voulant rien changer à la routine qui avait amené son succès de la veille, mais il se comporta différemment. Il ne s'agenouilla pas et ne supplia pas comme un condamné qui se livre à ce rituel par principe, tout en sachant que tout cela est vain et qu'il finira quand même sur l'échafaud, mais bien comme un ami qui manifeste par avance de la reconnaissance pour un cadeau qu'il est certain de recevoir.

Naturellement, Harry prit son déjeuner dans le même restaurant. Il était même sur le point de commander une soupe aux œufs et au poulet et un chow mien, mais il se ravisa et jugea plus sûr de modifier légèrement la composition du menu et commanda une soupe wan tan et un chow mien subgum. Cette fois encore, la différence essentielle résida dans son comportement. Il s'assit en souriant à une petite table au beau milieu du restaurant, et mangea avec appétit et délectation.

Quand la table fut débarrassée, le serveur lui apporta son biscuit porte-bonheur, et il se renversa sur sa chaise, un bras passé par-dessus le dossier, jouant nonchalamment avec le biscuit, jubilant intérieurement. Il prit le biscuit et sourit en le faisant rouler dans sa main; il le tapota sur l'assiette, le fit tourner, s'amusant à faire tourner le biscuit de la fortune, et enfin, il se pencha en avant, le brisa en deux et en sortit la prédiction : Aujourd'hui, le moment est venu de vous affirmer. Il se redressa, Ouais, parfaitement. Il quitta le restaurant la tête haute, respirant la confiance en lui.

Il avait deux rendez-vous dans l'après-midi et, dans les deux cas, les tractations se passèrent bien et furent conclues par deux grosses commandes, ainsi qu'il l'avait prévu. Il avait trouvé la bonne formule, et il tenait le monde dans le creux de sa main. Il ne pouvait pas perdre. De cela il était certain. Il ne pouvait plus perdre. Il ne pouvait que gagner.

Le jour suivant, il eut une légère prémonition, un frisson d'appréhension en constatant qu'il allait devoir modifier ses habitudes, mais il se refusa obstinément à laisser une telle vétille ébranler sa confiance. Il avait prévu un déjeuner d'affaires avec un client potentiel dont le bureau se trouvait de l'autre côté de la ville, et il était hors de question de l'inviter chez son chinois habituel. Harry consulta donc les pages jaunes de l'annuaire à la recherche d'un restaurant chinois proche du bureau de son client, et il en trouva un situé à quelques centaines de mètres de là. Quand il suggéra de s'y rendre pour déjeuner, l'autre accepta sur-le-champ.

L'attitude détendue de Harry déteignit sur son client, et ils passèrent un moment très agréable. Harry évita de jouer avec son biscuit porte-bonheur, feignant de l'ignorer aussi longtemps que possible tandis qu'ils poursuivaient leur conversation, puis il le brisa en deux d'un air dégagé et sourit en lisant la prédiction : La réussite sourit aux audacieux. Harry acquiesça intérieurement, tout à fait d'accord, le succès engendre le succès, et je suis pour la parthénogenèse. L'autre ignora purement et simplement son biscuit et, quand ils se levèrent pour partir, Harry le prit subrepticement et le mit dans sa poche. On ne sait jamais, ça peut toujours servir.

Quand Harry sortit du bureau de son client quarante-cinq minutes plus tard, il avait décroché une grosse commande de plus. Il en informa le siège de sa société par téléphone, puis il se promena quelque temps jusqu'à l'heure de son second rendez-vous. Cette fois encore, tout se déroula comme Harry – et l'autre biscuit porte-bonheur – l'avait prévu. Cela faisait donc deux commandes. Harry savait que, tôt ou tard, il sortirait d'un bureau sans bon de commande en poche, mais pour l'instant, la chance était avec lui, et il allait en profiter au maximum.

Il savait aussi que les biscuits porte-bonheur n'avaient en réalité rien à voir avec l'obtention de ces contrats, mais il ne voulait pas prendre le moindre risque, et il continua donc à brûler des cierges le matin et à déjeuner au restaurant chinois à midi. Et les affaires marchaient bien. Formidablement bien! En fait, le nombre de ses ventes augmentait avec une telle rapidité qu'il semblait bien placé pour décrocher le titre de meilleur vendeur de l'année. Et le montant de ses commissions augmentait proportionnellement, et il devint bientôt évident qu'il allait devoir trouver un moyen pour ne pas payer trop d'impôts. Il gloussa et sourit intérieurement en y songeant, pas désagréable tout ça!

Tout se passa parfaitement ou presque pendant plusieurs mois. Même les gens qui ne lui passaient pas de commandes étaient favorablement impressionnés et lui disaient qu'ils feraient appel à lui si la conjoncture venait à changer. Mais l'inévitable mouche finit par tomber dans la soupe, et Harry dut trouver un moyen pour se débarrasser d'elle sans jeter le contenu de l'assiette : il fut victime du syndrome du restaurant chinois.

La première fois que le mal frappa, il arriva en retard à son rendez-vous mais, fort heureusement, tout s'arrangea; non seulement il se remit de cette attaque, mais il décrocha une commande. Tout d'abord, assis sur le siège des toilettes, plié en deux par des crampes d'estomac et transpirant à grosses gouttes, il se dit qu'il n'était plus question de déjeuner au restaurant chinois. Puis, une fois revenu au bureau avec le bon de commande en poche, il se détendit et songea qu'il ne fallait pas prendre de décision hâtive. Qu'il n'y ait pas de malentendu : il ne s'agissait pas de superstition, mais il eût été ridicule de changer des habitudes qui lui réussissaient si bien.

Le lendemain, il en fut vraiment convaincu. Et bien que sachant que ses succès ne devaient rien au fait qu'il déjeunait dans un restaurant chinois, il chercha un moyen pour ne pas déroger à cette coutume tout en restant en bonne santé. Ou plus précisément, pour se procurer le biscuit porte-bonheur dont il avait besoin – non, non, il n'en avait pas réellement besoin mais... enfin, bon sang, tout le monde a un quelconque talisman. Alors celui-là ou une patte de lapin, où est la différence? Il haussa mentalement les épaules, et puis merde!

Le jour suivant, il se rendit chez un petit traiteur chinois qui faisait des plats à emporter et, une fois dehors, il sortit le biscuit porte-bonheur du sac, jeta le reste dans la première poubelle qu'il trouva, et partit déjeuner. Il se sentait très fier de son ingéniosité et de la facilité avec laquelle il avait résolu son problème. Et tous les jours, il allait chez le traiteur en question, commandait quelques victuailles et jetait le tout après avoir pris le biscuit porte-bonheur.

Un jour, il vit deux employées de la société devant l'échoppe et poursuivit son chemin sans s'arrêter, puis il revint dix minutes plus tard en regardant attentivement autour de lui pour s'assurer qu'aucun autre collègue ne se trouvait dans les parages. Maintenant, quand il quittait son bureau pour aller déjeuner, il jetait un coup d'œil par-dessus son épaule pour être certain qu'aucune personne de connaissance ne se trouvait à proximité, et il scrutait les alentours une nouvelle fois avant de jeter le sac dans une poubelle, puis il s'éloignait en sifflotant, le nez au vent, l'air aussi dégagé que possible.

Bientôt, les contraintes engendrées par ce petit manège le rendirent quelque peu anxieux, si bien qu'il prit l'habitude de déjeuner dans le quartier en premier lieu, puis de s'éloigner de son bureau pour chercher un traiteur chinois où se procurer son biscuit porte-bonheur.

Après plusieurs essais et bien des tribulations, il s'aperçut qu'il pouvait déjeuner dans un restaurant chinois un jour sur quatre sans avoir à redouter une nouvelle attaque du mal. Et il se mit à écumer tous les restaurants chinois d'un bout à l'autre de la ville. Un jour, alors qu'il se trouvait dans Chinatown, il fit une stupéfiante et merveilleuse découverte : une boutique qui vendait des sacs de biscuits porte-bonheur. Dorénavant, il n'aurait plus aucun souci à se faire.

Il avait toujours un sac de biscuits dans le tiroir de son bureau, et il s'en accordait un de temps à autre. Mais bientôt, il constata qu'il était parfois malaisé de saisir le sens de certaines prédictions. Non qu'elles fussent vraiment difficiles à comprendre, mais elles étaient souvent ambiguës, ou bien sans le moindre rapport avec la situation présente. Et Harry était contraint d'en prendre un autre... puis un troisième, et ainsi de suite, jusqu'à ce qu'il trouve une prédiction ayant une quelconque pertinence avec les événements en cours; après quoi, il allait à ses rendez-vous. Bientôt, il dut acheter les sacs de biscuits par douzaines pour être certain de ne pas en manquer, et quand il quittait son bureau, celui-ci était jonché de miettes, et l'anxiété de jadis le reprenait parfois fugitivement.

Un matin, Harry était en train d'étudier des rapports pour constituer un dossier qu'il devait présenter à un client potentiel. Il s'agissait d'une société multinationale, et si Harry parvenait à conclure l'affaire, sa société se verrait attribuer le marché le plus important de toute son histoire, et ce contrat ouvrirait des perspectives inouïes pour ses employeurs et pour Harry lui-même. Entre autres choses, cela entraînerait sa nomination à un poste de cadre supérieur.

Il étudiait ce dossier depuis six mois, y consacrant des heures et des heures, une énergie et une imagination créatrice extraordinaires, et l'ultime rendez-vous, celui où tout allait se décider, était prévu pour le lendemain après-midi. Son dossier était prêt, et il commençait à le relire une dernière fois lorsqu'il reçut un coup de fil lui annonçant que le rendez-vous du lendemain devait être annulé. Monsieur Ralston se voyait contraint de quitter le pays inopinément. Harry pouvait-il le rencontrer cet après-midi à quatorze heures, monsieur Ralston ne sachant pas quand il serait de nouveau disponible?

Harry fit aussitôt savoir qu'il était d'accord et prit machinalement un biscuit porte-bonheur dans le tiroir de son bureau. Il lut la prédiction, fronça les sourcils et jeta le bout de papier. Aucun intérêt : celui qui hésite est perdu, mais mieux vaut être perdu que mort. Qu'est-ce que c'est que ces âneries? Il en prit un autre... encore un autre, et encore un autre, de plus en plus soucieux et inquiet. Il lui était déjà arrivé d'être agacé par l'ambiguïté de certaines prédictions mais, pour le coup, elles devenaient franchement négatives. Il prit le dernier biscuit, mais la prédiction était du même genre. A les en croire, il ferait mieux de rentrer chez lui et de s'enfermer dans un placard. Et c'était exactement ce qu'il avait envie de faire à cet instant précis. L'idée d'avoir à négocier un tel contrat en se sentant aussi nerveux et aussi déprimé ne lui plaisait pas du tout. Il fronça les sourcils et contempla le tas de biscuits et de bouts de papier dans la corbeille. Bon sang, que se passait-il? Pourquoi tout semblait-il soudain se liguer contre lui? Bon Dieu, si seulement il pouvait annuler ce rendez-vous! Mais s'il le faisait, c'en serait fini. L'occasion ne se représenterait plus. Pas une occasion pareille. Il ne serait pas cadre supérieur. Il fallait qu'il le voie aujourd'hui. Mais pourquoi tout allait-il mal? Il avait brûlé des cierges ce matin. Pourquoi fallait-il que cela lui arrive, à lui? Il ouvrit tous les tiroirs de son bureau pour la troisième ou la quatrième fois, espérant y trouver un biscuit qui traînait, un biscuit qu'il aurait pu oublier dans un coin, mais ses espoirs furent déçus. Il n'y en avait plus. Plus un seul. Et il n'avait aucun moyen de s'en procurer avant d'aller à son rendez-vous en haut de Manhattan. A moins de déjeuner tôt au restaurant chinois du coin. Son visage s'éclaira, Ouais, c'est ce que je vais faire. De toute façon, c'est là que tout a commencé. Je vais déjeuner rapidement, et j'aurai largement le temps d'aller à mon rendez-vous. Il chassa d'un revers de la main les miettes de biscuits dont son costume était couvert et quitta son bureau.

Quelque chose lui disait qu'il n'était pas prudent de déjeuner au restaurant chinois aujourd'hui, l'ayant déjà fait la veille, mais il fut obligé de ne tenir aucun compte de ce pressentiment. Il se montrerait circonspect. Il mangerait peu. Il n'allait pas prendre le risque d'être victime du syndrome du restaurant chinois. Pas aujourd'hui, et il entendit une petite voix murmurer dans sa tête : tels furent ses derniers mots.

Il mangea sa soupe et un peu de chop suey, et quand le serveur lui apporta son biscuit, il s'en saisit rapidement, le brisa en deux, lut la prédiction et regarda fixement le bout de papier : Le mieux est parfois de ne rien faire. Il n'en croyait pas ses yeux. C'était complètement fou. Il fit signe au serveur et lui demanda s'il pouvait lui donner un autre biscuit porte-bonheur. Le serveur acquiesça, et quand il eut apporté le biscuit, Harry le brisa en deux et faillit pousser un gémissement en lisant la prédiction. Encore une! Je dois être en train de faire un cauchemar. Quelqu'un doit s'amuser à me jouer un vilain tour. Il rappela le garçon et lui demanda une douzaine de biscuits. Le garçon le dévisagea pendant plusieurs secondes et Harry, énervé, lui dit qu'il paierait et expliqua, en se forçant à sourire, qu'il s'agissait d'une blague. Le garçon finit par hausser les épaules, et il lui apporta une douzaine de biscuits porte-bonheur. Harry les contempla un instant, le serveur lui jetant un coup d'œil de temps en temps, parlant aux autres serveurs, puis hochant la tête et haussant les épaules. Harry prit une profonde inspiration, fit de son mieux pour se détendre et se prépara à briser le premier biscuit. Il banda ses muscles, comme s'il était sur le point de plonger d'une tour de trente mètres dans une cuve en traversant un cercle de flammes. Il brisa le biscuit, lut rapidement la prédiction, jeta le tout sur la table et passa au suivant, se livrant au même manège, se sentant de plus en plus mal, en proie à une anxiété croissante, jusqu'à ce qu'il les eût tous ouverts (maintenant, tous les serveurs le regardaient en se grattant la tête) et il resta là à contempler le tas de biscuits en miettes et de bouts de papier froissé. Harry était au bord des larmes. Il avait du mal à concevoir qu'une telle chose puisse lui arriver. Être sur le point d'accomplir de grandes choses, et voir le monde entier se liguer contre lui. Il n'avait fait de mal à personne. Il brûlait ses cierges tous les matins. Pourquoi fallait-il que cela tombe sur lui? C'était injuste. Nom de Dieu, c'est trop injuste! Mais je n'vais pas me laisser faire! J'veux bien être pendu si j'me laisse faire! NON!!!! Il avait presque crié le dernier mot en abattant violemment son poing sur le tas de biscuits en miettes, les assiettes et les fioles tressautant et s'entrechoquant, les clients soudain silencieux, immobiles, fourchettes en l'air, se regardant tout d'abord, puis se retournant pour découvrir la cause de ce tintamarre; les serveurs se figeant eux aussi, contemplant Harry en clignant des yeux tandis qu'il enfouissait sa main dans les biscuits et criait, je n'vais pas me laisser faire! Un point c'est tout! Harry régla l'addition tout en continuant à marmonner, sans s'apercevoir que tout le monde le fixait en murmurant qu'il était fou à lier.

Harry se sentait en pleine forme quand il entra dans le bureau de monsieur Ralston. La première chose que fit monsieur Ralston fut de l'informer qu'il était très occupé et n'avait pas le temps d'écouter des discours superflus. Cela convenait parfaitement à Harry qui connaissait bien son dossier et voulait en finir rapidement lui aussi. Il remit une copie du dossier à monsieur Ralston, lui résuma les données chiffrées, insistant sur les points importants, répondant à ses questions avec aisance et promptitude, et quand l'entretien fut terminé, il sortit du bureau de monsieur Ralston avec le bon de commande en poche.

De retour au siège, Harry se rendit directement à son bureau et se jeta dans son fauteuil. Maintenant, son corps était moite de transpiration, et un mélange de désarroi et d'incrédulité bouillonnait en lui. Le bon de commande signé était posé là, devant lui, mais il ne parvenait pas à se sentir concerné. Tout cela était bien réel, il le savait, mais semblait n'avoir aucun rapport avec son existence. Et plus il y songeait, plus la situation lui paraissait invraisemblable et floue parce qu'il n'arrivait pas à se persuader que ces événements s'étaient effectivement produits. Comment était-ce possible? Il se rappelait à peine s'être trouvé dans le bureau de monsieur Ralston. Il y réfléchissait encore et encore, mais cela ne faisait qu'accroître son désarroi.

Le plus ahurissant était que ceci allait changer son existence. De fond en comble. Une maison avec un jardin planté d'arbres dans le Connecticut. Une résidence secondaire à Martha's Vineyard. Des voitures. Un bateau. Ouais... un sloop de douze mètres peut-être, et il naviguerait grand largue, le visage balayé par la brise et les embruns...

Mais dorénavant, il serait cadre supérieur...

Cette perspective le terrifiait. Comment parviendrait-il à assumer des fonctions d'une telle importance? Comment pourrait-il faire un discours devant le conseil d'administration (à cette seule pensée, son esprit et son corps se mettaient à frémir), faire un rapport sur la progression du chiffre d'affaires... conseiller une politique commerciale... Bon Dieu, mais c'est vrai! Il faudra conclure d'autres accords comme celui-ci. Je devrai constamment me montrer à la hauteur. Comment le pourrai-je? Cette fois-ci, j'ai eu de la chance. Mais cela ne se reproduira certainement pas... Seigneur, le conseil d'administration ne se contentera pas de ce succès très longtemps, et il faudra recommencer encore et encore...

Mon Dieu, je n'y arriverai jamais. Je ne le supporterai pas – il jeta un coup d'œil aux biscuits porte-bonheur qui s'entassaient dans la corbeille à papier – je ne saurai que faire. Être vendeur, soit, mais cadre supérieur, c'est une autre histoire... les responsabilités...

et il se retrouverait avec la maison dans le Connecticut, et la résidence secondaire à Martha's Vineyard, et le bateau et les voitures sur les bras...

Mon Dieu, non, non...

Il se sentit glacé et frissonna tandis que la panique montait en lui et lui tordait les tripes, l'oppressant au point de l'empêcher de respirer... Il lutta pour introduire un peu d'air dans ses poumons, puis il se pencha en avant et posa ses coudes sur le bureau, la tête enfouie dans les mains, sombrant de plus en plus profondément dans le désespoir...

Puis il remarqua quelque chose dans le journal posé sur son bureau. Il ne vit tout d'abord qu'une masse noire et indistincte, mais quelque chose attira son attention et il s'aperçut qu'il ne parvenait pas à détourner son regard. Il cligna des yeux jusqu'à ce que sa vision devienne claire et constata qu'il fixait l'horoscope, son horoscope pour la journée : *Le jour est venu de vous affirmer. De grandes perspectives s'ouvrent à vous si vous prenez le taureau par les cornes. Ne vous laissez pas décourager par une rebuffade.* Il le relut, une première... puis une deuxième fois... parcourant tout d'abord les mots sans les comprendre, puis saisissant leur sens, son corps se redressant au fur et à mesure qu'il lisait, un sourire décrispant son visage...

puis il abattit violemment sa main sur le journal et se leva d'un bond, Bien sûr! C'est ça! Je le savais! Je l'ai toujours su! Je savais que ce jour était mon jour de chance!!!! Je ne suis pas superstitieux, Dieu merci, autrement j'aurais pu laisser ces foutus biscuits gâcher ma vie. Maintenant, je sais comment faire – tapotant le journal de la main –, tout est là. Haha, dorénavant, rien ne pourra plus m'arrêter! Il saisit le contrat qui se trouvait sur son bureau et se dirigea vers l'aile réservée à la direction pour annoncer au président-directeur général en personne qu'il avait conclu l'affaire. Après tout, autant s'habituer tout de suite à son nouveau cadre de vie!!!!

A QUOI PENSES-TU?

Il ne pensa pas tout de suite à ses seins. Il remarqua seulement combien elle était belle. De plus il était extrêmement rare aujourd'hui de voir une jeune fille sans maquillage. Elle n'avait probablement pas plus de dix-huit ans. Il attendait le métro après son travail, et elle se trouvait dans la foule, avec des amies. Elle portait un manteau noir et un foulard noir. Sa peau paraissait très blanche, et ses yeux étaient noirs et brillants. Il ne cessait de la regarder furtivement. Il se tint près d'elles dans le métro, et fut surpris de les voir descendre à la même station que lui. Il marcha lentement et essaya d'écouter leur conversation, mais la seule chose qu'il entendit distinctement fut son nom : Marie. Un pâté de maison plus loin, elle dit au revoir à ses amies, tourna dans l'avenue, et il rentra chez lui sans plus tarder.

Le lendemain matin, il la vit sur le quai. Il se tint à proximité, essayant de distinguer la couleur de ses yeux, sans y parvenir (du moins en faisant preuve d'un minimum de discrétion) et il fut de nouveau stupéfié par sa beauté naturelle, une beauté qui n'était pas dévastatrice mais reposante, émouvante. Ils descendirent à DeKalb Avenue, et il monta l'escalier derrière elle et ses amies, espérant voir ses jambes un peu plus haut, mais elle était drapée dans son manteau et, en dépit de tous ses efforts, et bien qu'il se fût laissé distancer, il ne put voir que ses mollets. Ils étaient fort beaux d'ailleurs, bien qu'elle portât des ballerines à talons plats. Une fois dehors, elle partit dans la direction opposée à celle qu'il devait prendre, et il la suivit des yeux... puis il se détourna, et prit le chemin de son bureau.

Ce soir-là, il ne la vit pas sur le quai. Il regarda autour de lui, et il s'était presque décidé à attendre une autre rame, une rame moins bondée, mais il y avait suffisamment de place dans celle-ci pour trois ou quatre personnes supplémentaires, et il eût été coupable et suspect de demeurer sur le quai avec toute cette place, d'autant plus que le métro restait là, portes ouvertes, et si une personne de connaissance lui demandait ce qu'il attendait, ou si, pour une raison ou une autre, il y avait une enquête de police, que répondrait-il? Et il y aurait des témoins pour affirmer que le wagon n'était pas plein – il sauta dans la rame, juste avant la fermeture des portes.

Après le dîner, il s'étendit sur le canapé et tenta d'évoquer le souvenir de Marie, mais il n'entrevit qu'une vague silhouette, la voix de sa femme rendant impossible l'évocation d'une vision plus charnelle. Il renonça, se leva, passa dans la cuisine et aida sa femme à faire la vaisselle. Elle fut surprise mais ne dit rien.

Vers dix heures, il annonça qu'il allait se coucher, se disant épuisé par le travail supplémentaire dont on l'accablait au bureau, et il fut soulagé quand sa femme répondit que, pour sa part, elle irait se coucher plus tard, quand elle aurait fini son repassage. Il resta allongé sur son lit, songeant à Marie. Il l'imagina vêtue d'un beau fourreau moulant et de bas noirs, mais son image se brouillait continuellement. Il ne l'avait jamais vue sans son manteau et sans un foulard sur la tête. En réalité, il ne savait absolument pas comment elle était faite, et il ne pouvait que faire des suppositions en se fondant sur son visage et ses jambes. Elle n'était manifestement pas grosse, mais il ne savait toujours pas *exactement* à quoi elle ressemblait. Et ses nichons? Elle était peut-être plate... Pas moyen de savoir avec ce manteau. NON, NON! Elle doit en avoir une belle paire. Abondante et ferme. Sûr... Elle doit...

Le lendemain matin, il prit son petit déjeuner un peu plus vite que d'habitude, pour être sûr d'attraper le métro qu'elle prenait toujours, mais pas trop vite, pour que sa femme ne se pose pas de questions. Marie était là, sur le quai, et il monta dans la rame avec elle et ses amies, et il fit le trajet en essayant de ne pas la dévorer des yeux, mais en écoutant sa voix et en la regardant à la dérobée, espérant que son manteau allait s'ouvrir chaque fois qu'elle rajustait son foulard; en vain. Sans perdre le manteau de vue, et sans cesser d'espérer, il regarda son visage et remarqua une petite imperfection sur sa joue droite, mais il n'en fut pas contrarié. Elle n'affectait pas sa beauté. Et, de toute façon, ce n'était qu'une petite marque. Probablement temporaire, et elle disparaîtrait sans laisser de trace sur sa peau. Il aurait bien aimé qu'elle n'aille pas travailler avec ses bigoudis sur la tête, même si, comme ça, elle reste plus jolie qu'Alice quand elle est bien coiffée. D'ailleurs, elle n'avait des bigoudis que sur le devant. Derrière, ses cheveux tombaient librement. Ils étaient longs, ondulés et très beaux. Si elle utilisait un produit pour les rendre encore plus noirs et plus brillants, ils seraient superbes, mais ils étaient déjà très beaux ainsi. Beaucoup plus beaux que ceux d'Alice, mais c'était une autre histoire. Cette fille ne lui inspirait que de la curiosité. Elle devait avoir dix ans de moins que lui. C'est uniquement parce qu'elle est particulièrement jolie. Bon sang, est-ce qu'un type ne peut pas regarder une fille et la trouver jolie sans qu'on en fasse tout un plat? Alice n'y verrait pas d'inconvénients... Ils furent bientôt arrivés, descendirent du métro, et il la suivit des yeux, cette fois encore, et il partit travailler.

Quand il parla à Alice de la fille qu'il avait vue sur le quai, il essaya de le faire d'un air détaché, mais il voulait être sûr de ne pas en rajouter. Il fut certain qu'elle n'avait rien remarqué quand la conversation dériva naturellement, après qu'il eût dit combien la fille était belle, ajoutant qu'il était dommage qu'elle se maquillât en dépit du bon sens, au lieu de le faire convenablement. Tu sais comment ces gamines procèdent, et puis, ils se mirent à parler des lycées, de choses et d'autres, et il se sentit mieux, beaucoup mieux. Dorénavant, quand il penserait à Marie, il ne se sentirait pas coupable. D'ailleurs, il n'avait aucune raison de se sentir coupable.

Au cours des quatre jours suivants, il la vit tous les jours, deux fois par jour, et il ne cessa de l'observer, depuis l'instant où il l'apercevait sur le quai, jusqu'au moment où ils se séparaient dans la 3e avenue... sans jamais les voir. Et on était en janvier. Encore loin du printemps et des manteaux plus légers qu'on laissait entrouverts, et encore plus loin de l'été, de l'époque où les femmes ne portaient plus que des robes ou des corsages – et il la scrutait, encore et encore... *Bonjour, j'espère que vous ne me trouvez pas trop cavalier, mais je vous vois tous les jours depuis longtemps, et vous avez certainement remarqué que je vous dévisageais. Je suppose qu'il est assez inhabituel d'aborder une jeune fille dans le métro de cette façon, mais vous êtes tout simplement ravissante* – un métro arrivait, et ils y montaient, et il essayait de la rejoindre, sans parvenir à se faufiler parmi la foule et à continuer sa conversation imaginaire, et puis le métro s'arrêtait, et il descendait, et se tenait à un mètre derrière elle, et il la regardait s'éloigner, et il essayait de revenir en arrière, sur le quai, et il lui disait qu'elle était belle, et elle ébauchait un sourire (un peu timide peut-être) et lui répondait qu'il avait raison, qu'elle avait remarqué ses regards, et il comprenait (au ton de sa voix et à son attitude) qu'elle était flattée – mais il ne parvenait à revenir en arrière, et chaque fois qu'il essayait de se retrouver seul avec elle, il se demandait quelle pouvait bien être la couleur des yeux d'Alice. Il tentait de chasser cette idée de son esprit, la repoussant de la main, mais il ne rencontrait aucune résistance, et l'idée continuait à flotter dans sa tête comme une amibe, une gigantesque amibe. Il essayait de la saisir, de la tirer, de la chasser à coups de pied, mais l'idée flottait toujours, impalpable. Il fermait les yeux pendant un instant, attendant au coin de la rue que le feu passe au rouge, mais l'idée se refusait à bouger, et il renonçait à la chasser de son esprit; elle ne partait que lorsqu'il tentait d'évoquer les yeux d'Alice. Puis il essayait d'agrandir les yeux de sa femme, pour voir de quelle couleur ils étaient, mais sans succès. C'était impossible. Mais ils devaient être bleus. Elle est si blonde. Ils ne peuvent qu'être bleus. Ils ne sauraient être que bleus. Bleus, bleus, BLEUS!!! Pourtant, il n'arrivait pas à y croire. Mais cela ne veut rien dire. Tu te connais, et tu sais que tu oublies facilement ces choses-là. Mais les yeux de Marie sont marron, marron foncé, et ils brillent, non? Mais c'est une autre histoire. Comment peut-on douter que j'aime Alice? Bien sûr que je connais la couleur de ses yeux! A-t-on idée de poser des questions comme ça, à brûle-pourpoint! Voilà pourquoi je ne m'en souviens pas...

Bonsoir, ma chérie. Il se pencha et embrassa Alice sur les cheveux (bien sûr qu'ils sont verts. C'est ridicule. Je l'ai toujours su) et il lui demanda quel était le menu du dîner.

De nouveau il alla se coucher tôt, prétextant qu'il ne se sentait pas très bien, fuma deux ou trois cigarettes en pensant à elle. Il se demanda ce qu'il ferait s'il n'était pas marié, non pas que je sois malheureux après quatre ans de mariage, vous savez, simplement, je me pose la question. Pour la forme, en quelque sorte. J'aurais une voiture, bien entendu – mais je ne vivrais pas ici, de toute façon, et je ne l'aurais jamais vue – recommençons. J'habite ici – il éteignit sa cigarette et se coucha sur le côté, chassant de son esprit tous les faits insignifiants qui détournaient le cours de ses pensées. Il était célibataire et vivait dans son propre appartement à côté de Fort Hamilton avec chaîne hi-fi, éclairage indirect, et même un petit bar (il aurait les moyens) et il l'avait rencontrée dans le cadre de son travail, et ils sortaient ensemble et revenaient chez lui pour prendre un dernier verre – ils étaient allés au casino, ou quelque part dans Long Island – et il allumait la radio et trouvait une station qui passait de la musique douce, et en lui donnant son verre, il lui prenait la main et l'embrassait, et il commençait à la déshabiller lentement, et elle était pudique et rougissait légèrement, et il l'embrassait et la rassurait, lui disait qu'il l'aimait, et elle le prenait dans ses bras et l'embrassait avec passion, et il la conduisait doucement dans la chambre et ils s'allongeaient sur le lit, et il posait sa main sur sa jupe, et ses doigts s'attardaient sur l'ourlet pendant un instant, puis remontaient, et il sentait la douceur de sa cuisse, et elle se tournait en soupirant, et le métro arrivait, et il levait la main pour le repousser, et il tentait d'assommer les conducteurs qui entraient par centaines, mais la rame traversait la pièce, le lit, et il la serrait contre lui et lui parlait doucement, essayant toujours de repousser le métro et tous ces foutus usagers qui passaient... Nom de Dieu! il claquait la porte! il la claquait encore et encore et encore, et courait la rejoindre, et l'embrassait, et il claquait de nouveau la porte, je t'aime, JE T'AIME, essayant frénétiquement de déboutonner son corsage, et un énorme semi-remorque passait, et il faisait des efforts désespérés pour lui ôter son corsage, et Alice lui demanda s'il se sentait bien, Tu te retournes et tu t'agites beaucoup. Tu es sûr que ça va, mon chéri? et il se retourna et marmonna une vague réponse, espérant qu'il n'avait rien laissé échapper pendant son sommeil, et de toute façon, ce n'était qu'un rêve; ce n'était pas comme s'il n'aimait pas Alice... Enfin... mais il n'y a pas de mal à cela, et il alluma une autre cigarette, et Alice continua à parler, et il opinait, répondait par monosyllabes en tirant sur sa cigarette. Rien à voir avec ces types qui ont des maîtresses. C'est tout à fait différent. Je n'ai jamais trompé Alice. Je lui ai même parlé de cette fille – bonne nuit, chéri –, Alice tendit la main et éteignit la lumière, et la pièce fut de nouveau plongée dans l'obscurité, et il écrasa sa cigarette dans le cendrier et tenta de faire le vide dans son esprit, ne voulant pas s'endormir en pensant à elle et risquer de parler dans son sommeil... Il ne parvint pas à la chasser de son esprit et s'éveilla en sursaut à plusieurs reprises, l'oreille aux aguets, et quand il se réveilla vers trois ou quatre heures du matin, il était en proie à une telle excitation qu'il essaya de réveiller Alice, et il lui toucha le bras légèrement, sans succès, et il y renonça, craignant toujours de parler pendant qu'il dormait, si bien qu'il alluma une autre cigarette et se mit à songer à son travail, ou à autre chose... n'importe quoi, jusqu'à ce qu'il se sente plus calme; puis il éteignit sa cigarette et finit par s'endormir.

Le lendemain matin, il était épuisé, et il dit à

Alice de téléphoner à son bureau pour leur faire savoir qu'il ne se sentait pas bien, et qu'il ne viendrait pas travailler. Il lui dit qu'il était peut-être en train de couver quelque chose, et qu'il jugeait préférable de se reposer un jour ou deux plutôt que de prendre le risque de tomber malade. Il garda le lit toute la journée, ainsi que le jour suivant qui était un vendredi, et il flemmarda pendant presque tout le week-end. Le lundi, il déclara qu'il se sentait mieux, et Alice lui suggéra de partir plus tard pour éviter l'heure de pointe, mais il lui répondit que c'était ridicule. Alice fut sidérée par sa sécheresse et le regarda un moment, puis, quand il baissa les yeux, elle continua à mettre la table.

Il courut jusqu'à la station de métro, et ne ralentit l'allure qu'en la voyant au bout du quai. Il lui semblait que des semaines s'étaient écoulées depuis la dernière fois où il s'était trouvé à côté d'elle, sur le quai, et il était persuadé qu'elle avait remarqué sa longue absence, et qu'elle avait probablement envie de lui parler. Il n'y avait rien de mal à bavarder avec elle – le métro arriva, et il était plus bondé qu'à l'accoutumée, et il dut pousser pour pouvoir monter, et Marie et ses amies eurent du mal à trouver de la place, la porte heurtant l'épaule de l'une d'entre elles en se refermant, et elles poussèrent des petits cris de frayeur, et il sourit et faillit leur adresser la parole, mais il se retint – oui, oui, bien sûr. Alice avait les yeux verts, et ses cheveux étaient ramenés en arrière et formaient sur sa nuque une sorte de queue de canard. A la station suivante, d'autres personnes montèrent, et il se retrouva collé contre elle, et il songea qu'il serait facile de laisser son bras effleurer son sein, ou bien d'abaisser sa main et, à la prochaine secousse, de la poser sur son cul, et il regardait, encore et encore, mais il ne voyait rien. Incroyable, mais il ne distinguait toujours rien. Ne savait toujours pas si, oui ou non, elle en avait une belle paire. Non pas que cela eût de l'importance. Simple affaire de curiosité. Non, non. Pas de ça. Ne sois pas idiot. Je ne pourrais pas le faire, pas vraiment. Ce serait facile pourtant. Surtout avec tout ce monde. En quelque sorte, ce serait un accident. Si seulement je pouvais connaître leur taille, J'veux dire...

Apparemment, il n'y avait aucun moyen de savoir. Allait-il devoir attendre le printemps, ou même l'été? C'était grotesque. Pour l'amour du ciel, pourquoi ne cessait-elle pas de se pelotonner dans son manteau? Il ne faisait pas si froid que ça. Elle pourrait laisser ce foutu truc ouvert dans le métro. Il faisait suffisamment chaud. Si seulement elle avait porté un manteau ajusté, près du corps, il aurait au moins pu distinguer sa silhouette, et en tenant compte de l'épaisseur du vêtement, il aurait pu avoir une petite idée de la taille de ses nichons. Il ne s'attendait pas à ce qu'ils fussent énormes (ceux d'Alice sont très bien. Pas trop petits. Je l'ai déjà dit. Ça m'est égal. D'ailleurs, ça n'a aucun rapport) seulement gros et fermes. Elle semble avoir de belles hanches larges. Si elle a la taille fine et une grosse paire de nichons... blancs et doux, et quand elle s'allonge sur le dos, ils doivent crouler légèrement de part et d'autre de son torse, et elle doit avoir des aréoles roses... et les métros et les gens et les camions l'éloignaient sans cesse d'elle, et ils se séparaient à la station de la 3e avenue tous les soirs, et il pensait à elle la nuit dans son lit, et à quatre ou cinq reprises, peut-être plus, il avait songé à réveiller Alice au milieu de la nuit, mais il se contentait de fumer, couché sur le côté, des crampes dans les cuisses, l'estomac noué... et il ne cessait de regarder, et ils se séparaient au coin de la rue tous les matins, lorsque le feu passait au rouge, et il ne dormait plus, était tendu et irritable, et Alice savait que c'était dû à son travail, et elle ne voulait pas lui laisser voir qu'elle s'inquiétait à son sujet, et elle essayait de faire comme si tout était normal, lui parlait pendant le dîner pour qu'il se détende et retrouve son appétit (il ne mangeait plus guère ces derniers temps et perdait du poids) et elle souriait et lui parlait de son travail d'un ton badin, et ses réponses évasives confirmaient son impression, à savoir que son activité professionnelle était responsable de sa nervosité, et lui regardait, regardait encore, et Alice se faisait du souci, et il continuait à perdre du poids, et elle faillit lui suggérer d'aller consulter un médecin, mais, craignant de paraître inquiète, et ne voulant pas aggraver son état, elle lui proposa d'aller au cinéma après le dîner. C'est vendredi, et ils passent un bon film ce soir. Il est, paraît-il, très drôle, et tu sais que tu as beaucoup travaillé ces derniers temps, chéri. Ouais, je suppose que tu as raison, sans savoir de quoi elle parlait, mais n'osant pas le lui demander. Cela te détendrait d'aller au cinéma. Il acquiesça, et ils allèrent au cinéma, et il resta assis à regarder l'écran et à fumer, et il se mit à glousser, puis à rire, et il se sentit plus détendu, et il allongea les jambes, et Alice se laissa aller contre lui et passa son bras sous le sien en le regardant de temps en temps, et ils rirent de concert.

Et soudain, Marie se dressa devant lui, dans l'allée; elle regardait vers le fond du balcon puis, ayant aperçu ses amies, elle sourit et passa à côté de lui, remontant la travée. Tout d'abord, il fut surpris, mais après tout, il n'y avait aucune raison pour qu'elle n'aille pas au cinéma, elle aussi. Et puis, bien sûr, quand elle commença à déboutonner son manteau, il essaya de voir ses nichons, sans succès. Il arriva juste à distinguer qu'elle portait un sweater noir. Ses cheveux lui parurent bien coiffés et très beaux dans la pénombre du cinéma. Puis elle sortit de son champ de vision. Elle était assise quelque part derrière lui. Il se demanda si elle l'avait remarqué. J'pense pas qu'elle ait vu la bague au doigt d'Alice. Ce ne serait peut-être pas plus mal. Certaines femmes préfèrent les hommes mariés.

Il s'intéressa de nouveau au film, riant et chuchotant à l'oreille d'Alice, et puis, Marie passa en compagnie d'une autre fille. Elle commençait à s'éloigner et à descendre l'escalier quand il s'aperçut de sa présence. Il continua à s'intéresser au film, tout en regardant l'escalier du coin de l'œil. Il sentit ses muscles se contracter et fit un effort pour se détendre. Il ne voulait pas qu'Alice se doute de quelque chose. Il lutta contre ses muscles. Regarda le film. L'escalier. Quinze, peut-être vingt minutes. Il se dit qu'elle était peut-être partie. Mais bien sûr, c'était idiot. Elle venait à peine d'arriver. Et de toute façon, il n'avait pas remarqué si elle portait son manteau ou non. Il attendit. Attendit encore. Finalement, il entendit leurs voix, et elles apparurent en haut de l'escalier, s'arrêtèrent un instant, puis passèrent à côté de lui en remontant la travée. Il regarda, mais la rambarde qui se trouvait devant lui était à la même hauteur que sa poitrine, et il était trop sidéré pour tenter de voir ses seins pendant que les deux filles se dirigeaient vers le haut du balcon. C'était fantastique. Extraordinaire. Tout ce qu'il voulait, c'était voir la taille de ses foutus nichons, et cette saloperie de rambarde se trouvait justement là. Nom de Dieu...

Elles repasseront peut-être. Et si on se reculait d'une rangée. Mais comment demander ça à Alice? C'est moi qui ai voulu m'asseoir ici pour pouvoir étendre mes jambes. Il y a une chose que je pourrais dire. Vaut mieux pas. Elle pourrait trouver ça bizarre. Elles repasseront, et quand elles s'engageront dans la travée, j'pourrai les voir. Je devrais peut-être dire à Alice que c'est la fille dont je lui ai parlé. Elle a peut-être remarqué que je la regardais avec insistance. Non, je ne le pense pas. Une bonne fille cette Alice. Il regarda sa femme, lui sourit, et elle lui rendit son sourire et lui demanda ce qu'il pensait du film, et il répliqua, Bon, très bon. Le sourire d'Alice s'élargit, et elle lui pressa le bras, et il attendit que Marie repasse, essayant de regarder derrière lui, mais elles étaient assises tout en haut, et il ne pouvait pas voir aussi loin sans se retourner carrément et les chercher ostensiblement des yeux. Il resta donc assis, sans bouger, fumant, suivant le film et attendant. Il entendit un bruit étouffé de pas et de voix. Trois filles passèrent et descendirent l'escalier, et Marie était du nombre. Il se redressa sur son siège et commença à tourner la tête vers l'allée, lentement, cherchant à placer ses yeux au bon niveau pour que son champ de vision soit aussi large que possible, sans qu'il ait trop à pivoter la tête. Il finit par trouver une position dans laquelle il voyait tout ce qu'il avait besoin de voir, et même un peu plus, tout en donnant l'impression qu'il continuait à regarder l'écran. Il se figea et attendit. Les muscles de son cou commençaient à se raidir, et ses yeux à le brûler, mais il ne fit pas un geste. Il cligna des paupières et se remit à attendre. Quand elle passerait, il n'aurait pas besoin de bouger, et il verrait...

Puis Alice le tirailla par le bras et l'attira légèrement vers elle. Voudrais-tu descendre me chercher un paquet de cigarettes, chéri, je n'en ai plus. Il lui jeta un regard furibond (après tout ce temps à se préparer, et elle pouvait revenir d'un instant à l'autre) et faillit lui hurler d'aller chercher ses saloperies de cigarettes elle-même. Tu aurais dû t'assurer que tu en avais suffisamment avant de venir, et puis il songea qu'elles n'étaient peut-être pas aux toilettes. Il se pourrait qu'elles soient en bas, à la confiserie. Il marmonna quelque chose qui pouvait passer pour un oui et se précipita dans l'escalier. Elles bavardaient autour d'un distributeur de boissons fraîches. Il acheta les cigarettes, se tint à l'écart et les regarda. Elle en avait vraiment une belle paire. Pas énormes, juste comme il faut. Et sa taille était merveilleusement mince, et quand elle se tourna, il put constater qu'ils étaient fermes, vraiment fermes, et pas seulement soutenus par le soutien-gorge. Bien sûr, sans soutien-gorge, ils tombaient peut-être légèrement. C'est bien naturel. Mais ils ne pendouillaient sûrement pas. Et elle avait une bouche ravissante. Oh, je parie qu'elle doit mordre. Ses cuisses doivent être si douces...

Les filles jetèrent leurs gobelets dans la poubelle et s'avancèrent vers lui. Il fit demi-tour, grimpa l'escalier quatre à quatre, se laissa tomber dans son fauteuil et tendit les cigarettes à sa femme, cherchant à reprendre son souffle, et il braqua ses yeux sur le bon endroit. Il resta assis, sans bouger, et attendit, et quand elles montèrent l'escalier pour regagner leurs places, ils les vit tressauter – très légèrement – et elle passa si près qu'il sentit l'odeur du savon qu'elle avait utilisé; en tendant la main, il aurait pu lui tapoter les fesses. Il allongea les jambes et alluma une cigarette, et il se battit avec un receveur, un train et une ouvreuse qui entraient en permanence dans la chambre, mais il ne cessait de fermer des portes et de tirer des rideaux, et elle était nue sur le lit et il l'embrassait, et il se tourna dans son fauteuil, se redressa et croisa les jambes, et il resta assis, immobile, sans penser à rien, pendant une seconde, puis il passa son bras autour des épaules d'Alice et frotta son nez contre son oreille. Elle se tourna vers lui et sourit, l'embrassa sur la joue, et elle se lova tout contre lui et lui caressa le bras, toute joyeuse de le voir détendu et souriant, adorant la façon dont il lui caressait la joue. Elle porta sa main à ses lèvres et baisa le bout de ses doigts. Il la serra contre lui, l'embrassa dans le cou et dit : Rentrons à la maison. Mais nous n'avons pas encore vu les dessins animés, idiot. Je sais, chérie, mais partons quand même. J'ai des choses à te dire. Il lui caressa le cou du bout des doigts et la regarda droit dans les yeux. Non, Harry, non, je t'en prie. Tu sais bien que le moment est mal choisi.

Il abaissa les mains, la regarda fixement pendant un instant, puis il se rejeta violemment en arrière dans son fauteuil. Oh, pour l'amour du ciel! Qu'y a-t-il, Harry? Mais rien, bon Dieu, rien du tout. Pourquoi ne me fiches-tu pas la paix...

LIEBESNACHT

Je ne veux plus en parler, Harry.

Comment ça, tu ne veux plus en parler? Alors, la discussion s'arrête là, et vlan, au revoir?

Ses traits étaient tendus; son corps aussi rigide que son attitude. Elle tenait le téléphone à quelques centimètres de sa bouche, regardait le mur de l'autre côté de la pièce, les yeux mi-clos, et parlait sur un ton détaché. Je ne vois aucune raison de continuer cette conversation. Tu refuses obstinément de comprendre mon point de vue, et tu veux n'en faire qu'à ta tête, de façon arbitraire et déraisonnable.

Il écarquilla les yeux et il commença à se dandiner, à s'agiter et à marcher de long en large, balançant les bras en tous sens, de telle sorte qu'il devait presque poursuivre le téléphone de temps à autre pour être sûr de se faire entendre. N'en faire qu'à ma tête? Qu'est-ce que tu racontes? Je t'ai emmenée voir *la Guerre des étoiles* deux fois déjà, et maintenant, tu me fais une scène parce que je ne veux pas le revoir ce soir. Et c'est MOI qui prends des décisions arbitraires? Enfin, bon sang, je suis prêt à tout faire pour...

Tu vois – le visage empreint d'une expression sévère – tu recommences, tu essayes de me culpabiliser, tu essayes de...

Te culpabiliser, te culpabiliser – il se retourna,

et se pencha en arrière, si loin qu'il voyait le plafond au-dessus du téléphone – Qui parle de te culpabiliser? Je ne veux culpabiliser personne, je veux seulement...

Tu veux seulement me faire passer pour une idiote parce que je veux voir...

Non, non, je me fous pas mal de savoir combien de fois tu as vu ce putain de film, je veux seulement t'emmener...

Il est inutile de jurer pour me prouver que tu es un homme.

Prouver que je suis un homme? – secouant la tête et roulant des yeux – je voulais seulement t'emmener à une réception, et tu me sors ces putains d'idioties à propos de *la Guerre des étoiles,* et...

Ah, parce que maintenant, je suis idiote! Eh bien, merci. Merci beaucoup! Qu'est-ce qui t'arrive? T'aurais-je blessé dans ton orgueil de mâle?

Non, mais qu'est-ce qu'il ne faut pas entendre? – se tapant sur le front – qu'est-ce qu'il ne faut pas entendre? D'accord, t'as tes règles, mais quand même, c'est ridic...

Ben voyons, voilà un excellent prétexte pour me culpabiliser et me ridiculiser, et...

Bon Dieu, chaque fois que je te parle ces derniers temps, c'est toujours la même chose, toujours les mêmes idioties.

Ah, parce que maintenant, il est idiot de ne pas constamment te céder, de ne pas satisfaire tous tes caprices...

Mes caprices? Quels caprices? Je veux seulement t'emmener à une réception, et tu...

Harry, je ne veux plus parler de tout cela. Tu refuses obstinément de comprendre mon point de vue.

Je refuse de – CLICK – quoi? Quoi? – regardant fixement le téléphone, le tenant à bout de bras –

qu'est-ce que tu fais? T'es complètement dingue, espèce de salope, tu... tu... et puis, j'en ai rien à foutre. Il raccrocha violemment, reposa le téléphone sur la table d'un geste rageur, et sortit.

Il remonta la rue, martelant le bitume, essayant de passer sa rage sur le trottoir, serrant et desserrant les mâchoires et les poings, secouant la tête, hurlant presque tandis que le combat se poursuivait dans son esprit, s'évertuant de toute la force de sa colère à mettre un peu de bon sens dans la tête de Mary, parce que toute cette histoire en était totalement dépourvue. Elle doit avoir un virus dans le cul. Je lui téléphone pour lui proposer de l'emmener dîner avant la réception, et elle m'annonce subitement qu'elle ne veut plus y aller – il prit mentalement une voix de fausset. Je veux voir *la Guerre des étoiles.* Je veux dire, qu'est-ce qu'elle peut bien trouver à *la Guerre des étoiles?* Qu'est-ce que c'est que cette foutue manie de me contrarier ces derniers temps? de me chercher querelle à tout bout de champ? De me fixer rendez-vous, et de l'annuler au dernier moment, ou de se plaindre des endroits où nous allons, ou de ce que nous faisons, alors que je lui ai demandé ce qu'elle voulait faire??? Si tu n'aimes pas ci, ou si tu n'aimes pas ça, alors, bon Dieu, qu'est-ce que tu veux faire? – prenant de nouveau une voix de fausset – Oh, choisis, Harry. Je n'arrive pas à me décider. Ouais, et rien de ce que je choisis ne lui plaît. Nous allons au restaurant, et subitement, l'éclairage n'est pas du goût de madame. Parfaitement, l'éclairage! La nourriture, on s'en fout, tout ce qui compte, c'est l'éclairage. T'as faim? allons chez Nathan. Là, l'éclairage est chouette. On va à Fire Island pour le week-end, et on est trop loin de la plage. Non, mais vous imaginez un peu!!! Cette putain d'île doit faire un mètre de large en tout et pour tout, et il y a des plages partout. C'est dingue, complètement dingue. Je comprends pas. Tout ce qu'elle veut faire, c'est me casser les couilles – la voix de fausset se fait entendre à nouveau. Si je te les casse, c'est que tu me les offres sur un plateau. Harry commença à agiter la main, puis il s'arrêta, gêné, et la mit dans sa poche. Qui a besoin d'elle? J'en ai besoin comme d'un trou dans la tête. Je dois être fou pour me faire chier avec une nana pareille. Comment ai-je fait pour me laisser harponner de la sorte??? N'en parlons plus. J'ai pas besoin de ça. Bientôt un an. Avec la même nana. Je dois être complètement dingue. Harry pressa le pas pour se mettre hors de portée des répliques que pourrait lui faire son cerveau, d'une voix de fausset, ou autre, et continua à essayer de distancer son esprit, tandis qu'il traversait l'avenue, se frayant machinalement un chemin parmi les voitures, puis il ralentit en approchant de chez *Steve,* un bistrot du quartier où ses amis traînaient volontiers.

Il s'arrêta un moment sur le seuil, sentit un courant d'air frais et, à cet instant seulement, s'aperçut que son visage était en feu, et qu'il avait très chaud. Il s'essuya rapidement avec son mouchoir, tout en jetant un coup d'œil alentour, puis se dirigea vers ses amis.

Tiens, Harry, qu'est-ce que tu fais ici?

Salut, Ron – il regarda Larry et Kelly – quoi de neuf?

Larry haussa les épaules, tu veux une bière? Ouais, pourquoi pas. Larry se pencha au-dessus du bar. Hé, Bob, donne une bière au tombeur. Ils se mirent à rire.

Kelly vida son verre et le posa sur le bar. Pendant que tu y es, remets-moi ça. Il se tourna vers Harry, qu'est-ce que tu fais ici? Il est – jetant un coup d'œil à la pendule – environ huit heures trois, et c'est samedi soir. Ouais, où est Mary?

Harry rejeta la tête en arrière, Laisse tomber.

Qu'est-ce qui s'est passé, mec? Elle t'a plaqué?

Cherche pas à savoir. T'en croirais pas tes oreilles – Harry prit son verre, en vida la moitié d'un trait et le reposa en soupirant – Bon Dieu, ça fait du bien. J'croyais pas que j'avais si soif. Il finit sa bière, mit de l'argent sur le bar, hé, Bob, remets-nous une tournée.

La porte s'ouvrit, et Wally, Artie et Matt entrèrent, et ils vinrent se planter devant le bar, à quelques mètres d'eux. Harry ne fit que les entrevoir du coin de l'œil, et puis, Wally posa ses mains sur le comptoir, et Harry fronça les sourcils et tourna la tête, et il regarda le plâtre qui enserrait le pouce et le poignet de Wally, et le bout de fil de fer qui reliait ses doigts entre eux.

Qu'est-ce qui est arrivé à Wally?

Oh, mec, une histoire dingue.

Son frangin.

Mikey cul-de-jatte?

Ouais. Complètement beurré. Tu sais comment il est dans ces cas-là.

Ouais – hochant la tête.

Ça s'est passé y'a tout juste deux heures. Cul-de-jatte se pointe en se cognant contre les murs, et en bousculant tout le monde, et Wally essaye de l'emmener dehors, et Mike débloque sur les nonnes et l'arithmétique – ils acquiescent tous en rigolant – tu sais comment il est : quand il est parti, il est bien parti. Il connaît plus personne.

Ouais, tu l'as dit, il devient foutrement dingue quand il est bourré.

Et soudain, il attrape le pouce de Wally et le tord

en arrière, comme ça, à toute vitesse, et on l'a entendu craquer à un kilomètre.

C'était vraiment bizarre, parce qu'on avait l'impression qu'il abaissait un levier, ou un truc de ce genre-là. J'veux dire, on voyait bien qu'il savait pas ce qu'il faisait.

Ni qui était Wally. Juste un craquement sec. Et il s'en va, tout simplement, et Wally, et Matt, et Artie restent là à regarder le pouce de Wally, et tout le monde dans le bistrot le regarde, jusqu'à ce que Bob verse un verre de gnôle, et après l'avoir bu, Wally manque de tomber sur le cul. Il saisit son poignet et commence à tituber, et Matty se rue dehors pour arrêter un taxi, et les voilà partis pour l'hôpital.

Je suppose qu'il y avait pas beaucoup de monde, parce qu'ils sont revenus rudement vite. Du moins quand on sait comment ça s'passe à l'hosto.

Ouais, et il est encore tôt. La soirée ne fait que commencer.

Et vous êtes si belle. Kelly pinça la joue de Larry, et ils éclatèrent tous de rire et saisirent leurs verres.

Mikey cul-de-jatte était dans la cave de son immeuble. Ses parents vivaient déjà là dix ans avant sa naissance, et cinq avant celle de Wally. Et ils y vivaient encore. Tous les quatre. Et ils en étaient toujours les concierges. Un travail qui était devenu beaucoup plus facile depuis qu'une chaudière au fuel avait été installée plusieurs années auparavant : plus de charbon à pelleter, plus de cendres à sortir, plus de feu à attiser, à alimenter et à surveiller. Mais il fallait toujours sortir les poubelles, un boulot que Mike faisait depuis bientôt vingt années sur les vingt-huit écoulées depuis sa naissance.

Mike avait commencé par donner un coup de main à Wally, voulant toujours imiter son grand frère.

Il adorait Wally, et il l'avait supplié de le laisser l'aider à transporter les poubelles, et Wally avait accepté. Au début, Wally portait l'essentiel de la charge, et tapait dans le dos de son frère en lui disant qu'il lui était d'un grand secours. Puis Mike était devenu assez fort pour en monter une tout seul, en tirant sur la poignée, tandis que la poubelle cognait sur chaque marche de pierre. Par la suite, il était parvenu à soulever la poubelle et à monter l'escalier, et, les années passant, il en était arrivé à en prendre une dans chaque main et à monter en courant, ou presque.

Et ça avait été pareil pour les poubelles pleines de cendres qui étaient beaucoup plus lourdes, et Mike avait acquis une force incroyable.

Maintenant, les cendres étaient du passé. Mais eux étaient toujours concierges de l'immeuble, et Mike montait toujours les ordures, empruntant le même sempiternel escalier dont les marches étaient seulement un peu usées par les pas et le choc des poubelles.

Son surnom de cul-de-jatte ne correspondait pas à la réalité. Il le devait simplement à son torse massif et rond comme un tonneau, que le transport des poubelles n'avait fait que développer, et qui faisait paraître ses jambes beaucoup trop courtes pour son corps.

Il n'était ni particulièrement violent ni particulièrement placide, se contentant généralement d'être là, discrètement, sauf quand il était ivre mort. Heureusement, il ne se saoulait qu'épisodiquement, et même dans ces moments-là, il n'était que rarement violent, sauf lorsqu'un message parvenait à traverser son organisme aviné jusqu'à son cerveau, et que des voix retentissaient dans sa tête, et qu'il ne réussissait pas à leur imposer silence, et de temps à autre, des visions extérieures ou intérieures l'assaillaient, contre lesquelles il lui fallait se défendre.

Mike était assis par terre, adossé contre la cloison en bois d'une cave, une bouteille de vin et un petit poste à transistor à côté de lui. De temps en temps, il buvait un coup, et cherchait la retransmission du match de base-ball en parcourant le cadran de sa radio d'un bout à l'autre. Il savait qu'il y avait un match quelque part, mais où??? Il regarda le poste, sa tête ballottant d'avant en arrière, parvenant tout juste à distinguer le cadran dans l'obscurité de la cave, où es-tu, sale fils de pute? Hein? Où sont ces putains de Mets? Il continua à tourner le bouton, passant d'une station à l'autre, d'une chanson à l'autre, d'un speaker à l'autre, du rock à la pop, son doigt actionnait toujours le petit bouton, et une voix de soprano lui écorcha les oreilles, et il se saisit du poste, ta gueule, salope, et il ramena le bras en arrière pour jeter le transistor, puis il le rabaissa lentement et reposa la radio par terre. Et merde. J'en ai rien à foutre. Il but encore un peu de vin, se lova sur le sol, un bras sous la tête en guise d'oreiller, et s'endormit.

On pouvait suivre le match à la télé chez *Steve*, et les types qui se tenaient au bar regardaient le poste de temps en temps. Harry et ses amis décidèrent de vider une bière à chaque double jeu ou à chaque coup de circuit. Après deux reprises sans l'un ni l'autre, ils inclurent l'élimination d'un batteur, les vols de base, le retrait d'un attaquant pris entre deux buts, les buts sur balle, les demi-reprises sans points marqués et l'élimination du troisième batteur. Après six reprises, ils inclurent aussi la reprise de prolongation. Une demi-heure après la fin du match, ils avaient oublié le score et ne savaient plus très bien qui avait gagné et quelles étaient les équipes en présence.

Harry avait l'impression de ne jamais avoir vu un aussi bon match. Il ne se rappelait pas avoir autant ri, et d'aussi bon cœur, depuis fort longtemps. Un match des Mets était toujours l'occasion d'une franche rigolade, mais cette soirée avait quelque chose d'exceptionnel. Il se sentait détendu, libéré. Sans le savoir, c'était exactement ce dont il avait besoin, une soirée avec les copains... à boire de la bière, regarder un match de base-ball, se raconter des histoires et rire. Il se sentait bien... merveilleusement bien. Il tituba légèrement, mais une seconde seulement, quand il cessa de s'appuya contre le bar pour se rendre aux toilettes... de nouveau. Il se fraya un chemin parmi les consommateurs, et une fois dans les toilettes, se laissa aller contre le mur, et regarda le pain de glace posé au fond de l'urinoir. La chasse d'eau ne fonctionnait jamais, et tout le monde chez *Steve* s'adonnait aux plaisirs de l'écriture sur glace. Lors de ses précédents passages, il avait commencé à graver ses initiales, mais ses efforts avaient été réduits à néant par d'autres clients qui n'avaient aucun respect pour ses entreprises artistiques, et se contentaient de pisser sans discernement sur la glace en soupirant. Ah, ça fait du bien; ou encore, ils essayaient de couper le pain de glace en deux (mais un bon tiens vaut mieux que deux tu l'auras), ou d'en tailler un coin. Aucune classe. Pas la moindre foutue parcelle de classe. Harry était résolu à graver un H clair, net, parfaitement lisible dans la glace avant la fin de la soirée, et quoiqu'il eût une envie pressante de pisser, il serra sa queue pour ne laisser couler qu'un mince filet d'urine, et il dessina soigneusement un H presque parfait (à ses yeux), une main toujours appuyée contre le mur, indifférent aux projections et aux éclaboussures.

Quand il eut fini, il pencha la tête en arrière, et il contempla son initiale avec satisfaction, puis il se mit à secouer sa queue pour faire tomber les dernières gouttes, mais il s'arrêta et bougea légèrement, pour qu'elles ne détruisent pas son œuvre, et il les dirigea vers la paroi de l'urinoir d'où, telle une série d'ellipses, elles tombèrent dans le trou, sans passer par la case départ, et sans toucher vingt mille francs. Il remonta la fermeture Éclair de sa braguette, et resta debout devant l'urinoir, titubant légèrement, hochant la tête en écoutant les compliments qui fusaient sous son crâne, souriant. S'il avait eu un appareil Polaroïd, il aurait pris son H en photo. On n'en reverra jamais un semblable. Personne ne voudra me croire. Avec la chaleur, et tous ces connards qui vont pisser dessus, il fera pas long feu. Il ferait peut-être mieux de ne pas bouger d'ici, et le regarder fondre lentement, et rester devant l'urinoir, pour que personne ne puisse le foutre en l'air. Naaan... merde, ça changera rien. Et puis, j'ai une putain de soif, et...

Z'avez terminé?

Ouais. Harry se recula de quelques pas.

Bon Dieu, j'ai une envie de pisser qui me remonte à la gorge. Un flot d'urine se mit à tomber sur la glace, et le gars soupira, Aaahhh, ça fait du bien.

Harry resta immobile quelques instants, puis il cligna des yeux, haussa les épaules, et se dirigea vers la porte, Vous mouillez pas les pieds.

Ouais, hahahaha.

Quand Harry rejoignit ses amis, une autre bière l'attendait. Allez, Harry, cul sec.

A quoi on boit cette fois?

Qu'est-ce que ça peut foutre.

Ils gloussèrent, éclatèrent de rire, puis ils retrouvèrent leur calme, juste assez pour vider leurs verres,

Harry voyant dans sa tête un parfait H gothique gravé dans la glace.

Mike remua, fit bouger son corps et sa tête, puis il s'assit lentement, et scruta la pénombre de la cave, incapable de discerner quoi que ce soit à plus de cinquante ou soixante centimètres. Il tâtonna prudemment le sol jusqu'à ce qu'il trouve sa bouteille, puis il s'en saisit. Il essaya, sans succès, d'en apercevoir le contenu; il l'agita alors doucement et fut soulagé et heureux de constater que quelque chose clapotait à l'intérieur. Il but longuement et ferma les yeux, se concentrant sur la chaleur qui se répandait peu à peu en lui, et il sourit, sachant qu'il y avait dans la bouteille de quoi boire au moins un bon coup, peut-être même plus. Il se lécha les lèvres, but encore une grande goulée, et après l'avoir senti descendre, acheva les quelques gouttes qui restaient au fond. Il s'adossa contre le mur, tandis que le vin poursuivait son périple dans son organisme, et peu à peu, les choses commencèrent à s'éclaircir. Il savait où il était. Il n'avait pas besoin de voir pour comprendre qu'il se trouvait dans une cave. Il resta assis tranquillement pendant quelques minutes, écoutant les bruits qui lui parvenaient de la rue, qui lui apprenaient qu'il n'était pas très tard, que des gens se promenaient et bavardaient, et que les bars devaient être encore ouverts. Il enfonça la main dans sa poche et y trouva de l'argent. Dieu merci. Il se frotta la tête et le visage. On doit être encore samedi. Probablement samedi soir. Ouais. Ça doit être ça. Putain, j'espère que les bars sont toujours ouverts. Il se mit debout lentement, s'appuya contre la cloison de bois, s'assura que ses jambes étaient en état de le soutenir, puis il se dirigea vers l'escalier, avançant à tâtons dans l'obscurité, capable de marcher dans le noir aussi facilement et aussi rapidement qu'en plein jour, tant il avait passé d'heures ici, et tant il avait fait de fois le trajet de l'endroit où il se trouvait à l'escalier qui menait à la rue. La faible lueur du lampadaire qui se dressait non loin du haut de l'escalier projetait une ombre oblique sur le trottoir, et il resta sur la dernière marche quelques instants, clignant des yeux, regardant autour de lui, remarquant que la plupart des maisons étaient éclairées, sûr maintenant qu'il avait encore le temps de s'amuser un peu.

Il fit jouer les muscles de ses épaules, comme pour se décontracter après l'effort, ou comme pour s'y préparer, puis il commença à descendre la rue, accélérant le pas au fur et à mesure qu'il se sentait plus solide sur ses jambes.

Kelly louchait légèrement en parlant à Harry, Si y'a une chose à ne pas faire, c'est d'laisser une nana te casser les couilles – et tous d'opiner – T'as raison, mon pote. Faut leur apprendre à s'écraser, ou elles la ramènent tout le temps, et foutent la merde.

Ouais, ouais, je sais, mec – ils tenaient à peine debout, et s'appuyaient lourdement contre le bar pour ne pas s'écrouler, en essayant de prendre un air dégagé – tirer son coup vaut pas toutes ces emmerdes.

T'as foutrement raison. Faut leur faire comprendre qui commande, bordel – tous acquiesçaient d'un air entendu – non, sans déconner, mon pote – Je sais, mec. J'suis tout à fait d'accord avec toi, Larry – quand elles commencent à sortir des trucs du genre : faut faire comme ça, eh bien faut les foutre à la porte, merde.

Tu l'as dit, mon pote. Crois-moi, ou bien tu leur fous une raclée, ou bien tu les largues.

Harry se redressait autant qu'il le pouvait, en se tenant au bar, l'air dégagé, ouais, j'lui ai dit où elle pouvait se foutre ces conneries – secouant la tête – j'comprends pas pourquoi elle s'met à jouer à ces petits jeux à la con tout à coup.

Oh mec, tu sais comment sont ces foutues nanas, elle fricote sûrement avec un autre mec, mais elle veut te garder au chaud, au cas où ça marcherait pas – ils opinèrent tous d'un air entendu.

Ouais, ça, c'est bien d'elles, mec.

Eh bien, j'vais t'dire une chose – portant la main à son entrejambe – voilà une paire de couilles qu'elle ligotera pas, ni elle, ni une autre!

Ouais!

T'as bien raison!

Ils se mirent à rire et se bourrèrent de coups de poing, et ils finirent leurs bières et tapèrent sur le bar avec leurs verres pour appeler Bob. Leurs rires se changèrent en gloussements presque inaudibles quand Mikey cul-de-jatte entra dans le bar, s'arrêta sur le seuil et regarda alentour.

Mike se sentait nettement mieux quand il poussa la porte. Le repos lui avait fait du bien, et le vin qu'il avait bu avant de quitter la cave l'avait requinqué. Il avait envie de s'amuser, et il ne remarqua pas que son apparition provoquait une extinction subite et prolongée des rires et des conversations, le bruit du juke-box paraissant soudain assourdissant. Il sourit, s'avança vers le bar et fit un signe de la main à Bob qui s'approcha, méfiant, essayant de voir dans le regard de Mike s'il avait l'intention de causer des ennuis. Comment ça va, Bob? Donne-nous une bière, hein? Bob sourit et se détendit en voyant que Mike le reconnaissait et semblait être dans son état normal. Il posa la bière devant lui, souriant, et empocha l'argent. T'as vu Wally ce soir?

Bob le regarda quelques secondes; il était derrière le bar quand Mike était venu en début de soirée et avait cassé le pouce de Wally. Il avait vu Mike complètement bourré bien des fois, et il savait qu'il ne se rappelait jamais ce qui s'était passé, si bien qu'il se contenta de hausser les épaules, Il est venu, mais il est reparti.

Ouais? Avec qui était-il?

J'sais pas – haussant les épaules – avec Matt et Artie, je crois.

Mike hocha la tête, et Bob s'éloigna vers l'autre extrémité du comptoir, et les hommes reprirent leurs conversations, les rires se faisant plus forts, le son du juke-box ramené à de plus justes proportions. La tension continua à décroître rapidement tandis que Mike buvait sa bière. Il regarda autour de lui, repéra Harry et les autres, leur sourit, prit son verre et se dirigea vers eux.

Ils n'étaient pas très chauds pour boire avec Mike après ce qui s'était produit quelques heures plus tôt, Oh merde, v'là cul-de-jatte qui s'amène.

Ça fait rien, Ron, t'excite pas.

Il a l'air plutôt sobre, p'têt qu'il a cuvé sa cuite en roupillant.

Putain, j'espère que t'as raison. J'ai eu ma dose de conneries pour la soirée.

Salut les mecs, quoi de neuf?

– Bof – haussant les épaules – tu sais c'que c'est, Mike.

Toujours la même chose. Les Mets ont perdu.

Sans déconner? Bon Dieu, mais qu'est-c'qu'ils ont ces mecs? J'ai loupé le match ce soir – haussant les épaules – tu parles d'une affaire, hein? Il gloussa, et les autres eurent un petit sourire contraint. Mike finit sa bière et posa son verre vide sur le comptoir, Allez, videz vos verres. J'préfère payer une tournée qu'passer pour un radin. Mike se mit à rire, et les autres se détendirent et finirent leurs bières.

Ils continuèrent à boire et à rire, un peu plus ronds après chaque bière, et tout ce qui s'était passé en début de soirée se dissolvait dans l'alcool et ne pouvait gâcher la joie qu'ils sentaient grandir en eux avec chaque nouvelle tournée.

Puis Wally arriva. Larry poussa Ron du coude et fit un signe de tête en direction de la porte tandis que Wally s'arrêtait et regardait Mike qui venait de finir sa bière et s'essuyait la bouche du dos de la main. Il vit Wally; son visage se fendit aussitôt en un large sourire, et il lui fit signe de la main, Hé, Wally, amène-toi. Tu tombes bien, Harry va payer sa tournée. Mike se mit à rire, alla à la rencontre de son frère et lui passa le bras autour des épaules, Où étais-tu? T'as tout loupé. Bob était en train de servir des bières à tout le monde, et ils se turent tous et attendirent de voir ce qui allait se produire. Mike était heureux, et il faisait passer les bières en riant; puis il prit la sienne et regarda son frère, Allez, bois, la brasserie a besoin des tonneaux. Mike s'esclaffa, but quelques gorgées, et quand il reposa son verre sur le bar, il baissa les yeux et vit la main de son frère. Son visage exprima une intense stupéfaction, et il regarda fixement le plâtre et le bout de fil de fer. Qu'est-il arrivé, Wally? Qu'est-il arrivé, nom de Dieu? Il leva vers Wally des yeux que l'inquiétude remplissait de larmes.

Wally savait qu'il reverrait son frère tôt ou tard, et il avait essayé de se préparer à cette confrontation mais, maintenant encore, il ne savait que dire. Mike avait toujours compté sur lui pour l'aider, pour solutionner ses problèmes, et Mike l'aimait. Mike ne lui avait jamais fait de mal auparavant, mais il lui était arrivé de se battre quand il était complètement bourré, et il ne s'en souvenait jamais, et quand il retrouvait ses esprits, Wally était toujours là pour l'aider à oublier les remords et le sentiment de culpabilité qu'il éprouvait en apprenant ce qu'il avait fait, ou pour lui cacher la vérité. Mais cette fois, Wally ne savait que faire. S'il lui disait qu'un inconnu lui avait fait ça, Mike voudrait savoir qui, et si Wally ne lui fournissait pas un nom tôt ou tard, il s'en prendrait un jour ou l'autre au premier passant venu et essayerait peut-être de le tuer. Tôt ou tard, Mike se saoulerait à la folie de nouveau, c'était sûr. Bon Dieu, il ne pouvait tout de même pas lui dire qu'il était tombé; même Mike ne croirait pas une histoire pareille. Wally ne savait vraiment pas quoi faire. Qu'arriverait-il s'il disait la vérité à Mike? Merde! Wally aimait son petit frère. Bordel, il lui avait dit des milliers de fois de ne pas boire, et Mike jurait toujours qu'il ne le ferait plus, mais il finissait toujours par prendre une bière avec les copains, et ça se terminait invariablement par une cuite et des emmerdements, et Wally craignait que Mike ne se mette dans un pétrin dont personne ne pourrait le tirer, qu'il ne tue quelqu'un, sans même s'en rendre compte. Wally regarda son frère dans les yeux, et il y vit de la tristesse et des larmes, et il partagea sa douleur, une douleur beaucoup plus grande que celle provoquée par la fracture de son pouce et qui ne ferait que croître chaque fois que Mike regarderait sa main.

Mike baissa de nouveau les yeux et fixa le plâtre, l'extrémité du pouce qui pointait en l'air, et le fil de fer qui reliait chacun des doigts. Non seulement cette vision lui faisait mal, mais elle le plongeait dans la confusion. Mike ne voyait, ne pensait à rien d'autre qu'à la main de son frère. Il tendit lentement le bras et toucha le plâtre du bout des doigts, doucement, précautionneusement, comme s'il s'agissait d'un être vivant et sensible, tel un enfant qui touche une tortue pour la première fois et craint de la tuer en appuyant trop fort sur sa carapace. Il le caressa, le tapota doucement, puis il le prit dans ses mains et le souleva – le juke-box se tut subitement, et ceux qui connaissaient Mike et Wally les regardèrent jusqu'au moment où l'appareil multicolore se remit à déverser des flots de musique – et le tint en l'air comme s'il tenait un bébé pour la première fois. Qui a fait ça, Wally? Qui a fait ça? C'est rien, Mike, n'y pense plus. Wally ôta sa main de celle de son frère et lui adressa un sourire rassurant. Qui a fait ça, Wally? – d'une voix plus forte trahissant l'impatience – Je l'tuerai. Calme-toi, Mike, pour l'amour du ciel – l'anxiété de Wally croissait – y'a pas de quoi t'énerver. Mike mit son bras autour du cou de Wally, Je l'jure devant Dieu, Wally – la voix pleine de sanglots – personne a l'droit de t'emmerder, personne a l'droit de t'faire du mal. Wally posa ses mains sur les épaules de Mike, puis il rabaissa vivement celle qui était blessée. J'te dis d'laisser tomber, Mike. Laisse tomber, hein, d'accord? Mike pleurait, presque suspendu au cou de Wally, J'peux pas. J'peux pas laisser un type t'faire un truc comme ça et le laisser s'en tirer impunément. J'me fous complètement de savoir s'il est balèze ou s'ils étaient plusieurs, j'les aurai. J'te l'jure sur la tête de maman, Wally, j'les – Wally hocha la tête, puis il regarda Mike dans les yeux et lui dit aussi gentiment que sa peur et sa confusion le lui permettaient, c'est toi qui as fait ça, Mike. Mike le fixa, bouche bée, faisant non de la tête. Si, Mike. Ici même. Un peu plus tôt. Mike continuait à secouer la tête, la bouche ouverte, C'est pas possible, Wally, c'est pas possible – il regarda la main de son frère et se mit à pleurer de plus belle. L'appréhension et la tension accumulées au cours de la soirée et au fil des ans, l'inquiétude et les soucis occasionnés par son cadet submergèrent Wally et firent sauter les défenses qu'il avait édifiées autour de lui, et il eut du mal à retenir ses larmes en secouant Mike de sa main valide, Bon Dieu, Mike, j'te répète sans cesse de pas boire comme ça, mais tu m'écoutes pas, à chaque fois j'te l'dis, bordel – Mike continuait à secouer la tête et à pleurer, et Wally avait parfois des sanglots dans la voix – prends un verre ou deux et arrête, mais faut qu'tu t'saoules la gueule au point de devenir complètement dingue, et tu m'fous tellement les jetons que j'en chie presque dans mon froc – Wally se remit à secouer Mike qui sanglotait toujours – J'veux plus te voir dans des états pareils, Mike. Bon Dieu, j'sais foutrement plus quoi faire pour toi – Mike regardait à nouveau la main de Wally, les larmes coulant de ses joues sur le plâtre – pour l'amour du ciel, écoute-moi Mike, hein? Est-ce que tu vas m'écouter cette fois??? Mike leva lentement la tête et cligna des yeux, l'air si triste que Wally n'avait qu'une envie : pleurer et serrer son frère dans ses bras. T'as mal, Wally? J'veux dire – Mike haussa les épaules – ça t'a fait... vraiment mal? Wally souriait et hochait négativement la tête, Naan, naan, j'sens rien du tout, Mike. Ils m'ont arrangé ça en deux temps trois mouvements – J'suis désolé, Wally, j'suis vraiment désolé – sa voix trahissait le supplice qu'il endurait – j'vais m'le casser – saisissant son pouce – si ça peut t'faire du bien, je – Wally lui prit la main, Non, Mike, pour l'amour du ciel, arrête, hein? Wally sourit, essayant de rassurer son frère qui le fixait d'un air implorant, J'ai vraiment fait ça, Wally? Wally acquiesça, oui Mike. Mais c'est rien du tout. Je – Tu m'jures devant Dieu qu'j'ai fait ça? Wally opina et mit gentiment la main sur l'épaule de son frère. Mike regarda la main de Wally en secouant la tête, puis il prit son frère dans ses bras et le serra contre lui, et il pleura sur son épaule, les autres se dandinant, mal à l'aise, certains détournant le regard, faisant semblant de ne pas voir la scène, ceux qui ne les connaissaient pas pensant avoir affaire à deux ivrognes larmoyants. Mike se détacha soudain de son frère et se mit à bourrer le bar de coups de poing, J'arrive pas à y croire, j'arrive foutrement pas à y croire – les autres se raidissant, jusqu'au moment où Mike cessa et resta accoudé au bar, la tête basse. Wally mit son bras autour des épaules de son petit frère, Et si nous sortions prendre l'air? Au bout de quelques secondes, Mike releva la tête, acquiesça, et il se remit à fixer le plancher tandis qu'ils se dirigeaient vers la porte, machinalement suivis par leurs amis. Mike s'assit sur le pare-chocs d'une voiture, Wally debout à côté de lui. Les autres s'étirèrent. Après quelques heures passées dans ce troquet, on oublie ce qu'est l'air pur.

Ouais, c'est à cause de cette saloperie de climatiseur.

Ouais, il fume trop. Ils s'esclaffèrent tous.

Une sacrée nuit, hein les mecs?

Ouais, il fait rudement bon dehors.

Alors, pourquoi tu la laisses pas sortie?

Parce que j'veux pas que quelqu'un marche dessus – et ils se mirent à chahuter, et Wally suggéra qu'ils marchent un peu et il mit la main sur l'épaule de son frère, Mike continuant à regarder le sol, agitant de temps en temps les épaules en guise de réponse aux voix qui ne cessaient de résonner dans sa tête. Parfois, il levait les yeux vers Wally et lui disait qu'il était désolé, et Wally lui tapotait l'épaule et lui disait d'oublier tout ça, que tout allait bien. Plus jamais, Wally. Plus jamais, je l'jure. Et ils continuaient leur chemin, quittant l'avenue pour emprunter l'allée qui traversait le parc, le long de l'autoroute, Harry, Ron, Kelly et Larry ressentant de nouveau les effets de l'alcool qu'ils avaient ingurgité au cours de la soirée, riant et plaisantant tout en marchant, Mike entendant leurs rires et leur en voulant, non parce qu'il ne voulait pas qu'ils fussent heureux, mais parce qu'il aurait voulu que leur joie atténue sa douleur, cette douleur qui allait croissant et le minait tout entier, qui rongeait son corps et son esprit, cette douleur qui était amplifiée par le sentiment de culpabilité et les remords qui l'accablaient, une douleur encore plus vive quand il refusait d'accepter le fait qu'il avait cassé le pouce de son frère, tout en sachant, au fond de lui-même, que c'était lui le coupable. Et la vérité continuait à faire son chemin, à s'imposer à lui, et le supplice de Mike devenait de plus en plus intolérable car il ne voulait pas que ce soit vrai. Il ne voulait pas avoir fait cela à son frère. Il lui était déjà arrivé de se battre, et il ne s'en souvenait jamais après, mais il n'en avait rien à foutre. Il s'en branlait de tous ces connards. Mais comment avait-il pu faire une chose pareille à Wally? Comment? – en se donnant des coups de poing sur la tête – Comment? Comment???? Comment était-ce arrivé? Il ne voulait pas de mal à son frère, et plus il essayait de comprendre ce qui s'était passé, plus sa douleur et sa confusion grandissaient, et plus la douleur grandissait, plus il essayait de comprendre ce qui s'était passé, et il était en proie à une nausée de plus en plus violente qui lui nouait l'estomac, remontait à sa gorge, menaçant de le faire dégueuler, jusque dans sa tête, et il avait l'impression que son putain de crâne allait exploser, et il ne pouvait rien contre cette douleur ou la cause de cette douleur; il ne pouvait que la subir, entraîné dans un processus qu'il ne contrôlait pas, et il luttait désespérément contre la douleur et le processus, souhaitant leur anéantissement et celui de tout ce qui était arrivé, ce soir, et il se répétait que, si seulement il parvenait à se remémorer les événements, il pourrait y changer quelque chose, prétendre que rien ne s'était produit et puis, il regardait la main de Wally, et la vérité s'abattait sur lui comme le couperet émoussé et rouillé d'une vieille guillotine, et il ne pouvait que souffrir les affres de la mort sans connaître le soulagement qu'elle procure, et il continuait à marcher dans l'allée, regardant ses pieds et l'ombre de la main de Wally, entendant ces rires qui le faisaient souffrir.

et puis il distingua vaguement un autre son au milieu des rires, de leurs pas, du grondement des voitures qui passaient sur l'autoroute et des hurlements qui résonnaient dans sa tête; c'était un bruit de gloussements, de rires, de paroles à peine audibles mais indéniablement joyeuses... Ouais, voilà ce que ces voix exprimaient : la joie. Il ne pigeait rien de ce qu'elles disaient, mais elles exprimaient la joie. Il leva la tête et vit au loin un couple de jeunes gens qui venaient dans leur direction, traversant la pelouse qui descendait en pente douce vers l'autoroute. Ils passèrent sous la lueur d'un lampadaire, et il vit une fille et un type qui la tenait par la taille marcher lentement, et il entendit leurs voix joyeuses, joyeuses; ils traversèrent le cercle relativement lumineux qui tombait du lampadaire, s'arrêtèrent sous le halo brumeux à la limite de la pénombre, et ils s'embrassèrent et restèrent silencieux pendant quelques instants... puis de nouveau, leurs voix joyeuses se firent entendre, se racontant Dieu sait quoi. Mike les regarda du coin de l'œil pendant quelques minutes, puis il leva légèrement la tête, ne voulant pas qu'on voie ce qu'il faisait, et il garda les yeux braqués sur eux tandis qu'ils s'avançaient, marchant dans l'herbe à une dizaine de mètres de l'allée, et tout en les observant, les voyant de plus en plus distinctement au fur et à mesure qu'ils se rapprochaient, il sentait le calme se faire dans sa tête et la douleur s'atténuer, et une nouvelle vague d'excitation déferlait dans son corps tendu et, quand ils passèrent à leur hauteur, il s'arrêta et les regarda, Wally et les autres s'arrêtant et regardant Mike.

Mike continua à les regarder et soudain, il se retourna, jeta un coup d'œil alentour et courut en direction de la barrière, et il trouva un vieux bout de planche, et le tenant comme un gourdin, il se dirigea vers le couple, et comme il passait devant les autres, il dit à Wally, Amène-toi, tu vas tirer un coup – et il continua à descendre la pente en direction du couple. Wally et les autres restèrent un instant immobiles, n'ayant pas saisi le sens des paroles de Mike, jusqu'au moment où ils l'entendirent hurler – AMÈNE-TOI, J'VAIS T'FAIRE TIRER TON COUP, WALLY – le couple s'arrêtant, se retournant et regardant Mike qui se ruait vers eux en brandissant son bout de bois – Tu f'rais bien d'te tirer, connard, ou tu vas t'faire casser la gueule. On va enculer cette salope – et Mike partit d'un éclat de rire sarcastique et le type se plaça devant la fille et chercha autour de lui un moyen de s'enfuir, et il vit les autres qui couraient vers eux en hurlant, MIKE! MIKE! C'EST WALLY! Amène-toi, Wally, j'vais t'faire baiser – et la fille se mit à hurler, et son mec la poussa et lui dit de s'enfuir, mais elle ne pouvait que s'accrocher à lui et hurler tandis que Mike se tenait devant eux en faisant des moulinets avec son gourdin, et deux types arrivèrent derrière lui et saisirent le bout de bois, et un type avec une main plâtrée se mit devant le type au gourdin et lui dit quelque chose, et quelqu'un d'autre s'approcha du jeune homme et lui dit de se barrer avec sa nana, et le jeune homme passa son bras autour des épaules de la fille qui tremblait, et ils remontèrent la pente en trottinant, puis en courant, en direction de l'allée, puis de la rue, et Wally essayait de raisonner Mike qui voulait à tout prix trouver une nana pour son frère, J'veux dire, enfin merde, Wally, ça t'ferait oublier ta main, non? et Wally acquiesçait et faisait son possible pour sourire tandis que les autres restaient là, inquiets, se demandant si les flics n'allaient pas arriver d'un moment à l'autre et s'ils n'allaient pas se retrouver tous au trou, ayant foutrement envie de les mettre, mais ne voulant pas abandonner leurs amis, et Wally disait à Mike qu'il était fatigué, Il est tard Mike, j'ai pas envie de baiser, d'accord? Mais elle était vachement mignonne, Wally. Elle t'aurait fait une belle pipe. Ouais, ouais, Mike, mais pas maintenant, d'accord? J'suis complètement schlass, Mike, et j'en ai marre de toutes ces conneries, tu m'entends? – de plus en plus fort et de plus en plus en colère – J'veux seulement rentrer chez moi, et dormir, et oublier cette putain de soirée – Mike hochant la tête – D'accord, d'accord, Wally, j'croyais bien faire – Parfait, parce que j'rentre à la maison, et je me contrefous de c'que tu peux faire – Wally se retourna et s'éloigna rapidement – J'en ai ras le bol de tes conneries. D'accord, Wally, j'm'excuse. Mike rattrapa vivement Wally, les autres les suivant à quelques mètres, espérant se débarrasser de Mike pour pouvoir retourner chez *Steve* et recommencer à rigoler comme ils le faisaient avant que Mike ne vînt tout gâcher. Mike était presque contraint de courir pour se maintenir au niveau de Wally qui refusait de le regarder ou de lui parler, et une fois de plus, la douleur et les voix se mirent à le torturer, le soumettant à une pression qui menaçait de faire exploser son crâne, et il tenta de la réduire en martelant le trottoir, mais loin d'avoir l'effet escompté, cela ne fit que l'augmenter, et bientôt, Mike eut du mal à distinguer ce qui l'entourait, son angoisse provoquant chez lui des hochements de tête incontrôlés et des troubles de la vision, et il répétait sans cesse à son frère qu'il était désolé, et Wally continuait à marcher rapidement et, en tournant au coin de la rue, ils passèrent devant l'étalage d'un marchand de journaux, et Mike poussa soudain un hurlement et se mit à secouer et à tirer l'étalage qui pesait une tonne, et il finit par le soulever et le lança dans la vitrine du magasin, hurlant toujours, ses cris couvrant le fracas de verre brisé qui retentit comme un coup de tonnerre dans le calme de la nuit et se répercuta dans toute la rue, et quand les derniers morceaux de verre furent tombés, Mike continua à hurler, et lorsqu'il fut à bout de souffle, il prit une profonde inspiration et se remit à hurler, et les autres s'arrêtèrent et le regardèrent, ayant envie de se tirer vite fait, mais ne voulant pas laisser Wally seul avec Mike, et finalement Mike cessa de hurler quand une tête apparut à une fenêtre au-dessus du magasin, et Wally saisit Mike par le bras, et ils disparurent rapidement au coin de la rue tandis qu'une voix demandait ce que c'était que tout ce bordel, et les autres tournèrent au coin de la rue à leur tour et descendirent l'avenue en courant pendant que Wally rentrait chez lui suivi silencieusement par Mike.

Harry et ses amis se hâtèrent en direction de chez *Steve,* mais juste avant d'y arriver, Harry déclara qu'il n'avait plus envie de boire et quitta les autres, voulant rester seul.

Harry descendit la rue, ne sachant pas très bien où il allait, ni ce qu'il avait envie de faire. Il ne voulait pas rentrer chez lui et pensa marcher un peu pour s'éclaircir les idées. Il avait connu tant d'émotions au cours des heures écoulées qu'il n'était plus sûr de rien. Il n'était même pas sûr de savoir avec précision ce qui était arrivé. Il poursuivit son chemin le long de la rue calme et bordée d'arbres, et soudain, s'aperçut qu'il avait un besoin urgent de pisser. Il se planta sous un arbre, entre deux voitures, et poussa un soupir de soulagement. Puis il se mit à glousser en songeant au H gothique qu'il voulait sculpter dans la glace. Merde, ça fait du bien de sourire. Cet abruti de Mikey cul-de-jatte avait tellement foutu la merde qu'il avait l'impression de ne pas avoir ri depuis une éternité, tout en sachant qu'ils avaient bien ri et bien pris leur pied peu de temps auparavant... Ouais, j'ai pas besoin d'elle pour m'amuser. Il y avait longtemps qu'il n'avait pas rigolé comme il l'avait fait ce soir. Il continua à marcher dans la rue, s'essuyant le front du dos de la main, subitement conscient de la chaleur moite qui régnait. Il respira profondément. Ouais, j'me suis bien marré...

Pas de vent. Pas le moindre souffle d'air. Chez lui, il devait faire aussi chaud que dans un four. Même en branchant le ventilateur. J'aurais peut-être mieux fait de retourner chez *Steve* avec les copains. Fait bien plus frais là-bas. J'aurais pu m'marrer encore un peu. Oh, et puis... merde... Il entendit la sirène d'un remorqueur, et celle d'un autre navire qui lui répondait, et il songea à la jetée. Ouais, il doit faire plus frais là-bas, vachement plus frais. Et c'est un coin calme. Probablement désert à cette heure de la nuit. Ouais, bonne idée. Il se mit à marcher d'un pas plus allègre, maintenant qu'il savait où il allait, qu'il avait un but, une destination précise.

Il alla jusqu'au bout de la jetée et s'assit. La marche lui avait donné chaud, mais une petite brise soufflait, légère, mais suffisante pour rafraîchir son visage et ses bras. Il s'assit tranquillement et laissa son corps se refroidir, savourant la caresse du vent et regardant de l'autre côté de la baie les lumières qui constellaient le rivage et les feux des petites embarcations qui sillonnaient le port. Il ne vit que deux navires au mouillage. Deux seulement. Et les quais n'étaient pas très animés. Pas comme autrefois. Il se souvenait du temps où le port était toujours plein de navires de toute sorte, mais maintenant, il ne s'y passait plus grand-chose. Même le ferry de la 69ᵉ rue a disparu. Même les vieilles cales de chargement ont été détruites. Il regarda l'endroit où se trouvaient autrefois les cales de chargement du ferry, puis le pont Verrazano dont la construction avait fait du ferry un souvenir du passé. Et quel souvenir! Surtout par une nuit comme celle-ci. Traverser toute la baie aller-retour jusqu'à Battery Park en passant par Staten Island, s'accouder au bastingage, sentir le vent sur son visage et regarder l'eau s'écouler le long de la coque du ferry... c'était fantastique, bon Dieu. La climatisation naturelle. Et y'avait ce type qui jouait de l'accordéon et chantait des chansons, et le cireur de chaussures. Bon Dieu, il devait être là depuis toujours. Me d'mande c'que cet enfant de putain fait à l'heure actuelle. Merde. C'est plus comme autrefois. Tout a changé. Ah, et puis merde. Si elle veut jouer à ce p'tit jeu-là, j'en ai rien à foutre. Elle a un virus dans l'cul, ouais, un virus dans l'cul. Ça lui passera. Probablement... Comment peut-on être dingue d'un film à ce point? Ouais, j'crois qu'c'est pas possible. Doit y'avoir autre chose. Il haussa les épaules et regarda de nouveau les rivages de Staten Island, de Jersey et de Manhattan, suivant des yeux un ferry qui se dirigeait vers Battery Park. Ils devraient remettre le ferry en service l'été. Tout le monde sans exception voudrait le prendre par une nuit pareille. Juste en juillet et en août. Enfin, la jetée, elle, est encore là. Du moins, pour l'instant. C'te bonne vieille jetée de la 69ᵉ rue. Me d'mande quel âge cette vieille garce peut bien avoir. On s'y est bien marré. Et ici même quand j'y pense. J'ai appris à pêcher ici. Des p'tites morues, des anguilles, quelques crabes. On s'est bien marré ici quand on était gosse. Ouais, c'était le bon temps... le bon temps.

Oh, et puis merde – son estomac se serra et il fut pris d'une nausée subite – Ron a raison, elle fricote sûrement avec un autre mec... Bon, c'est fini, et alors? Elle est ni la première... ni la dernière. Elle m'avait mis le grappin dessus depuis trop longtemps. Tu parles d'une affaire. J'en ai rien à branler. Il regarda l'eau noire en contrebas et les épaves ballottées par le jusant, et les remous éphémères et soudain créés par le ressac au bout de la jetée. Son regard se posa sur un endroit à quelques mètres du coin de la jetée. Y'avait un trou là autrefois. On pêchait dedans, et on était sûr d'avoir une touche. P'pa pêchait au lancer à cet endroit, et il sortait toujours des anguilles de belle taille. C't'encore un bon coin, sûrement... Peut-être. C'est peut-être bien la même eau... qui flue et reflue, monte et baisse... va et vient... Ah j'en ai rien à foutre. Dans un mois, j'me souviendrai même plus de son nom... Probablement pas.

Il contempla l'eau et les courants qui tourbillonnaient autour des pilotis de la jetée.
Probablement la même

eau

probablement

LE BRUIT

Il ouvrit les yeux, et il fixa le mur. La lumière de la veilleuse tremblotait, et des ombres inquiétantes se mouvaient dans la pièce de deux mètres sur trois. Il resta allongé, immobile, et écouta. Qu'est-ce qui l'avait réveillé? Il guetta un bruit... Rien. Il leva les yeux vers la fenêtre. L'obscurité. Pas la moindre clarté annonçant l'aube. Sans bouger, il tourna les yeux vers le plafonnier. Seule la lueur vacillante de la veilleuse éclairait la pièce. Quelle heure était-il? Avait-il dormi une heure? Cinq heures? Pas moyen de savoir. Il était couché sur le côté et, lentement, involontairement, il replia les jambes dans la position du fœtus en étreignant désespérément son oreiller. Ses yeux se mirent à larmoyer comme il continuait à fixer la lueur vacillante, conscient de la présence des ombres qui flottaient à travers la pièce. Il ferma les paupières. Ses yeux se remplirent de larmes, et, quand il les rouvrit, la lumière miroitait faiblement, et la pièce se mit à tanguer doucement comme un petit bateau dans une grosse houle. Les murs vibraient et ondulaient, menaçant de se refermer sur lui. Il frissonna et cligna rapidement des yeux jusqu'à ce qu'ils fussent secs. La pièce se stabilisa. Il n'entendait toujours rien... sauf le silence hostile.

Quelque chose l'avait réveillé, mais quoi? Un

rêve? Il essaya de se souvenir... Rien. Il ne pouvait s'agir d'un rêve...

Il fixa le mur et les ombres mouvantes, tendant l'oreille pour percevoir quelque chose... n'importe quoi. Mais il n'y avait que le silence, pesant, menaçant. Soudain, il s'aperçut qu'il avait des crampes douloureuses dans les mains. Il s'efforça de les ouvrir. Tout d'abord, elles résistèrent et continuèrent à étreindre l'oreiller. Mais il redoubla d'efforts et, lentement, péniblement, ses doigts se détendirent. Il contempla ses mains tandis que la douleur se faisait moins vive. Soudain, il releva la tête, l'œil vague, se demandant ce qui l'avait fait sursauter. Son corps se tendit encore plus tandis qu'il écoutait, attentivement...

Et puis, il entendit. Ou bien, avait-il cru entendre? Quelque chose de si ténu qu'il n'en était pas sûr. Était-ce un rêve? Dormait-il encore???? Non. Il devait être éveillé. Cette douleur dans ses mains; cette lueur vacillante, et ces ombres inquiétantes étaient bien réelles. Elles étaient *bel et bien* réelles. Il avait *bel et bien* entendu ce bruit. Il en était certain. Certain? Il avait dû l'entendre... Il étendit les jambes, les fit passer par-dessus le bord du lit et s'assit. Il tourna la tête jusqu'à ce que son regard se pose sur la porte fermée à clé. Mais était-elle bien fermée à clé???? Il tendait tellement l'oreille pour entendre le bruit que son corps s'inclinait peu à peu vers la porte. Il leva craintivement les yeux pour regarder par le judas. Il poussa un soupir audible, bouleversé par ce bruit inattendu. Tout était noir et tranquille dans le couloir. Tout était normal. Puis le bruit, une fois de plus, lui transperça les oreilles. Il se mit à trembler. Pourquoi avait-il si peur? Cela n'avait pas de sens. Ce bruit devait avoir une cause bien réelle. Il ne pouvait être le fruit de son imagination. Il était en sécurité. Il n'avait rien à redouter. De toute façon, la porte était fermée à clé. Fermée à clé? Que pourrait-il faire si elle était ouverte? Où pourrait-il se cacher? Il n'y avait aucun endroit où se cacher dans cette petite pièce, aucun meuble derrière lequel s'accroupir. Juste le lit, et à côté, une petite table de chevet en acier inoxydable. Si elle n'était pas fermée à clé, il pourrait peut-être l'ouvrir, localiser la source du bruit, et s'enfuir dans la direction opposée... Pour aller où???? Où? Où était-il???? Aucune importance. Il savait qu'il ne pourrait jamais sortir. Il secoua la tête. Il ne pourrait pas sortir de toute façon. Il n'avait aucune idée de ce qu'il trouverait là-bas, dans le noir... dans le noir, avec ce bruit. Il se remit à trembler. Il fallait qu'il aille à la porte pour essayer de voir ce qu'il y avait là-bas, dehors... Maudite lumière! Avec cette façon qu'elle avait de trembloter, il ne pouvait s'assurer que la porte était fermée. Il fallait qu'il sache si elle était fermée à clé! Il leva légèrement la tête et se pencha un peu plus vers la porte. Non – non, il n'y avait pas de bruit. Depuis combien de temps ne l'avait-il plus entendu? Il n'en avait pas la moindre idée. Il essaya de rassembler ses souvenirs, mais son esprit était embrouillé, et il renonça rapidement. Puis il s'aperçut qu'il n'avait aucune idée de la date : ni du jour, ni du mois. Mon Dieu! Nous sommes en octobre, non? Ouais, octobre. C'est ça. J'en suis sûr. Nous devons être – sans cesser de regarder la porte et le judas. Mais il y a si longtemps que je n'ai pas entendu ce bruit. Trop longtemps? Était-il là à l'attendre derrière la porte? Il? Qui il? Il n'y avait rien. Pourquoi quelqu'un... ou quelque chose... l'attendrait-il dans le noir? Ô mon Dieu. S'il te plaît. S'il te plaît – un gémissement s'échappa de ses lèvres serrées. La peur de ce qui se trouvait peut-être derrière la porte était plus forte que celle qui le poussait à rester sur le lit, et elle le contraint à se lever silencieusement et à se tenir debout, appuyé contre le bord du lit, les yeux toujours braqués sur la porte. Un spasme secoua son corps et le poussa vers l'avant. Il s'avança pieds nus, à pas de loup, vers la porte. A trente centimètres de celle-ci, il s'arrêta brusquement. Il la fixa. Elle l'était très certainement. Elle devait l'être. Il ferma les yeux. Ô mon Dieu – Ô mon Dieu! MON DIEU!! Sans ouvrir les yeux, il projeta ses bras en avant. Le bruit du pêne dans la serrure retentit dans le silence comme un son de cloche. Ses yeux s'ouvrirent d'un coup et il fixa la porte pendant un moment, assimilant peu à peu la signification de ce bruit. Il faillit s'écrouler tant son corps tendu se relâcha quand il comprit que la porte était fermée à clé. *Fermée à clé!* Il était en sécurité. A l'abri. Merci mon Dieu – surpris par le son de sa propre voix. Un sourire détendit ses traits... Puis il fronça les sourcils. A l'abri de quoi? De qui? Il haussa les épaules. Quelle différence cela fait-il maintenant? La porte était fermée à clé. Il était en sécurité. Mais ce bruit qu'il avait entendu, qu'était-ce? Combien de temps s'était écoulé depuis qu'il avait retenti? Une heure? Ou seulement quelques minutes? De toute façon, cela n'avait plus d'importance maintenant. Il sourit, rassuré, en poussant la porte, doucement tout d'abord, puis plus fort. Fermée à clé, et bien fermée. Et rien... ni personne... ne pourrait l'enfoncer. Et d'ailleurs, quelle chose... ou quel être aurait bien pu se trouver dehors? Aucune importance maintenant. Il regarda par le judas mais il ne vit rien au-delà de trois mètres dans l'étroit et obscur couloir. Il mit son visage contre la vitre, couvrant la totalité de l'orifice. Il se fit une visière de ses mains. Bientôt, il put distinguer la forme des paniers de linge sale alignés le long du mur de l'autre côté du couloir, et les panonceaux qui les surmontaient.

En dépit de ses efforts, il ne vit rien d'autre. Rien. Il tourna la tête et scruta des yeux le grand vestibule qui coupait le couloir à angle droit. Rien. Personne... Il tourna brusquement la tête en entendant à nouveau le bruit. Cette fois, il semblait plus fort. S'était-il rapproché? Était-ce pour cette raison qu'il était plus fort? Ou était-ce simplement parce qu'il s'était rapproché de sa source? Ou la source était-elle plus proche de lui? La porte? Cette vieille peur, inéluctable, le reprit. Puis, peu à peu, il s'apaisa. De toute façon, la porte était fermée à clé, il le savait... C'était la seule chose qui comptait. Il était en sécurité. Il continua à scruter le couloir pendant de longues, d'interminables minutes, l'esprit troublé par une vague crainte. Et s'ils avaient une clé? Ils pourraient entrer. Mais personne ne lui en voulait. Inutile de se faire du souci pour ça. Il était – le revoilà! Il redoubla d'attention. Rien. Était-il plus fort? Il n'en était pas certain. S'il s'avançait dans le vestibule, il le faisait lentement. Très lentement. Il essaya de lui trouver une ressemblance avec un bruit connu; sans succès. Ce n'était qu'un bruit. Mais oui, bien sûr! C'était cela. Un bruit, rien qu'un bruit. Il n'avait rien à craindre. Mais un bruit avait toujours une cause! Il secoua la tête, essayant de réfuter cette nouvelle idée dont la logique et les conséquences s'imposaient à lui. Non! Non! De nouveau, il poussa la porte et se sentit réconforté en la sentant résister. Il écrasa son visage contre la vitre, les mains toujours placées au-dessus des yeux, essayant d'élargir son champ de vision de quelques dizaines de centimètres, de quelques centimètres. Puis il s'éloigna d'un bond de la porte et tomba sur le bord du lit, alors que la lumière s'allumait brusquement. Il se tourna et fixa la porte. Son pyjama était collé à sa peau par la sueur. Alors il entendit des bruits de voix et de pas qui provenaient du vestibule brillamment éclairé. Un rayon de lumière oblique tombait de la fenêtre située au-dessus de son lit. Son regard fit le tour de la pièce lumineuse et sans ombre, puis il se laissa tomber sur le lit de tout son long et s'endormit.

A la bouffe. A la bouffe.

Il avait dormi d'un sommeil sans rêve et si profond qu'il mit plusieurs secondes à ouvrir les yeux. Il entendit le bruit des plateaux et des casseroles qui s'entrechoquaient dans la salle à manger.

A la bouffe. Il leva la tête et regarda dans le vestibule. Sa porte était ouverte, et il vit passer deux autres pensionnaires qui allaient prendre leur petit déjeuner. Les habituels bruits matinaux retentissaient, et il fut contraint de se lever. Il se joignit en titubant légèrement à ceux qui se rendaient à la salle à manger. Ils parlaient et riaient discrètement, mais le fait d'entendre d'autres voix, et l'animation qui régnait autour de lui l'empêchèrent de penser aux événements de la nuit précédente.

Il prit sa place dans la queue le long du mur du fond de la salle à manger. Chacune des trois tables en acier inoxydable comportait six places, mais elles étaient toutes occupées. Il s'adossa au mur, ses jambes menaçant de plier sous lui. Il ne saisissait pas ce qui se disait autour de lui, mais les bruits de voix et la présence des autres étaient réconfortants. Ils l'aidaient à garder l'esprit vide. Lorsqu'une place fut disponible, on lui remit un plateau, et tout en marchant vers la table, il remarqua que le café débordait de la tasse. Les quelques mètres qui le séparaient de la table lui parurent interminables, et il s'assit avec un soupir de soulagement. Quelqu'un lui passa le sucre, et il en versa machinalement dans son café et sur ses céréales. Il remua son café pendant plusieurs secondes en fixant son plateau. Puis il remarqua qu'il y avait du pain sur le plateau de l'homme assis en face de lui. Il n'y en avait pas sur le sien. Il se retourna, regarda l'endroit où la nourriture était distribuée et vit le pain. Il le regarda quelques instants, esquissa un geste pour se lever, puis il se rassit. Parcourir quelques mètres pour aller chercher un peu de pain lui parut être un effort démesuré. Il revint à sa tasse de café, la saisit à deux mains et y porta les lèvres en baissant la tête. Une partie du café se renversa sur ses œufs, mais il parvint à boire la moitié de la tasse. Il reposa la tasse et se redressa. Il regarda ses mains tremblantes.

Terminé, les gars, terminé. Toutes les bonnes choses ont une fin.

L'homme assis en face de lui se leva, porta son plateau jusqu'à la poubelle, y jeta les reliefs de son petit déjeuner, et posa le plateau sur une table roulante. Il le suivit, faisant machinalement les mêmes gestes, puis il regagna sa chambre.

Il resta debout sur le seuil et regarda la pièce – le lit, la table de chevet en acier inoxydable à côté, puis la fenêtre qui surplombait le lit. Une petite pièce nue. Rien d'inhabituel et pourtant, en même temps, rien de familier. Il avait l'impression de ne jamais y être entré auparavant. Cependant, il n'y avait pas si longtemps qu'il en était sorti. Il s'était *déjà* trouvé dans cette pièce. Combien de temps? Ce sentiment flou ne fit qu'effleurer son esprit. Il jeta un coup d'œil au siège des toilettes, au lavabo et au miroir qui le surplombait. Il se regarda dans la glace. Son visage était hagard et mal rasé. Il se caressa le menton d'une main tremblante. S'il parvenait à se rappeler quand il s'était rasé pour la dernière fois, il pourrait se faire une idée du jour qu'on était. Il essaya de réfléchir, mais tous les efforts qu'il fit pour faire fonctionner son esprit restèrent vains. Dès qu'une idée lui venait, elle se perdait dans un épais brouillard. Il cligna des yeux et continua à fixer son reflet dans la glace.

Il se retourna en entendant quelqu'un fermer la porte et donner un tour de clé. Il jeta un coup d'œil à la porte, la considéra d'un air perplexe pendant un instant, puis il haussa les épaules et s'assit sur le bord du lit. Il ouvrit le tiroir de la table de chevet. Il était vide, à l'exception de quelques brins de tabac. Il le regarda un instant, puis le referma et s'allongea. Il regarda le plafonnier, puis il jeta un coup d'œil furtif au mur. Il fronça les sourcils, hocha la tête, puis il s'assit et regarda la porte et le judas, en plissant de plus en plus les sourcils. De quoi cherchait-il à se souvenir? Qu'est-ce qui était enfoui au fond de son esprit... et luttait pour remonter à la surface? Il secoua la tête et se rallongea. Il ferma les yeux et sombra dans un demi-sommeil. Le lit était bon. L'oreiller moelleux et confortable. Il avait remonté les couvertures sous son menton et en serrait le bord dans ses mains. Il se pelotonna, ayant presque oublié le confort d'un bon lit et de draps propres, se rappelant de vagues souvenirs. Un sourire détendit son visage barbu quand il se retrouva étendu sur l'herbe, l'eau fraîche de la rivière lui caressant les pieds, sa canne posée sur le sol à côté de lui. Tu ne prendras jamais du poisson comme ça, fiston. Je sais, papa, mais j'ai envie de laisser mes jambes tremper dans la rivière. Je pourrai toujours pêcher plus tard. L'homme regarda son jeune fils et sourit. Tu as peut-être raison, Roy. C'est une belle journée. Il regardait son fils unique avec, peut-être, une pointe d'envie, et le soleil semblait faire rayonner le visage et les cheveux blonds de l'enfant. Seul un léger clapotis montait de la rivière, et les feuilles bruissaient presque imperceptiblement. Des oiseaux voltigeaient dans les branches, gazouillaient et chantaient, heureux de vivre, planaient, montaient des arbres vers le ciel pour piquer en direction du sol. Des papillons voletaient au-dessus des bouquets de boutons d'or qui constellaient l'herbe verte.

Les pieds du garçon pendaient dans l'eau fraîche de la rivière. Il sentait la chaleur du soleil le pénétrer. Le père souriait, sensible lui aussi à l'atmosphère – le soleil qui brillait et la rumeur plaisante d'une belle journée d'été. C'est agréable de rester allonger au soleil à contempler le ciel bleu, sans rien faire. Il regarda de nouveau la rivière et le reflet du ciel et des arbres légèrement troublé par le courant qui ridait la surface de l'eau. Une ombre s'interposa, et il leva les yeux : un oiseau, parvenu au sommet de son ascension, hésitait, se détachant nettement sur le ciel sans nuages, puis il piqua sur sa gauche, plana pendant quelques mètres, se remit à battre des ailes et disparut. L'homme regarda de nouveau l'endroit où sa ligne plongeait dans l'eau.

Le sol paraissait moelleux et chaud au garçon qui regardait en l'air, sans vraiment voir le ciel au-dessus de lui, percevant vaguement l'odeur de la terre et de l'herbe, écoutant les bruits plaisants qui l'entouraient. Il agita les orteils et prit un brin d'herbe entre ses dents. Un peu plus tard, peut-être, il se mettrait à pêcher. Peut-être.

Le claquement du pêne dans la serrure le tira de sa rêverie. Venez prendre vos médicaments, monsieur Rawls. Hein? – Quoi? Vos médicaments. Tenez, en lui tendant un gobelet en papier. Il se leva d'un bond et alla rapidement jusqu'à la porte. Elle vida le contenu du gobelet dans sa main. Allez, prenez-les. Il fit couler de l'eau dans un gobelet et avala les comprimés. Il posa sur elle un regard interrogateur tandis qu'elle commençait à refermer la porte. Euh, depuis combien de temps suis-je ici? Vous vous sentez bien, monsieur Rawls? Il réfléchit un instant. Je crois que oui. Un peu faible. Les médicaments vont vous faire du bien. Il hocha la tête et regagna son lit tandis que la porté était fermée à clé une fois de plus. Il se laissa tomber sur le bord du lit, puis il tourna brusquement la tête vers la porte et fut sur le point de dire quelque chose. Il resta la bouche ouverte pendant un instant, fronça les sourcils, puis il haussa les épaules et se rallongea sur le lit.

Il fixa le plafond en clignant des yeux, puis, en se grattant l'épaule, il sentit quelque chose dans la poche de son pyjama. C'était une enveloppe marron. Il l'ouvrit, et en sortit un formulaire de couleur jaune. La première chose qu'il remarqua fut l'en-tête : *Prison du comté.* Il le contempla un instant, puis il releva la tête, les yeux mi-clos, essayant de réfléchir... Il y avait de nombreuses cases sur le formulaire, chacune comportant un intitulé, des chiffres et des mentions manuscrits. Il regarda longuement la case intitulée : *Jour d'arrivée.* La date était parfaitement lisible. Il n'y avait aucune erreur possible, mais quelle était la date aujourd'hui? S'il l'avait su, il aurait pu en déduire depuis combien de temps il se trouvait ici. Il continua à regarder la date, s'efforçant de réfléchir, puis, comme les choses commençaient à s'éclaircir dans son esprit, il se mit à compter sur ses doigts. Voilà donc en quel mois nous sommes. Et il touche à sa fin. De nouveau il fit un effort de mémoire, essayant de savoir quel était le dernier mois dont il se souvenait. La seule chose qu'il se rappelait avec certitude était, qu'à l'époque, il faisait chaud. Combien de jours... combien de mois avait-il oublié? Ces efforts de mémoire l'épuisaient; il fit le vide dans son esprit et commença à se détendre. Il se recroquevilla dans le lit et sombra dans un demi-sommeil. Une fois de plus, le claquement du pêne et l'ouverture de la porte le réveillèrent.

A la bouffe.

Il s'assit lentement, se glissa hors du lit et suivit les autres jusqu'à la salle à manger.

Il prit machinalement sa place dans la queue et avança avec eux en traînant les pieds, au milieu des bruits de pas, des voix, et du tintamarre des plateaux et des casseroles. Son plateau tremblait pendant qu'on lui remplissait sa tasse de café. Il marcha lentement et précautionneusement vers la table, mais le café débordait quand même et se répandait sur le plateau. Il joua avec la nourriture, puis il en prit une cuillerée et la porta à sa bouche. Parvenue à mi-chemin, la cuillère tremblante se vida de son contenu qui éclaboussa le plateau. Il fixa la cuillère vide et vacillante et fit une nouvelle tentative. Il entendit des rires étouffés quand il échoua pour la seconde fois. Il avait l'impression d'être encerclé par des bruits, mais il les ignora et se concentra sur la nourriture insaisissable qui se trouvait dans son assiette. Ce fut difficile, mais il parvint à en absorber un peu et à boire du café. Quand il regagna sa chambre, il était épuisé, et il se laissa tomber sur le lit une fois de plus. Il avait besoin de quelque chose, mais il lui fallut plusieurs minutes pour comprendre qu'il s'agissait d'une cigarette. Il s'assit et remarqua que la porte était encore ouverte, et il vit les autres qui regagnaient leurs chambres. Il alla à la porte et demanda une cigarette à tous ceux qui passaient d'une voix faible qui semblait venir de très loin. Un homme lui en donna une et la lui alluma. Ça va mieux aujourd'hui? Il hocha légèrement la tête et grogna une réponse. Tu étais plutôt mal en point quand ils t'ont amené hier. *Hier?* Le regardant. Tu ne t'en souviens pas? Il essaya de rire. L'homme sourit. Ouais. Au bout d'un moment, le vin ça laisse des traces – *Allez les gars, regagnez vos chambres.* L'homme partit, et il rentra dans sa chambre tandis que la porte était fermée à clé.

Il fuma sa cigarette, assis sur le bord du lit. J'suis ici depuis hier. La prison du comté. Ouais, c'est ça, j'm'en souviens. La prison du comté. J'ai dû être arrêté avant-hier soir si je suis arrivé ici hier. La mise à l'écrou et tout le reste, ça prend du temps. Un sourire éclaira son visage. Ouais, j'me rappelle cet endroit. L'hôpital de la prison du comté. Son visage rayonnait d'auto-satisfaction tandis qu'il se félicitait de se rappeler tant de choses. Il ne se souvenait toujours pas de son arrestation, ni de l'endroit où elle avait eu lieu. Des mois et des mois dont il n'avait aucun souvenir, mais il était facile de n'y pas songer en continuant à penser aux choses dont il se souvenait. Ces derniers temps, c'était un exploit pour lui de se rappeler quoi que ce soit aussi nettement.

Soudain, il regarda la porte et s'efforça, pendant une seconde seulement, de se souvenir de quelque chose. Mais quoi? Et merde! Aucune importance. Il tira une dernière fois sur sa cigarette et jeta le mégot dans les toilettes.

Une fois de plus, il s'allongea voluptueusement sur le lit. Le soleil encore chaud sur son visage, et l'eau fraîche sur ses pieds nus. Mais quelques nuages passèrent dans le ciel bleu et semblèrent s'abattre sur la terre. Ou une brume montait-elle du sol qui se refroidissait rapidement? Et qu'était-il advenu des sons apaisants qui bruissaient autour de lui, et de la brise qui caressait doucement son visage? Puis le silence fut rompu par un bruit inconnu. Il semblait provenir des nuages, d'un endroit indéterminé. Impossible d'en connaître l'origine ou de l'identifier. Ce n'était qu'un bruit. Se redressant lentement, il sortit ses pieds de l'eau désormais froide et silencieuse, sa canne à pêche toujours à ses côtés. Il regarda son père, mais celui-ci semblait se fondre dans la brume qui épaississait rapidement. Il se leva d'un bond, voulant courir vers son papa, mais il ne bougea presque pas, son corps flottant en l'air et mettant plusieurs minutes pour redescendre sur le sol. Il appela son père, les joues couvertes de larmes, essayant de tendre les bras vers lui, mais il leur fallut des heures pour commencer à s'élever, et quand ils le firent, ils retombèrent aussitôt le long de son corps. Papa! Papa! La brume ne tourbillonnait pas, elle persistait, comme le bruit, de plus en plus épaisse, de plus en plus impénétrable. L'intensité du bruit ne variait pas mais, apparemment, il s'était fait plus perçant et semblait résonner à l'intérieur de sa tête, de plus en plus fort... PAPA!!! Un cri interminable, ses bras refusant toujours de se mouvoir, la silhouette de papa devenant de plus en plus floue... les larmes continuant à couler sur son visage, la panique rendant sa respiration difficile... Un gémissement prolongé et déchirant le tira de son sommeil. Il secoua la tête et s'assit; des larmes, en séchant, avaient fripé la peau de son visage. Il essaya désespérément d'identifier le bruit qui l'avait réveillé. La panique lui faisait perdre tous ses moyens – il regarda le plafonnier, la fenêtre, la porte, de vagues souvenirs venant le tourmenter, sans jamais se préciser. La lumière brillait sans vaciller; le couloir au-delà de la porte était encore illuminé. Ça va. Tout va bien. Le son de sa propre voix le fit sursauter légèrement. Ses craintes s'apaisèrent, mais le vague malaise qu'il éprouvait demeura. Il resta assis, sans bouger, et fixa le mur, au bord des larmes... Le bruit de la porte qui s'ouvrait lui fit tourner la tête. Vos médicaments, monsieur Rawls. Elle posa le gobelet qui contenait les pilules sur le lavabo. La porte claqua. Il marcha jusqu'au lavabo et prit le gobelet. Le bruit des comprimés roulant au fond du récipient lui fit froncer les sourcils. Il les regarda sautiller un instant avant de les mettre dans sa bouche, remplit le gobelet d'eau et le porta lentement à ses lèvres, inclinant la tête pour boire. Il se retourna, fit mine de regagner le lit, s'arrêta et posa le gobelet sur le lavabo, et il le contempla avec un hochement de tête satisfait avant de retourner se coucher.

Le sentiment confus qu'il devait se souvenir de quelque chose continua à le préoccuper pendant le dîner et le restant de la soirée. Il avait mal à force d'essayer de se rappeler ce qui était enfoui dans sa conscience, et les efforts qu'il faisait étaient si énervants que, peu après l'extinction des feux, il s'endormit, épuisé.

La sueur qui lui coulait le long des flancs et lui piquait les yeux le força à se frotter et à secouer la tête. Il se tourna légèrement et se retrouva contre la porte; un cri apeuré monta de sa gorge quand il vit brusquement son reflet dans la glace, le regard brûlant d'une paire d'yeux inconnus posé sur lui. Il mit un certain temps à comprendre que le bruit qui l'effrayait provenait de sa propre gorge, et que les efforts qu'il faisait pour respirer en étaient la cause... puis, en fixant sa propre image, la réalité finit par s'imposer à lui. Il toucha précautionneusement la tache rouge qu'il avait sur le front, provoquée par la pression de sa tête contre le judas ménagé dans la porte. Il s'adossa contre la porte, percevant confusément le bruit et les ombres mouvantes que la veilleuse tremblotante engendrait. Puis il se rappela peu à peu où il était. Il regarda le lit vide et les draps froissés, et il se retourna brutalement, sa tête heurtant la porte. Il se tourna de nouveau, rapidement, s'adossant une fois de plus contre la porte. Le grésillement de la veilleuse était plus effrayant que les ombres spasmodiques qui se déplaçaient dans la pièce. La sueur qui coulait de son front lui piquait les yeux, mais il se sentait incapable de lever la main pour les essuyer. Finalement, la douleur dans sa poitrine et la sensation d'étouffement qu'il éprouvait mirent un terme à sa paralysie. Il se força à inspirer profondément à plusieurs reprises, jusqu'à ce que sa respiration redevienne normale, ou presque. Il regarda plusieurs fois l'espace restreint qui s'étendait entre son lit et l'endroit où il se tenait contre la porte. Il était sûr d'être adossé contre la porte – il devait l'être, il l'était très certainement – mais dans son souvenir, il était assis au bord du lit. Peut-être l'était-il encore – sans trop savoir comment – et pourtant, il sentait la porte contre son dos. Il ne pouvait donc être assis sur le lit. Il tendit la main derrière lui, lentement, et toucha la porte. Il ouvrit les yeux. Il regarda le lit. Il était vide. Il était bien ici, adossé à la porte. LA PORTE! LA PORTE!

Son corps fut pris de spasmes. Quelque chose lui paraissait familier. Il gémit, la bataille faisant rage dans sa tête tandis que quelque chose tentait de se rappeler à lui. Il aurait voulu regagner son lit, s'enfouir sous les draps pour éradiquer le bruit et le chaos qui se déclaraient dans sa tête, mais il lui était impossible de bouger. Il essaya de se pencher en avant pour se forcer à bouger, mais il continuait à être paralysé par la peur. Si seulement il avait pu...

ooohhh... ooohhh, un gémissement pathétique jaillit de ses lèvres crispées. Il tituba, se laissa aller contre la porte et tomba par terre, sans cesser de gémir, et il se recroquevilla dans un coin, le bruit confus continuant à résonner dans sa tête, il essaya de disparaître dans le coin tandis que le souvenir de la nuit précédente lui revenait et obnubilait son esprit. Un NON larmoyant et balbutiant sortit de ses lèvres tremblantes. Il essayait de se fondre dans le coin, souhaitant disparaître; pourtant, au même instant, il tentait désespérément de tendre les mains pour s'accrocher à une présence invisible susceptible de lui apporter un peu de réconfort, mais ses bras restaient étroitement serrés contre sa poitrine.

Il resta accroupi dans le coin jusqu'au moment où le bruit s'apaisa dans sa tête. Puis il n'y eut plus que le silence. Plus un bruit, hormis le grésillement de la veilleuse. Pas même le bruit de sa respiration. La distraction procurée par les ombres qui tournoyaient dans la pièce contribua à le calmer, ainsi que le cliquetis de l'ampoule de la veilleuse. Le temps n'avait plus de sens, n'existait plus; ses bras se détendirent peu à peu, et il cessa de les serrer contre sa poitrine pour les poser sur ses jambes croisées. Il demeura assis dans cette position plusieurs minutes...

Il finit par relever la tête, et il regarda le judas. Il était terrifié à l'idée de se lever et de regarder au travers, mais ne pas savoir ce qui se trouvait là-bas, dehors, le terrifiait encore bien davantage. Il resta assis dans le coin, pesant le pour et le contre, puis un souvenir fit apparaître une lueur dans son regard. Il poussa la porte avec circonspection – la regarda – la secoua de nouveau, plus fort, puis s'appuya contre elle de tout son poids, tandis qu'il se levait lentement, craintivement, et s'approchait du judas.

Oh mon Dieu! Je vous en prie. Faites qu'il ne soit pas là! Il faut que tout soit silencieux là-bas, dehors. Il le faut. Les ombres marbraient son visage tandis qu'il se rapprochait du judas, et il ne s'arrêta que lorsque son visage fut collé contre la vitre. La sueur continuait à couler et l'ampoule de la veilleuse grésillait.

Il plissa les yeux, de plus en plus fort, au point d'en avoir mal. Il écouta... écouta...

n'entendant que le bruit de la lampe et celui de sa propre respiration. Ses paupières s'ouvrirent lentement, et il s'aperçut que le couloir était plongé dans le noir. Bientôt ses yeux s'accoutumèrent à l'obscurité, et il vit des objets familiers, et le silence qui régnait l'aida à se détendre. Peut-être ne l'avait-il pas entendu? Entendu quoi? Et s'il l'avait entendu, à quoi ressemblait-il? S'il n'avait rien retenu de ce bruit, c'était peut-être qu'il n'existait pas. Le lit vide se reflétait dans la glace. S'il est toujours vide, c'est sans doute parce que je me trouve à côté de la porte. Ouais, il y était et regardait par la fenêtre pour voir ce qu'il y avait dans le couloir. Mais cela ne signifie pas qu'il y a un bruit venant de là-bas. Et même si sa situation à lui était bien réelle, il n'en découlait pas pour autant que le bruit l'était aussi. Mais que faisait-il ici? Auparavant, il était dans son lit, il le savait. De cela, il était absolument certain. Mais oui, bien sûr! Il suffisait de voir comme la literie était froissée. Oui, il n'y a que quelques mètres, quelques pas du lit à la porte, mais cela ne veut rien dire non plus.

Mais comment – Aaaahhh – une onde de douleur parcourut son corps qui se raidit tandis que le bruit transperçait son oreille. Puis tout redevint silencieux. Même le grésillement de la lampe s'était tu. Retenant son souffle, il resta appuyé contre la porte, ne sentant rien, pas même la douleur dans son corps tendu. Il écouta attentivement, le corps parcouru de frissons. Sa vue se brouilla comme sa tête se mettait à osciller violemment. Ses muscles étaient en proie à des crampes si douloureuses que son corps se serait effondré s'il ne s'était instinctivement efforcé de se détendre.

Puis il l'entendit de nouveau, un peu plus fort. Et un peu plus près? Du moins était-ce le sentiment qu'il avait eu. Le corps tremblant, il se demanda s'il était très proche – ou très loin. Sûrement très loin. Il préférait le croire loin. Mais s'il l'entendait aussi distinctement alors qu'il était très loin, c'est qu'il était formidable. Quelle que soit la façon dont il envisageait le problème, il ne se sentait pas rassuré. Le bruit de ses gémissements couvrait le grésillement de la veilleuse.

Il resta debout contre la porte, pétrifié. De nouveau le temps s'arrêta, jusqu'à ce que le bruit retentisse une fois de plus dans les ténèbres silencieuses. Des larmes coulaient de ses yeux tandis qu'il s'accrochait à la porte. Cette fois-ci, il était plus fort. Il n'y avait pas le moindre doute. Et il commençait aussi à lui rappeler quelque chose, bien qu'il luttât désespérément pour chasser ce souvenir. Il secouait la tête tout en continuant à lutter et à pleurnicher. Il essaya de parler, mais sa gorge ne parvint à émettre qu'un grognement pitoyable et incompréhensible.

La vitre du judas était couverte de larmes, et le bruit se faisait de plus en plus proche, de plus en plus fort, et son esprit formulait une supplique de plus en plus pressante, de plus en plus véhémente, tandis que sa bouche n'émettait que des gargouillis.

Il gardait les bras levés, ses mains continuant à taper sur la porte de façon pathétique, gémissant toujours, tandis qu'il se laissait glisser sur le sol, s'allongeait lentement sur le dos, des larmes coulant le long de ses joues, de la bave aux commissures des lèvres. Il sombra avec soulagement dans l'inconscience.

Un rayon lumineux lui poignarda les yeux, et il bougea légèrement et sourit un instant. Puis il fronça les sourcils en constatant que le soleil ne parvenait pas à le réchauffer. Et pourquoi le sol n'était-il pas doux et recouvert d'herbe? Et les bruits qui auraient dû retentir autour de lui étaient absents. Le silence l'intriguait.

Il ouvrit les yeux, et les referma immédiatement quand ils se posèrent sur le plafonnier. Il tourna la tête et rouvrit les yeux. Cette fois-ci, ils se posèrent sur la masse grise de la porte. Il les leva et vit le lavabo. Il sentait la fraîcheur du ciment sous son dos, et peu à peu, la clarté se fit dans son esprit. Il s'assit, hésita quelques instants tout en regardant le lit, puis il se leva. Il jeta un premier coup d'œil alentour, puis un second et, enfin satisfait, s'assit sur le bord du lit. Il secoua la tête... de plus en plus fort, comme s'il avait reçu un coup. Ouais, c'était bien sa chambre. Il s'en souvenait. Pourtant quelque chose n'allait pas. Mais quoi? Il s'était déjà trouvé dans cette pièce, et elle n'avait pas changé. Mais auparavant, il était allongé par terre...

Oh, ras le bol de tout ça. Il s'était si souvent réveillé dans des endroits inconnus sans la moindre idée de la façon dont il avait abouti là qu'il décida de n'y plus penser. Pourtant, cette fois, il avait l'impression que les choses étaient différentes. Bon Dieu, mais qu'est-ce qui le tracassait de la sorte???? Il n'avait aucune raison de s'en faire. Il se trouvait dans une pièce fermée à clé, et il n'était pas ivre. Non, il n'avait pas la moindre raison de s'en faire. Il alla jusqu'au lavabo et s'aspergea le visage d'eau froide. Il s'essuya avec une serviette, puis il se rassit sur le bord du lit jusqu'au moment où la porte fut ouverte, et il se rendit à la salle à manger.

Toute la journée, il réagit machinalement et docilement quand on lui demanda de prendre ses médicaments ou de se rendre à la salle à manger. Entre-temps, il resta assis sur son lit sans jamais cesser d'éprouver un vague malaise. Habituellement, son esprit était vide, ou du moins, s'il songeait à quelque chose, il ne s'en souvenait jamais. Mais cette fois-ci, un truc le tracassait. Et merde, c'est rien. Vaudrait mieux s'occuper de cette saloperie de démangeaison qui le faisait chier. Il regarda les points et les traînées rouges qui couvraient ses mains et ses bras. Il regarda ses jambes qui, elles aussi, étaient striées de rouge. Il les examina soigneusement. Pas le moindre foutu insecte en vue. Le son de sa propre voix le fit sursauter, mais il se contenta de hausser les épaules et continua à parler à voix haute, comme s'il s'adressait à quelqu'un assis en face de lui. Il essaya, encore et encore, de repérer les puces qui, il en était sûr, avaient investi son corps, mais sans succès. Il se gratta, les mains, les bras, le torse, toutes les parties de son corps qu'il pouvait atteindre. Qu'est-ce que c'est que ce bordel? Ces saloperies m'ont piqué si fort que j'en saigne – en voyant une petite tache de sang. J'ai jamais eu un truc comme ça. Allez-y, salopes, vous pouvez toujours me piquer, j'en ai rien à foutre. Et qu'est-ce qui vous amuse, bande de putes? Ouais, c'est ça! Feriez mieux de vous barrer, j'en ai rien à branler de vos conneries. Moi, au moins, je sais ce qu'est un lit propre. C'est plus que vous ne pouvez en dire... Et puis, merde. Allez, tirez-vous – en agitant le bras. Connard. C'est rien qu'une démangeaison. Voilà tout. Rien qu'une saloperie de démangeaison – en se grattant de plus belle, le dos d'une de ses mains couvert de sang. Il porta les mains à son visage, les pressant contre ses yeux brûlants, et secoua la tête.

Il s'allongea, fronçant les sourcils, réfléchissant, sans succès, si bien qu'il s'efforça de se détendre et ferma les yeux. Il continua à se gratter en sombrant dans un demi-sommeil. Il s'agita et marmonna tandis qu'une image commençait à prendre forme dans la brume qui planait au-dessus de sa tête. Les traits du visage étaient indistincts, mais il voyait un collier de barbe fourni, et un sentiment de culpabilité s'emparait peu à peu de lui. L'image se fit plus nette au fur et à mesure qu'il sombrait dans l'inconscience. Il se mit à marmonner de plus en plus fort et à se rouler sur le lit tandis qu'il cherchait à se soustraire au regard accusateur que les yeux de l'apparition braquaient sur lui. Il cria, encore et encore, le hurlement de sa voix terrifiée résonnant dans sa tête sans franchir ses lèvres. Il continua à rouler d'un côté à l'autre du lit, ses cris stridents transperçant son cerveau, jusqu'au moment où il heurta violemment le montant du lit du dos de la main, la douleur le réveillant instantanément. Le souffle court et haletant, il attendit que sa frayeur s'apaise.

Au bout de plusieurs minutes, il s'aperçut que sa main lui faisait mal, et il s'assit et se mit à la frotter doucement. Bientôt, sans qu'il en eût conscience, le frottement se fit grattement. Quelques instants plus tard, il tremblait toujours, sans s'apercevoir qu'il se grattait le corps des deux mains. Il ne cherchait pas à réfléchir, à se souvenir ou à comprendre. Seul le son de sa voix implorante l'empêchait de s'effondrer totalement. Était-ce de la sueur ou des larmes qui humectaient son visage? Ou les deux? Il porta les mains à son visage, puis contempla ses paumes humides. Je ne sais pas pourquoi il pleut. Chaque fois que je veux faire quelque chose, il pleut, la pluie se changeant soudain en une violente averse tombant du ciel à grand bruit, couvrant ses cris. Il regarda tandis que le jeune garçon courait de la rivière vers les arbres. Il n'entendait rien et courait en trébuchant vers les arbres courbés par le vent. Il sentait son cœur battre dans sa poitrine, et il entrevit la silhouette de son père à travers les trombes d'eau, son père qui hurlait et lui faisait signe de ne pas s'approcher. Il continua à s'enfoncer en courant sous les arbres puis, soudain, parut se figer sur place tandis que la foudre tombait avec un bruit terrifiant, foudroyant un grand chêne qui s'abattit en gémissant, son père disparaissant dans la lumière aveuglante et la fumée.

Il se roula sur le lit, le visage enfoui dans ses mains ensanglantées, essayant de chasser cette image à force de gémissements. Il abaissa les mains, roulant toujours d'un côté du lit à l'autre, et fixa le mur. Bientôt, les ombres réapparurent, et le bruit de la pluie et du tonnerre s'éloigna. Il se grattait de plus en plus fort. C'est seulement parce que ma peau est sèche, espèce de connard. Y'a pas de saloperies de bestioles. Et de toute façon, ça te regarde pas. Barre-toi. Il hocha la tête en direction du mur. C'est rien qu'une grande gueule. J'ai pas peur de la pluie. J'ai peur de rien. Tu vas voir. J'vais leur montrer. Et d'ailleurs, j'm'en fous. Le dos de ses mains pissait le sang, et il hochait continuellement la tête tout en continuant à divaguer. Qu'est-ce que tu veux... Les ombres rapetissèrent soudain comme les lumières s'éteignaient et la veilleuse se mettait à trembloter. Il observa les ombres et les faibles taches lumineuses qui passaient d'une forme à l'autre, se grattant la cuisse d'une main, la joue de l'autre. Ha, hihihi, hahahahaha, ouais. Vas-y. Fais-lui la peau.

HA HA HA HA HA HA

Son rire se transforma en gloussement tandis que Mickey donnait un coup de corne à Donald. Puis Donald tomba par terre, sauta sur sa moto, et partit sous le lit, faisant rugir son moteur. Mickey sauta du mur sur sa moto, mais elle refusa de démarrer. Il se pencha, regardant anxieusement Mickey actionner le kick. Allez, Mickey, vas-y. Dépêche-toi. Rattrape-le, rattrape-le, en faisant des bonds sur le lit.

BROOOOUUUMMM
VROUUUUMMM
TEUFTEUF
TEUF
BROUMBROUM

Bien joué, Mickey. Il est sous le lit. Vas-y, rattrape-le, rattrape-le. Mickey démarra dans un hurlement de pneus surchauffés. Il se pencha encore plus et applaudit des deux mains tandis que Mickey disparaissait sous le lit. Puis Donald surgit de sous le lit dans un vrombissement de moteur, prit un virage serré, évitant de peu la porte. Mickey était sur ses talons. Ils se coursèrent à travers la pièce, passant sous le montant du lit, le lit, escaladant un mur, traversant le plafond, redescendant de l'autre côté. Il se laissa retomber en arrière, se tordant dans tous les sens, tandis qu'il suivait la poursuite en bondissant de joie.

Ils disparurent sous le lit et le silence se fit brusquement. Il se pencha et attendit quelques minutes, puis il se laissa glisser hors du lit, s'agenouilla et regarda dessous. Sortez, allez les gars, sortez. Il regarda dans le coin, puis scruta les alentours et s'allongea de tout son long pour tâter le sol. Où êtes-vous? Que s'est-il passé, Mickey? Pourquoi vous êtes-vous arrêtés? On s'amusait bien. Allez, s'il vous plaît... Il se figea, le corps raidi, tandis qu'il restait allongé sans bouger, la tête et les bras sous le lit, écoutant... écoutant...

puis il se réfugia sous le lit en rampant, tandis que le bruit, une fois de plus, rompait le silence. Il se recroquevilla, les ongles enfoncés dans les paumes de ses mains. Un gémissement sourd monta de sa gorge tandis que le bruit se faisait de plus en plus fort... de plus en plus proche. Il roula sur le sol, essayant de se faire tout petit, de disparaître dans le mur. Il s'agitait tant qu'il heurta le mur de la tête, encore et encore, et s'écrasa contre le montant du lit, le bruit ne cessant de se rapprocher.

Puis il l'entendit. Distinctement. Il se sentit suffoquer tandis que tout lui revenait, brutalement : les nuits précédentes; les rêves; la chaleur du soleil et la fraîcheur de la rivière; le chant des oiseaux et la caresse de la brise; la pluie qui lui cinglait brusquement le visage, la foudre et l'arbre qui s'abattait avec un gémissement d'agonie, et l'odeur suffocante de la fumée. Tout cela lui revint d'un coup tandis que le bruit menaçait d'enfoncer la porte. Et il s'accompagnait d'un nouveau bruit : celui d'une pluie battante sur des arbres feuillus. Le lit tressautait en tous sens tandis qu'il continuait à s'agiter éperdument, jusqu'au moment où il se figea, une fois encore, se contentant de hurler. Puis, soudain, il se leva d'un bond, le lit se renversant sur le côté, le bruit n'étant plus celui de la pluie sur les feuilles, mais celui de pelletées de terre tombant sur une boîte en bois. Ses cris se firent plus perçants et résonnèrent dans les couloirs...

Les gardiens et l'infirmière se ruèrent vers sa chambre, regardèrent par le judas et ouvrirent rapidement la porte.

Il se mit à hurler de plus belle en voyant le bruit qui l'observait par le judas. Il se recroquevilla dans le coin, derrière le lit renversé, les yeux ruisselant de larmes, tandis que le bruit pénétrait dans la pièce.

Ils le contemplèrent un instant, puis l'un des gardiens partit en courant et revint quelques minutes plus tard avec une camisole de force.

Ses pieds labourèrent le sol, et il poussa de nouveau un cri démentiel en essayant de rentrer dans le mur, tandis que le bruit s'approchait de lui, en partie dissimulé par une brume blanchâtre...

Puis, sa tâche accomplie, il se tut.

JE SUIS BIEN SAGE

Le 6 janvier

Cher Harold,

on nous donne des comprimés quatre fois par jour et ils me rendent toute somnolente. J'ai du mal à écrire. nous devons rester éveillées toute la journée et c'est dur. j'ai tout le temps mal aux yeux. je ne sais pas exactement depuis combien de temps je suis ici mais ils ne nous laissent pas nous allonger pendant la journée. l'endroit où sont les lits est fermé à clé. c'est une sorte de grande pièce tout en longueur avec plusieurs petites pièces. ils nous réveillent tôt le matin. les arbres sont dénudés et il y a beaucoup d'oiseaux je les vois par la fenêtre. on dirait des feuilles avec des drôles de formes. ils font beaucoup de bruit des bruits d'oiseaux. je crois que j'ai vu un docteur mais je ne sais plus. il disait des choses bizarres. les oiseaux sont très bruyants. avant l'aube je crois ils font beaucoup de bruit. quand ils nous réveillent une femme vient et crie et j'ai toujours peur que le soleil ne se lève pas. je me sens tellement fatiguée. le soleil se lèvera n'est-ce pas harold?

Le 10 janvier

Cher Harold,

Je me sens l'esprit moins confus aujourd'hui. Si seulement je pouvais ne pas prendre ces médicaments. Après je suis si fatiguée et j'ai des nausées en permanence. Oh j'aimerais pouvoir dormir très longtemps. mais je n'ai pas faim. parfois j'ai envie de manger un peu mais je ne peux pas mâcher. ça me fait mal aux mâchoires ou je ne sais trop quoi de mastiquer. aux mâchoires et aux oreilles. j'ai l'impression de ne pas très bien entendre. est-ce que j'entendais bien quand vous êtes venus me voir? j'espère que j'entendais bien et que je vous ai entendus toi et les enfants. ils étaient si mignons avec leurs robes et les vêtements neufs de robert. j'espère qu'ils recevront de beaux cadeaux pour noël. ils auraient besoin de vêtements. ça me rend triste de savoir qu'ils n'ont pas de vêtements neufs. je veux dire de vrais vêtements neufs pour les vacances. mais j'ai été contente de vous voir. et vous me manquez tous. j'aimerais que les enfants viennent me voir mais ils ne veulent pas pourquoi ne veulent-ils pas qu'ils viennent me voir? je suis leur mère. je le sais. ils me ressemblent n'est-ce pas? ils m'appellent maman. mais nous avons bien bavardé n'est-ce pas harold? c'était une visite agréable et nous avons bavardé. j'ai bien aimé les friandises que tu m'avais apportées je crois que je les ai toutes mangées. et tu étais si beau. oh harold tu m'as bien rendu visite n'est-ce pas? j'ai tellement mal aux yeux et je suis si fatiguée mais tu m'as bien rendu visite harold. n'est-ce-pas?

Le 12 janvier

Cher Harold,

j'ai très froid. les oiseaux ont fait tant de bruit aujourd'hui qu'ils ont chassé le soleil. il fait encore noir si noir que j'en ai la nausée. et je suis glacée jusqu'aux os parce que le soleil ne s'est pas levé. je n'aime pas quand il fait si froid.

Le 16 janvier

Cher Harold,

Nous ne pouvons pas dormir dans la journée. Il n'y a pas de chaises. je me suis réfugiée dans un coin et je crois que j'ai dormi mais ils m'ont attrapée et m'ont obligée à me lever. vois-tu nous sommes nombreuses dans la pièce. elle est grande et il y a de longs bancs en bois. ils sont si lourds qu'on ne peut pas les soulever ou même les déplacer je crois. ils nous laissent sortir parfois pour aller faire pipi mais je crois que certaines n'y vont pas. nous restons toutes dans cette pièce toute la journée. il y a deux filles elles n'arrêtent pas de marcher. je crois que je me suis déjà trouvée dans cette pièce. je ne pense pas que ce soit le premier jour. j'y suis peut-être depuis longtemps. je ne sais pas ils ne me disent rien mais il fait plus chaud aujourd'hui. et les oiseaux ont fait du bruit ce matin beaucoup de bruit mais en tout cas il fait plus chaud. comment est-ce possible harold? comment pouvait-il faire chaud et jour quand les oiseaux ont piaillé ce matin? je crois qu'ils piaillent tous les matins. c'est si terrible comme des millions et des millions de singes et de bébés faisant des drôles de bruits seulement c'est différent mais tous les matins quand il fait encore nuit ils font ce terrible vacarme et puis cette femme arrive et nous crie de nous lever et parfois tape sur les lits. mais nous n'avons pas à aller bien loin pour le réfectoire c'est juste à côté. je crois et les douches aussi parfois. je peux m'approcher de la fenêtre de temps en temps et je vois des gens qui marchent dehors. on dirait qu'il fait froid.

Le 26 janvier

Cher Harold,

je suis presque sûre d'avoir écrit d'autres lettres. j'ai du mal à me souvenir. je crois que j'ai des lettres de toi que j'ai lues aujourd'hui. mais je parais incapable de m'en souvenir mais je suis contente que tu aies écrit. je ne me souviens pas des vacances mais j'espère que les enfants se sont bien amusés et qu'ils ont aimé le sapin et le père noël. je me demande comment il se fait que j'aie oublié les vacances. je suppose que j'étais ici mais je n'arrive pas à savoir depuis combien de temps. je crois qu'ils disent que je suis arrivée le 23 décembre. je sais que c'était aux environs de noël ou la nuit de noël mais je ne sais plus si c'était le jour de noël la nuit ou la veille. oh harold je ne voulais pas manquer de nouveau la nuit de noël vraiment pas. je voulais être à la maison de tout mon cœur je voulais être chez moi avec ma famille avec toi la nuit de noël pour mettre les cadeaux dans les chaussettes décorer le sapin et disposer les présents autour. et les guirlandes lumineuses j'aime les guirlandes lumineuses et le grand ange blanc en haut de l'arbre et la lumière bleue en dessous. oh tu te souviens comme Bobby applaudissait quand il a vu l'ange pour la première fois. il croyait qu'il avait volé jusqu'en haut et il voulait qu'il redescende. et il attendait et attendait et je suis désolée harold s'il te plaît pardonne-moi de ne pas avoir été à la maison la nuit de noël. comment vont les enfants? ils sont en bonne santé? ont-ils passé un joyeux noël? ont-ils été gâtés par leurs mémés et leurs pépés? j'espère que ce fut un bon noël. avez-vous mangé des gâteaux et d'autres bonnes choses? j'espère que les enfants se sont bien amusés. sont-ils en bonne santé? oh harold j'aimerais que tu m'écrives. comment vas-tu?

Le 28 janvier

Cher Harold,

Nous sommes tellement nombreuses dans cette pièce. L'as-tu vue, quand tu es venu? Je ne le crois pas je crois qu'ils ne laissent pas les visiteurs venir ici seulement au parloir où nous nous asseyons en compagnie des visiteurs. nous sommes nombreuses dans cette pièce et certaines sont en colère et elles grognent et parfois frappent les autres. je crois que certaines sont méchantes mais moi je suis bien sage. les infirmières les appellent méchantes et elles les emmènent quelque part et parfois elles crient mais je crois que tu n'as jamais vu cette pièce. il y a une fenêtre dans la porte. elle est toujours fermée à clé. on nous amène ici après le petit déjeuner sauf quand nous prenons une douche et parfois nous pouvons nous brosser les cheveux. quelquefois je me lève suffisamment tôt pour me brosser les cheveux. les oiseaux font toujours du bruit avant le lever du soleil. ils font un vacarme infernal et parfois je me lève avant que l'infirmière n'arrive et nous crie de nous lever et je me brosse les cheveux. du moins je sais que je l'ai fait ce matin. nous ne sommes pas autorisées à avoir un peigne mais de toute façon je n'aime pas les peignes. je crois que je me suis levée deux fois pour me brosser les cheveux avant le petit déjeuner. j'essaye de manger comme ils me disent de le faire pour reprendre des forces et rentrer à la maison. je suis désolée d'avoir manqué les vacances mais ils ont dit que si je mangeais et si je reprenais des forces je pourrais rentrer à la maison même si ça n'était pas possible pour la nuit de noël et les vacances. j'irai peut-être suffisamment mieux pour rentrer à pâques. sinon pour de bon du moins temporairement. j'aimerais bien sortir d'ici. ça ne me plaît pas ici. j'ai peur. j'aimerais être à la maison. je crois que ce sont les comprimés qui me fatiguent tant. je suis bien sage. c'est des comprimés différents maintenant. ils sont verts. je me sens moins fatiguée mais parfois j'aimerais pouvoir m'allonger et faire une petite sieste rien qu'une petite sieste. c'est si dur de bouger parfois j'ai du mal à lever les pieds. je me traîne en quelque sorte et je ne cesse de perdre ces drôles de chaussons qu'ils nous ont donnés. oh comment vont les enfants? ils me manquent tant. j'aimerais bien qu'ils traînent moins dans la rue. j'espère que maman ne les laisse pas traîner toute la journée. dis-leur qu'ils me manquent et embrasse-les très fort pour moi et fais le nécessaire pour qu'ils soient calmes pour qu'ils ne t'embêtent pas et que tu ne te mettes pas en colère.

Le 4 février

Cher Harold,

Il y a eu une terrible bagarre la nuit dernière. après l'ouverture des portes du dortoir où nous dormons. ils les ouvrent vers huit heures je crois et on peut aller se coucher après les comprimés du soir. une des femmes marche en rond dans la pièce toute la journée, la pièce où nous sommes enfermées toute la journée, et elle pousse des grognements et des jurons et elles ne semblent grogner après personne mais après elles-mêmes en quelque sorte. elles me font peur. j'aimerais qu'elles soient ailleurs. j'essaye de les surveiller toute la journée pour qu'elles ne puissent pas me faire de mal mais parfois j'ai tellement sommeil que je ne parviens plus à les avoir à l'œil. et parfois elles se contentent de hurler et de faire des moulinets avec leurs bras comme des moulins à vent mais peut-être ne sont-elles pas toutes comme ça seulement celle-là celle dont je t'ai parlé qui a commencé la bagarre. elle a soudain saisi une autre femme et l'a accusée d'avoir volé ses chaussures du dimanche et elle a commencé à l'étrangler et la femme s'est mise à la frapper et nous avons toutes hurlé et certaines ont commencé à donner des coups sur la porte mais ils ne voulaient pas ouvrir la porte et c'était vraiment terrible et j'étais morte de peur mais j'ai été bien sage. et la femme continuait à lui serrer le cou et finalement les infirmières sont arrivées et elles les ont maîtrisées et emmenées mais l'étrangleuse ne cessait de hurler à propos de ses chaussures du dimanche et elle s'est mise à frapper les infirmières. et les infirmières l'ont emmenée dans une autre pièce et l'y ont gardée pendant un moment et on a entendu un grand brouhaha et quand elles sont ressorties la femme portait une camisole de force et elle ne pouvait pas se tenir debout et elles l'ont traînée dans le couloir mais ils ne nous ont pas laissées regarder. ils nous ont fait rentrer dans la pièce et ont fermé la porte à clé. je ne l'ai pas vue aujourd'hui. une femme m'a murmuré qu'ils l'avaient mise dans un cachot souterrain au-dessous du bâtiment. je ne pense pas que ce soit vrai.

Le 10 février

Cher Harold,

Ils m'ont laissée regarder la télévision pendant quelque temps hier soir. c'était bien. c'est une belle pièce avec de vrais sièges. tu sais, des chaises longues et d'autres en plastique. je me suis assise sur une chaise en plastique, mais si j'arrive dans la salle de télévision plus tôt je pourrai peut-être m'asseoir sur un vrai bon siège. ça m'a détendue un peu. je veux dire tout le monde était calme et certaines femmes dormaient. c'était pour la plupart celles qui étaient installées dans les chaises longues. cela paraissait injuste qu'elles occupent les sièges confortables et dorment. j'aimerais qu'ils les laissent aller se coucher comme ça je pourrais avoir un de ces sièges mais peut-être que si j'arrive plus tôt ce soir. ils vont me laisser y aller tous les soirs. la plupart des gens qui s'y trouvent sont logés dans des salles normales. nous sommes dans une salle dite d'isolement parce que nous sommes enfermées toute la journée. nous ne sommes que trois dans la salle d'isolement à pouvoir y aller. nous sommes bien sages. les gens qui se trouvent dans les autres salles peuvent se promener dans des tas d'endroits. je crois même qu'ils peuvent sortir mais il fait froid en ce moment. il y a une cantine où on peut acheter toutes sortes de choses. je crois qu'ils ont droit à un film de temps en temps et à d'autres choses. il y a même une bibliothèque. si je continue à être bien sage peut-être qu'ils me mettront dans une salle normale et je pourrai m'asseoir dans une de ces confortables chaises longues. même pendant la journée. comment vas-tu?

Le 15 février

Cher Harold,

J'ai eu beaucoup de plaisir à te voir. merci d'être venu le jour de la Saint-Valentin. tu es si beau dans ton costume et c'est ma cravate préférée. je suis si contente que tu l'aies mise. j'étais vraiment désolée de voir la visite se terminer. c'est toujours tellement attristant de voir tous ces gens descendre l'allée en direction des voitures et des autobus. quand ils nous y autorisent nous restons près de la fenêtre et regardons les visiteurs s'en aller. parfois nous restons là très longtemps après leur départ. ils disent que ça ne nous vaut rien. que nous nous rendons malades mais c'est si dur de s'éloigner de la fenêtre même quand tout le monde est parti. j'ai suivi des yeux un papier de bonbon qui a descendu l'allée et traversé la rue poussé par le vent. je l'ai regardé jusqu'à ce qu'il atteigne la clôture. je n'ai pas pu voir s'il traversait la clôture ou non. j'ai toujours la permission de me rendre à la salle de télévision le soir, juste après le dîner maintenant. nous nous installons dans les chaises longues et nous bavardons ou nous restons simplement assises. j'aime bien la télévision aussi. il y avait des émissions drôles hier soir. nous avons bien ri. du moins certaines d'entre nous. bien sûr nous n'éclatons pas de rire mais nous rions quand même. parfois certaines dames se contentent de dormir. je me sens moins somnolente qu'avant. on ne me donne plus que deux petits comprimés par jour maintenant. j'espère que tu pourras venir me voir bientôt. tu me manques. cela fait si longtemps que je ne t'ai pas vu. je sais que c'est dur avec des enfants qui crient et qui hurlent et qui courent partout. peut-être que dans une plus grande maison. ils ne te dérangeront plus. te sens-tu mieux?

Le 20 février

Cher Harold,

Je voulais attendre de te voir pour t'annoncer la bonne nouvelle mais je n'en ai pas la patience alors j'écris. ils me laissent sortir de la salle d'isolement pendant la journée. j'y reviens le soir pour dormir mais pendant la journée je peux aller dans l'autre salle. c'est une sorte d'arrangement temporaire et si je suis bien sage ça deviendra définitif. n'est-ce pas merveilleux? je me sens tout excitée. aujourd'hui c'était mon premier jour. je me suis promenée et c'est tellement agréable. personne ne poussait de grognements ou de cris comme ces autres femmes et il y a des chaises pour s'asseoir et on peut lire des livres à condition de rester éveillée. il y a aussi des puzzles géants. et on peut aller aux toilettes quand on veut. à n'importe quelle heure. et je vais suivre une ergothérapie. je ne ferai plus de portefeuilles et de signets c'est promis, seulement une nouvelle ceinture pour Bobby peut-être. je sais que l'ergothérapie peut paraître sans intérêt mais je m'ennuierai moins en faisant quelque chose. je m'embête tant. mais il y a autre chose qu'ils vont essayer à partir de la semaine prochaine. une sorte de classe d'écriture. je ne sais pas quel genre d'écriture mais ils nous fourniront tout le nécessaire. je crois que je vais mieux. j'espère que pâques sera là bientôt. peut-être pourras-tu venir me voir dans un avenir proche.

Le 27 février

Cher Harold,

J'ai l'impression de ne pas t'avoir écrit depuis une éternité. est-ce que je me trompe? je n'arrive plus à me souvenir. je suis impatiente de te voir. ce sera bon de prendre tes mains dans les miennes bien que je me sente gênée au parloir je dois l'avouer. tu auras l'air si sexy avec ton costume trois pièces et ma cravate préférée. et ainsi que je te l'ai promis je fais tout ce qu'ils me disent et je suis bien sage. je suis sûre qu'ils me laisseront rentrer à la maison à pâques peut-être pour deux ou trois jours. je me sens plus forte de jour en jour. je suis impatiente de voir mes petits chéris de les serrer dans mes bras et de les embrasser. des milliers de fois. comme je te l'ai promis je ne fais pas de maroquinerie mais de la tapisserie. et ce n'est pas une maison douillette. c'est une belle tapisserie représentant un chaton avec une balle. je suis sûre qu'elle te plaira quand elle sera finie. nous pourrons toujours l'offrir à ta mère pour noël.

La classe d'écriture, ça s'appelle *Thérapie occupationnelle-III – écriture,* est amusante. elle est mixte et il y a eu pas mal de va-et-vient car les hommes essayaient de s'asseoir à côté des jolies filles, et certaines filles se déplaçaient beaucoup elles aussi. pendant un moment on a eu l'impression que les gens allaient chahuter toute la journée mais la femme qui dirige la classe y a mis bon ordre rapidement. nous ne sommes qu'une douzaine environ si bien que ça ne se passe pas trop mal. certains ont lu des trucs et puis nous avons bavardé et décidé d'écrire quelque chose que nous lirons la semaine prochaine. je pense que je vais écrire quelque chose sur les cornets de glace. je sais que ça paraît idiot mais ce pourrait être amusant. tu te souviens quand on était petit il fallait tout de suite faire descendre la glace dans le cornet sans le casser et ensuite il fallait lécher le pourtour et faire attention quand on mordait dans le cornet et quand on faisait tomber la boule de glace par terre on la ramassait aussitôt et on la mangeait même si elle était très sale. je crois que l'idée est amusante. qu'en penses-tu? de toute façon ça me fournira un sujet de réflexion pendant la semaine qui vient. comment vas-tu? je sais que je te verrai bientôt.

Le 7 mars

Cher Harold,

J'ai passé presque tout mon temps à écrire ce passage sur les cornets de glace dont je t'ai parlé. c'est tellement amusant. ça m'a rappelé des tas de souvenirs d'enfance et tout particulièrement l'été et les fois où nous sommes allés tous ensemble à la plage de Coney Island et les manèges. c'est une des époques les plus merveilleuses de ma vie. tellement heureuse tellement insouciante. rien d'autre à faire que courir et jouer. on n'y trouvait pas de vrais cornets de glace mais il y avait toujours un vendeur ambulant qui avait des glaces d'une sorte ou d'une autre et tout le monde était toujours de bonne humeur. je me souviens il y avait toujours du vent en haut de la colline et j'aimais sentir sa caresse sur mon visage quand je descendais la colline en courant sans cesser de crier et de piailler. les enfants adorent crier et piailler n'est-ce pas? mais j'étais une petite fille sage, vraiment. j'étais calme.

Nous nous sommes bien amusés pendant la classe d'écriture cette semaine. nous nous sommes mis au travail beaucoup plus vite que la semaine dernière et il y a eu moins de manœuvres d'approche. il y en avait deux qui je crois se faisaient du genou et allaient même un peu plus loin au fond de la salle. certaines personnes ont lu ce qu'elles avaient écrit et c'était très joli. une fille avait écrit un très beau poème et elle m'a laissé le recopier. le voici.

Sur la plage déserte je vais marchant,
Contemplant le calme de l'océan,
Pensant à celui que j'adore,
Me demandant s'il m'aime encore.

Je ferme les yeux et baise sa main,
J'enfonce mes pieds dans le sable fin,

Dans la lumière de ses yeux je baigne,
Me demandant qui sur son cœur règne.

Mais amour et cœur peuvent se conjuguer
Pour former un tout chaleureux et apaisant,
Et le visage vers lui levé,
Je m'abandonne dans les bras de mon amant.

N'est-ce pas joli? ce n'est peut-être pas un grand poème mais je l'adore. l'atmosphère en est si belle. nous sommes tous tellement seuls ici. j'ai été vraiment très sage. tu peux venir me voir maintenant, n'est-ce pas?

Le 9 mars

Cher Harold,

Je suis triste que tu ne puisses pas me rendre visite. je sais que les enfants t'embêtent et que tu ne peux pas les supporter mais je suis ici. pas d'enfants. et je suis vraiment très sage et je fais tout ce qu'on me dit. je suis sûre que je serai autorisée à sortir à pâques si tu viens me chercher. probablement pour tout le week-end. nous pourrions aller quelque part rien que nous deux. je pourrais venir te rejoindre. où aimerais-tu aller? ça m'est égal. du moment que nous sommes ensemble. tu me manques tant. j'ai l'impression qu'il y a une éternité que je ne t'ai pas vu. je voudrais que tu me prennes dans tes bras et tout ça. des tas de pères sont irrités par leurs enfants. je veillerai à ce qu'ils ne te dérangent pas. tu ne les verras pas. rien que nous deux pendant tout le week-end. nous pourrions être heureux. si seulement tu voulais bien m'écrire. oh j'espère que pâques arrivera vite cette année.

Le 14 mars

Cher Harold,

je suis au cours d'écriture et je n'arrête pas de pleurer et j'ai peur qu'ils ne s'en aperçoivent et ne me renvoient dans la salle d'isolement et je ne veux pas y retourner. il ne faut pas qu'ils me voient pleurer mais je semble incapable de m'arrêter. j'ai tant besoin de te voir. tu me manques tant et le docteur a dit qu'il était préférable que je ne rentre pas à la maison à pâques qu'il valait mieux que j'attende encore un peu peut-être le mois prochain quand il fera beau et j'étais tellement impatiente de me retrouver avec toi et de me blottir dans tes bras et tout mais maintenant ils ne veulent pas me laisser sortir pas même pour un jour et s'ils me voient pleurer je sais qu'ils me remettront dans cette salle. oh j'aimerais que tu puisses venir me voir ou m'écrire tout plutôt que de m'inquiéter au sujet de ces petits monstres qui ne cessent de tout gâcher. il suffit que nous soyons seuls une seconde et où qu'ils soient même s'ils se trouvent à des centaines de kilomètres ils le savent immédiatement et arrivent pour être sûrs que nous n'avons pas un seul moment à nous. oh je sais que tu es parti à cause d'eux mais moi alors? je ne peux même pas sortir pour faire une promenade et tu ne peux pas venir me voir. et dans la classe d'écriture quand j'ai lu ma prose au bout d'une page environ un des hommes s'est mis à crier et à m'attraper en hurlant que je n'avais pas le droit d'écrire de telles idioties quand des milliers d'enfants dans le monde avaient faim et crevaient comme des bêtes et il m'a dit des choses abominables et il m'a accusée d'en être responsable comme si j'étais une sorte de monstre et j'essaye d'être sage je mange même tout ce qu'on me donne. j'aime mes enfants vraiment je le jure je les aime du fond du cœur et je ne veux pas les mettre dans un asile ou je ne sais où Oh si seulement je pouvais arrêter de pleurer. je ne veux pas qu'ils me voient pleurer alors j'écris quelque chose pour la classe bientôt il fera sombre dans la salle de télévision et personne ne verra mes yeux je ne veux pas leur faire voir que j'ai pleuré Oh harold s'il te plaît où es-tu s'il te plaît

Sylvia Wilson *Thérapie occupationnelle-III – écriture*

MON RETOUR AU LOWELL STATE HOSPITAL

J'ai passé sept mois ici en 1978 et 1979. quand je suis sortie j'ai dit que j'espérais ne jamais revenir, sans savoir que les voies de dieu sont impénétrables et qu'il nous rend parfois malades au point qu'un traitement hospitalier est le seul remède. Au mois d'août de cette année mes enfants et moi vivions à Sheepshead Bay grâce aux allocations versées aux nécessiteux. On me conseilla d'intenter un procès à mon mari parce qu'il ne me versait plus de pension alimentaire. non que ceci ait un rapport quelconque avec cela mais il semble que mes voix soient apparues pour la première fois à l'issue de l'audience au tribunal. une semaine plus tard j'ai commencé à entendre des voix qui semblaient former un tribunal chargé de juger mes amis d'autrefois et tous les gens que j'avais connus depuis mon enfance. j'entendais leurs témoignages et les voix se demandaient s'il fallait m'envoyer dans un établissement spécialisé pour des choses dont j'étais accusée à tort. ces voix continuèrent nuit et jour pendant trois semaines puis elles se turent. puis il y eut un groupe d'hommes et de femmes qui prétendaient former une société de liseurs de pensées professionnels s'adressant à moi par télépathie. ils disaient avoir ramassé mon esprit sur la plage. ils affirmaient que nous ne vivrions pas au-delà de noël qu'il fallait nous suicider sinon ils viendraient le 24 décembre déguisés en pères noël et nous tueraient tous. angoissée par tout cela et pour le bien de mes enfants j'ai renoncé et je suis revenue de mon plein gré au lowell state hospital pour poursuivre mon traitement. les voix ont continué à m'importuner pendant deux ou trois semaines puis elles sont sorties de ma vie poliment. ce silence et cette paix sont merveilleux. j'espère qu'elles ne reviendront pas. oh je vous en prie ne revenez pas.

L'ÉTÉ DE LA SAINT-MARTIN

Le ciel était bleu, sans le moindre nuage, l'air chaud, d'une clarté lumineuse. Les jours précédents avaient été frais pour la saison mais aujourd'hui, c'était le genre de journée dont on rêve pendant tout un été chaud et humide passé dans des rames de métro étouffantes, sur des trottoirs surchauffés et dans des locaux mal climatisés. Et c'était dimanche. Il allait pouvoir rester chez lui sans rien faire, lire le *Times* et, plus tard, regarder le match des Jets à la télé. Oui, une journée vraiment merveilleuse. Et plutôt rare à New York. On n'a pas tellement de journées comme celle-ci, où l'air est si clair et si propre qu'on a l'impression de pouvoir le caresser entre ses doigts. Il respira profondément en quittant le kiosque à journaux, son exemplaire du *Times* à la main, et il s'arrêta quelques instants pour contempler le ciel et jouir du calme reposant de cette matinée, songeant aux heures d'oisiveté qui l'attendaient.

Il jeta un coup d'œil au journal et sourit, s'imaginant déjà dans leur petit jardin en train de parcourir les nombreuses et volumineuses rubriques, particulièrement impatient de se plonger dans les pages sportives maintenant que la saison de football avait repris. Et une bière bien fraîche de temps en temps ne pourrait pas lui faire de mal. Il respira profondément de nouveau et sourit en regardant de part et d'autre de la rue bordée d'arbres. Ça lui ferait du bien de se détendre après la semaine harassante qu'il venait de passer. Ce foutu dossier Goodwin rendrait n'importe qui complètement dingue. Mais il n'allait pas y penser maintenant. Pas par une journée comme celle-ci. C'était un coup à attraper un ulcère. Non, il allait se détendre, se la couler douce; il serait bien temps d'y penser demain. Lundi matin viendrait bien assez tôt. Comme toujours.

Nous pourrions peut-être faire une balade en voiture. La campagne doit être belle avec ses arbres aux couleurs changeantes et les fleurs automnales qui commencent à apparaître. Je parie que ça doit être superbe dans le Connecticut, et nous pourrions nous arrêter dans un bon restaurant pour déjeuner. Je suis sûr que cela plairait à Ethel. Une occasion pour elle de sortir de sa cuisine, et Suzie aime bien se promener en voiture – le *Times* lui battait la cuisse tandis qu'il marchait – mais ces foutues routes vont être pleines de conducteurs du dimanche et nous allons nous retrouver dans des bouchons à n'en plus finir. Non, je crois qu'il serait préférable de ne plus y songer et de passer une journée tranquille à la maison. En fait, le dimanche était une journée à passer chez soi, en famille, et il ne voulait pas manquer le match des Jets. Ethel ne verrait pas d'inconvénients à être une femme délaissée pour le football.

Quand il arriva chez lui, sa femme finissait la vaisselle du petit déjeuner. Il la prit par la taille et l'embrassa sur la joue. C'est une belle journée.

Oui, j'ai vu. J'ai fait un tour dans le jardin il n'y a pas longtemps. Ça donne envie de faire quelque chose, ou d'aller quelque part.

Ouais, tu as raison, mais ça me donne surtout envie de m'installer dans le jardin avec le *Times* et une bière. Après tout, je dois me sentir dispos si je veux faire du bon travail au bureau. Il adressa un nouveau sourire à sa femme, l'embrassa une seconde fois, puis il posa le journal sur la table et prit une boîte de bière dans le réfrigérateur. Où est Suzie?

Dans sa chambre.

Oh, elle fait tellement peu de bruit que je la croyais au jardin.

Non, elle fait ses coloriages. Ethel s'essuya les mains et remit le torchon en place. Tu sais, Harry, ce serait peut-être une bonne idée d'emmener Suzie au parc tout à l'heure. Pendant que je prépare le déjeuner, tu pourrais peut-être l'emmener au terrain de jeux.

Oh, je ne sais pas ma chérie. J'avais l'intention de ne rien faire aujourd'hui. J'ai beaucoup travaillé la semaine dernière, et j'ai une rude semaine en perspective.

Je sais, mon chéri, mais cela lui ferait tellement plaisir.

Eh bien, nous verrons.

Il se dirigeait vers le jardin quand Suzie sortit de sa chambre. Nous allons au parc, papa?

Plus tard, peut-être, mon poussin – en lui caressant les cheveux.

Sur les balançoires?

Nous verrons, ma chérie. Plus tard, peut-être. Pour l'instant, papa a quelque chose à faire – sans cesser de lui caresser les cheveux – nous verrons tout à l'heure. Suzie le contempla quelques instants, puis regagna sa chambre.

Harry sortit dans le jardin, plaça sa chaise de telle façon qu'elle fût au soleil, et se mit à lire son journal. Emmener Suzie au terrain de jeux n'était pas une question de vie ou de mort. Elle avait bien paru un peu déçue, mais c'était sans importance. Et ce foutu dossier Goodwin. De toute façon, il est encore trop tôt. Il serait toujours temps de l'emmener plus tard, après avoir lu une partie de son journal et s'être détendu un moment. Ils auraient tout le temps d'aller au parc avant le déjeuner. Il ne s'occupait pas beaucoup d'elle et, ces derniers temps, quand il rentrait à la maison, elle était sur le point d'aller se coucher. Bien, ce n'était pas sa faute, mais quand même... Quand l'avait-il emmenée au parc pour la dernière fois? Oh, après tout, ce n'est pas vraiment à moi de le faire. Harry reprit sa lecture, percevant des bruits de conversation indistincts en provenance de la maison.

De temps à autre, il regardait le ciel et respirait profondément. Il parcourut la rubrique « nouvelles de la semaine », remarquant au passage quelques manchettes, ne manquant aucun des dessins humoristiques consacrés à la vie politique, lisant les légendes qui les accompagnaient. Harry feuilleta lentement la rubrique « Théâtre » et décida de garder la partie magazine et livres pour après le déjeuner; il la lirait avant de regarder le match. Gardant les pages sportives sur ses genoux, il posa le reste du journal par terre, puis il étendit les jambes et s'installa confortablement dans son fauteuil.

Le soleil chauffait le visage de Harry Swanson, s'élevant lentement dans le ciel, passant de sa droite vers sa gauche. Il finit sa bière, puis songea un instant à aller en chercher une autre, mais il poursuivit sa lecture, et l'idée lui passa petit à petit. Après avoir lu le compte rendu de tous les matches, il feuilleta les pages restantes, puis il laissa le journal lui glisser des mains et fuma une dernière cigarette avant de rentrer dans la maison.

Il jeta le journal sur le canapé, étira les bras au-dessus de sa tête à plusieurs reprises tout en se balançant d'avant en arrière sur la plante des pieds. Sacré bon sang, quelle belle journée. Il fait un temps superbe, Ethel, tu devrais sortir pour en profiter et remettre à plus tard ce que tu es en train de faire.

Je vais le faire, dans quelques minutes, dès que j'aurai mis le rôti au four.

Suzie fait toujours ses coloriages?

Je ne sais pas. Je suppose que oui. Elle est bien sage, et à cheval donné on ne regarde pas les dents, comme dit le proverbe.

Harry pouffa. Je vois ce que tu veux dire. Il mit les mains dans ses poches et se balança d'avant en arrière. Je pensais que je pourrais peut-être l'emmener au parc avant le déjeuner. Tu en as encore pour une ou deux heures, n'est-ce pas?

Voilà une excellente idée. Soyez de retour vers deux heures trente ou, disons, deux heures pour avoir de la marge.

D'accord. Tu veux bien la préparer?

Suzie avait appris à sauter à la corde, et de temps en temps, elle sautait en marchant, tirant sur le bras de Harry. Il lui demanda à plusieurs reprises de cesser, allant même jusqu'à la tirer violemment par le bras pour donner plus de poids à sa requête, mais elle ne pouvait s'empêcher d'utiliser son nouveau jouet, et Harry finit par lui lâcher la main en lui demandant de l'attendre pour traverser les rues. Quand ils arrivèrent au parc, Suzie se mit à courir en direction du terrain de jeux, mais Harry l'arrêta. Attends un instant, ma chérie, papa doit d'abord aller là-bas voir quelque chose.

Quelques centaines de spectateurs regardaient un match de football et Harry, tenant Suzie par la main, longea rapidement le petit côté du terrain pour aller se poster à côté de la ligne de touche en poussant Suzie devant lui. Entre deux phases de jeu, il questionna ses voisins pour savoir quel était le score, où la partie en était, et comment le match se déroulait.

Harry fut immédiatement pris par le match et dit impatiemment à Suzie qui le tirait par la manche d'attendre encore un instant, juste quelques minutes. Les balançoires, papa, je veux faire de la balançoire – et elle s'agitait et se tortillait au milieu des nombreuses jambes qui l'entouraient et se déplaçaient pour suivre la progression des joueurs.

Harry finit par s'apercevoir de l'irritabilité de Suzie, et il la prit dans ses bras et la tint de sorte que sa tête fût à la même hauteur que la sienne.

Voilà, ma chérie. Ça va mieux comme ça?

Mon nez me démange.

Eh bien, gratte-le, mon poussin.

On va faire de la balançoire maintenant?

Encore quelques minutes, et ils s'arrêteront de jouer, alors, nous irons. Je te le promets.

Harry continua à suivre le déroulement du match, poussant des oh et des ah en même temps que les autres, et hurlant, bien entendu, des conseils; et Suzie continuait à vouloir aller aux balançoires, et l'ennui la faisait se trémousser de plus belle, et Harry que son insistance irritait de plus en plus lui disait de cesser, et une fois ou deux, il lui pinça la cuisse pour qu'elle comprenne mieux.

A la fin de la première mi-temps, Harry serait volontiers resté pour parler du match avec les autres spectateurs, mais Suzie s'agitait tellement qu'il comprit que rien ne la calmerait, et il s'éloigna de la foule et posa Suzie par terre. D'accord, d'accord, allons au terrain de jeux. T'es contente maintenant? exaspéré et profondément frustré. Elle partit en trottinant, incapable de penser à autre chose qu'au plaisir de monter sur les balançoires, le toboggan et la bascule, Harry la suivant de près, tournant parfois la tête en direction du terrain de football. Suzie était suspendue à une balançoire quand Harry la rattrapa. Allons, fais attention. Tu vas te faire mal comme ça. Il la prit dans ses bras, l'installa sur la balançoire et lui dit de bien se tenir à l'arceau de sécurité placé devant elle. Il poussa la balançoire et Suzie, folle de joie, se mit à agiter les jambes, et Harry lui dit tout d'abord de cesser de donner des coups de pied et de se tenir tranquille, mais au bout de quelques minutes, entendant les rires de sa fille et le silence qui régnait sur le terrain de football, il se détendit et continua à pousser jusqu'à ce que Suzie criât subitement, toboggan.

Il leva les bras, prêt à la rattraper, tandis qu'elle gravissait les échelons un par un, puis il alla l'attendre en bas du toboggan, mais elle secoua vigoureusement la tête, non, et il la laissa descendre toute seule, prêt à la rattraper tandis qu'elle montait de nouveau à l'échelle, et il attendit qu'elle revienne en courant après avoir glissé jusqu'en bas. Le toboggan semblait être une intarissable source de rires.

Bientôt, les bruits en provenance du terrain de football manifestèrent clairement que la seconde mi-temps venait de commencer. Harry continua à surveiller sa fille tandis qu'elle montait à l'échelle, mais il tenait de moins en moins en place. Puis une clameur plus forte que les autres et des mouvements de foule indiquèrent que l'une des équipes avait marqué. Un essai, probablement, à en juger par les cris poussés par la foule. Suzie revenait vers l'échelle en sautant à la corde quand Harry la saisit par les bras et la fit virevolter à plusieurs reprises, et elle se mit à rire joyeusement. Lorsqu'il la reposa par terre, il s'agenouilla près d'elle, Tu t'es bien amusée, ma chérie?

Suzie hocha vigoureusement la tête. Mets-moi sur la bascule maintenant, papa.

J'ai bien peur que nous n'en ayons pas le temps, ma chérie. Nous allons devoir rentrer à la maison.

Nous avons le temps. Il n'est pas encore l'heure de manger – à l'entendre, on aurait dit qu'elle savait que le déjeuner ne serait pas prêt avant une heure environ.

Eh bien, non, pas tout à fait, mais papa voulait regarder le match de football quelques minutes encore avant de rentrer.

Oh, j'aime pas ça. Je veux plus regarder le foot – une moue crispa son visage – nous sommes ici que depuis quelques minutes. Je veux rester ici – elle avait des sanglots dans la voix.

Ah, s'il te plaît, mon poussin. Tiens, je vais te dire. Je te porterai sur mon dos pour rentrer. Qu'en dis-tu?

On pourrait rester ici, et tu pourrais me porter sur ton dos. Tu avais dit qu'on irait au terrain de jeux. T'avais dit – elle baissa la tête, continuant à faire la moue, de plus en plus proche des larmes.

Écoute, voilà ce que je te propose : que dirais-tu d'une belle surprise après le déjeuner?

Quelle s'prise?

Ah, je ne peux pas te le dire. Sinon, ce ne serait plus une surprise.

Elle leva les yeux vers lui pendant un instant, sans cesser de faire la moue, C'est bien vrai, une s'prise?

Juré – il se sentit rougir – Je ne pourrais pas mentir à ma petite fille.

Alors, encore une descente.

D'accord – se levant et l'accompagnant au bas de l'échelle. Quand elle arriva en bas du toboggan, Harry s'agenouilla, et sa fille monta sur son dos, et il lui dit de se tenir à son cou, mais pas trop fort, pour ne pas l'étrangler.

Il se dirigea rapidement vers le terrain de football, tenant sa fille par les jambes, puis il se mit à trottiner tandis que Suzie l'encourageait de la voix, hue, hue donc, jouissant du vent qui lui fouettait le visage, sa joue tout contre la joue de son papa, appréciant de ne pas avoir à basculer la tête en arrière pour voir les gens et de pouvoir en regarder bon nombre de haut.

Harry regagna rapidement l'endroit où il se trouvait auparavant et apprit par ses voisins que les deux équipes étaient à égalité. Il se passionna immédiatement pour le match; l'une des équipes remettait en jeu dans ses seize mètres après avoir touché dans son en-but, et l'arrière progressa de douze mètres. Après quoi, le quarterback accentua la progression de son équipe par une série de feintes et d'actions qui mirent la défense adverse dans le vent, et grâce à deux passes adressées aux bons moments.

Sa fille semblait satisfaite de sa nouvelle position, d'autant plus que son papa se déplaçait suffisamment souvent pour qu'elle s'intéressât à ce qui se passait autour d'elle. Pendant quelques minutes. Puis l'attrait de la nouveauté s'estompa, à l'instant même où les défenseurs récupéraient le ballon dans leurs seize mètres à la suite d'une maladresse des attaquants qui, jusqu'alors, avaient fait un festival.

J'veux retourner aux balançoires, papa – en lui tapant sur la tête.

Je t'ai dit, pas maintenant, Suzie – Quel crétin. Encore quelques mètres et ils marquaient un essai.

Suzie trépignait sur le dos de son père en répétant, Encore, s'il te plaît – et elle tirait sur le cou de Harry.

Pas maintenant, et arrête ça. Tu fais mal à papa – Voyons un peu ce que l'autre quarterback sait faire.

S'il parvient à les sortir de là – Je t'ai dit d'arrêter, en se tournant vers Suzie. Tu veux descendre?

Non. Elle continua à trépigner mais cessa de tirer sur le cou de son père. J'veux faire de la balançoire, t'avais dit, elle parlait lentement en faisant la moue. J'en ai presque pas fait.

Un temps mort fut demandé, et Harry s'agenouilla, et sa fille se laissa glisser par terre, et il prit ses mains dans les siennes et lui parla doucement, mais fermement, en proie à une irritation croissante. Je t'ai dit que, si tu étais gentille, je te ferai une surprise après le déjeuner. Nous devons rentrer à la maison très bientôt – jetant un coup d'œil à sa montre – et nous n'avons pas le temps de retourner au terrain de jeux. Maintenant, sois gentille, et laisse papa tranquille pendant quelques minutes, et je te porterai sur mon dos, et je te ferai une belle surprise après le déjeuner. D'accord?

Quelle s'prise, papa?

Tu le sauras après le déjeuner – fin de temps mort – maintenant, monte sur le dos de papa, et tiens-toi tranquille. Harry se leva, sa fille sur les épaules, et il se dit qu'il avait le temps de regarder la prochaine série de tenus avant de rentrer, peut-être même la suite du match si ce type ne parvenait pas à faire gagner du terrain à son équipe. Sa fille se tint tranquille pendant quelques minutes, puis elle se mit à sautiller et à jacasser et à poser des questions, voulant savoir ce qu'ils faisaient, pourquoi ils couraient après le garçon et quand ils retourneraient aux balançoires... et Harry lui répondait par monosyllabes en longeant la ligne de touche, suivant les déplacements des joueurs, répétant à Suzie de ne pas l'étrangler, ses jérémiades augmentant son irritation. Puis Suzie se mit à chantonner en agitant la tête d'avant en arrière, sans cesser de sautiller, et Harry se mit en colère, et il serra les jambes de sa fille très fort et lui hurla d'arrêter, et elle tomba en avant, sa tête heurtant celle de son père, et elle resta totalement immobile pendant une seconde, abasourdie par le choc et par le ton de Harry, puis elle se mit à gémir, et Harry refoula sa colère, et il s'agenouilla, et il lui frotta la tête et lui dit de ne pas pleurer. Elle continuait à geindre doucement, demandant à retourner aux balançoires, quand le quarterback adressa une passe parfaite à son arrière, lequel alla à l'essai. Harry décida de rentrer car il était un peu plus de deux heures.

Quand ils se retrouvèrent loin de la foule, Harry essuya le visage de Suzie avec son mouchoir. Nous ne voulons pas que maman voie que nous avons pleuré, n'est-ce pas?

On rentre maintenant, papa?

Oui, ma chérie.

On fait un tour de balançoires avant?

Non.

S'il te plaît. J'en ai presque pas fait.

Non, il est trop tard – la tristesse dans la voix de sa fille provoqua chez lui une réaction de colère – le déjeuner est prêt maintenant. Il s'arrêta et inspira profondément, se demandant comment sa femme allait prendre les lamentations de Suzie. Il sourit. Mais n'oublie pas que j'ai promis de te porter sur mon dos jusqu'à la maison. D'accord?

Et aussi une s'prise.

Je n'oublierai pas. Tu auras ta surprise. Allez, maintenant, grimpe, et rentrons à la maison.

Harry fit semblant d'être un cheval et réagit aux hue donc de sa fille, et grâce à ce jeu et quelques chatouillements, Suzie riait quand ils entrèrent en trombe dans la maison.

Eh bien, bande de vagabonds, il est temps que vous rentriez à la maison – prenant sa fille sur le dos de Harry et l'embrassant avant de la poser par terre – encore quelques minutes, et vous auriez mangé un morceau de charbon en guise de rôti.

Hummmmmm, ça sent bon. Eh bien, nous ferions bien d'aller nous rafraîchir un peu. Viens, ma chérie, allons nous laver les mains et le visage.

Ethel mit la table pendant qu'ils faisaient un brin de toilette, et quand ils revinrent dans la cuisine, la pièce était pleine d'odeurs appétissantes, la table était mise, et le rôti attendait que Harry veuille bien le découper.

Pendant qu'il s'y employait, Ethel installa Suzie sur sa chaise et lui demanda de lui raconter ce qu'elle avait fait au parc. Y avait-il d'autres petits enfants?

Naan. Nous avons regardé un match. J'étais sur le dos de papa.

Un match? Tu ne l'as pas emmenée au terrain de jeux, Harry?

Mais si, bien sûr que si. Nous nous sommes simplement arrêtés en rentrant pour regarder un match de football. Je ne sais même pas quelles étaient les équipes en présence.

Oh, Harry, toi et ton football. Tu n'en vois pas assez à la télé?

Nous ne sommes restés qu'un instant. Tiens, passe-moi ton assiette. Voici une belle tranche pour toi.

Et papa va me faire une s'prise.

Qu'est-ce que c'est que cette histoire de surprise?

J'ai pensé que nous pourrions manger de la G.L.A.C.E. au dessert. Tu sais...

Pasque j'ai été gentille pendant le match, hein papa?

Très gentille – plaçant son assiette devant elle – et maintenant tu vas tout manger comme une bonne petite fille.

Qu'est-ce que c'est la s'prise, papa?

Je te l'ai déjà répété dix fois, après le déjeuner.

Calme-toi, Harry.

Depuis que j'ai parlé d'une surprise, elle n'arrête pas de m'embêter avec ça.

Eh bien, n'en parlons plus et mangeons.

Ethel et Harry se mirent à savourer leur déjeuner dominical, mais Suzie jouait avec le contenu de son assiette. J'veux ma s'prise.

Maintenant, écoute-moi bien, ma petite fille...

Harry, ne te mets pas en colère.

Mais j'entends ça depuis des heures – Suzie avait baissé la tête; elle regardait et écoutait...

Mais te mettre dans un tel état ne sert à rien. Tu vas gâcher notre déjeuner. Détends-toi, chéri. Je vais m'occuper de Suzie. Allez, sois gentille et mange. Ethel fit des petits tas de nourriture dans l'assiette de Suzie et lui dit de commencer à manger.

Suzie se mit à bouder. J'ai été gentille.

Écoute ta maman – jetant un coup d'œil à Harry et voyant que son visage s'empourprait – et mange. Si tu ne manges pas comme une gentille petite fille, non seulement tu n'auras pas de surprise, mais papa ne t'emmènera plus au parc. Tu n'aimerais pas cela, n'est-ce pas?

Suzie joua avec sa nourriture pendant quelques minutes, puis elle se mit à geindre tout doucement, et des larmes coulèrent sur ses joues. Ethel tendit le bras au-dessus de la table et essuya son visage avec sa serviette. Voyons, tu n'as pas de raison de pleurer, ma chérie, personne ne te gronde. Je ne comprends pas pourquoi tu es si bouleversée. Fais plaisir à maman, cesse de pleurer. Nous voulons seulement que tu manges ton déjeuner. Ethel se tourna vers Harry. Que s'est-il passé au parc, Harry? Je ne l'ai jamais vue dans un tel état. Harry lui lança un regard furibond, sans desserrer les lèvres.

Suzie continua à geindre doucement et un sanglot la fit tressaillir.

Gentille, j'veux ma s'prise.

Harry posa brutalement sa fourchette sur la table et se leva d'un bond. Nom de Dieu, tu vas l'avoir ta surprise – il tendit la main vers l'assiette de Suzie, prit une poignée de purée couverte de jus de viande et la lui écrasa sur la tête – Tiens, la voilà ta surprise! Ethel et Suzie regardèrent Harry, bouche bée, la purée et la sauce dégoulinant sur le visage de Suzie, puis elle se mit à sangloter. Vas-y, vas-y, pleure, ça te passera! Ethel serrait Suzie dans ses bras tout en regardant la purée et le jus qui coulaient entre les doigts de Harry.

UN PEU DE RESPECT

Morris entassa n'importe comment les papiers qui se trouvaient sur son bureau, puis il se rua vers les ascenseurs. Il détestait ces appels téléphoniques de dernière minute. Il n'avait jamais réussi à comprendre pourquoi les gens attendaient cinq heures moins cinq pour téléphoner. Il courut vers l'ascenseur en regardant sa montre. Il avait encore une chance d'attraper le train de cinq heures vingt, si tout se passait bien. Les deux premiers ascenseurs étaient pleins; ils passèrent sans s'arrêter, et il gémit intérieurement. Il ne cessait de regarder sa montre, mais cela ne paraissait avoir aucun effet, de sorte qu'il alluma une cigarette qu'il éteignit lorsqu'un ascenseur s'arrêta et que les portes s'ouvrirent. Il se faufila à l'intérieur, et l'ascenseur descendit directement jusqu'au rez-de-chaussée.

Il se précipita dans le métro et attendit sur le quai, regardant constamment sa montre, pestant intérieurement contre la médiocrité du service public, et qu'est-ce qui peut bien retarder cette foutue rame, ayant très envie de fumer. Plus il consultait sa montre, et plus il était convaincu qu'il allait manquer le cinq heures vingt et se retrouver dans ce foutu cinq heures trente, le fourgon à bestiaux. La rame arriva enfin, et il poussa autant qu'il fut poussé pour y monter. Il était tellement serré contre l'homme qui se trouvait devant lui que la moustache du type chatouillait le nez de Morris, et celui qui se tenait derrière lui avait dû manger des spaghettis bolognaise au déjeuner, et le cuisinier n'avait pas pleuré l'ail. Il se demanda quelle heure il pouvait bien être.

Tout le monde descendit quand le métro arriva à la gare de Grand Central, et Morris se dirigea rapidement, en courant presque, vers les quais. Il jeta un coup d'œil à sa montre, puis aux horloges murales, et il sut que c'était sans espoir. Il était déjà cinq heures vingt et une, et il lui fallait encore cinq minutes au moins pour atteindre le quai, même en courant, et si le train devait partir un jour à l'heure, ce serait probablement aujourd'hui. Il arriva à cinq heures vingt-cinq, jamais à l'heure, sauf aujourd'hui... L'arrière du train était encore visible, là-bas, à l'extrémité du quai. Il contempla le tunnel obscur pendant quelques instants, entendant et sentant son cœur battre dans sa poitrine. Il acheta un journal et attendit.

Un fourgon à bestiaux, voilà ce qu'est le cinq heures trente, un fourgon à bestiaux. Et en plus, le cinq heures trente n'est jamais à l'heure... loin s'en faut. Dieu sait à quelle heure je vais arriver à la maison.

Quand il descendit du train, il faillit s'arrêter quelques instants pour respirer un peu d'air frais, mais il décida de courir jusqu'à l'arrêt d'autobus, non sans jeter de rapides coups d'œil à sa montre. Le bus arriva au bout de quelques minutes et, Dieu merci, il trouva une place assise. Il lut trois articles sur une inondation, un meurtre commis à coups de hache et un tremblement de terre qui avait fait dix mille victimes, et il se détendit.

Le trajet entre l'arrêt de bus et sa maison fut presque plaisant. Il se faisait déjà une joie de s'asseoir et de se détendre, si possible, quelques minutes avant le dîner. La rue était relativement calme, suffisamment calme pour entendre les oiseaux chanter. Morris aimait écouter les oiseaux. C'était tellement bucolique, on avait l'impression d'être à des millions de kilomètres de la ville. Très agréable.

Il ouvrit la porte de sa maison et fut immédiatement ASSAILLI par des bruits de mitrailleuses, de canons et d'avions. Son fils, Milton, âgé de dix ans était assis par terre, dans le salon, entouré de plusieurs bols vides et de nombreux papiers de bonbons. Il y avait des miettes de crackers, de pop-corn et de chips partout. Morris passa la tête par la porte, Salut Miltie, ça va?

Milton continua à fixer l'écran.

Morris le regarda un instant, puis il éleva légèrement la voix, J'ai dit bonsoir, comment ça va?

Milton continua à fixer l'écran.

Morris fixa son fils, mais il ne put tenir longtemps. Baisse le son, Miltie.

Milton continua à fixer l'écran.

Miltie, je t'ai dit de baisser le son, c'est trop fort. Morris bouillait intérieurement, mais il se borna à rester debout derrière son fils, serrant son journal dans ses mains, élevant un peu plus la voix chaque fois qu'il prenait la parole.

Son fils continua à fixer l'écran.

Finalement, le film s'interrompit pour laisser place à la publicité, et Morris essaya de nouveau, Milton, baisse le son.

Milton fit enfin mine de s'apercevoir de la présence de son père, et prenant une posture digne de Fonzie [1], dit sans se lever, T'excite pas, hein?

Je ne m'excite pas – en essayant de s'emparer de

1. Personnage d'un feuilleton TV : *Happy Days. (N.d.T.)*

la télécommande que Milton serrait dans ses mains. Donne-moi ça, espèce de...

Attention, attention, espèce d'idiot, t'vas la casser.

Je vais te casser la tête, espèce de petit...

La femme de Morris, Maya, cria depuis la cuisine, C'est toi, Morris?

Il se releva, Oui, c'est moi.

Le film reprit soudain par des tirs de barrage qui firent lâcher son journal à Morris. Il se réfugia dans la cuisine.

Milton continuait à fixer l'écran.

Maya repliait la feuille d'aluminium qui enveloppait le repas tout prêt qu'elle faisait réchauffer, Le dîner sera chaud dans vingt minutes. Un menu de gala. Ah ouais?

Ton plat favori, un steak Salisbury [1]. Morris hocha la tête, Avec de l'eau maison? Quoi? Rien. Qu'est-ce que c'était que tout ce bruit? Tu criais encore après Miltie? Moi, je criais? Comment l'as-tu deviné? Je t'ai entendu. Comment as-tu pu m'entendre avec tout ce vacarme? Maya, je t'assure qu'il faut faire quelque chose. Faire quelque chose? Mais à quel sujet? A quel sujet? Au sujet de Milton. Pourquoi? Qu'est-ce qu'il a encore fait? Qu'est-ce qu'il a fait? Eh bien, justement, il ne fait rien. Il ne dit pas bonjour, il ne dit pas au revoir. Il ne dit rien. Il reste assis devant la télévision comme un idiot. Mais ça lui plaît, Morris. Et au moins, pendant ce temps-là, il ne fait pas de bêtises. J'suis son père quand même. Il devrait dire bonsoir. Est-ce donc si terrible de vouloir qu'un fils, un fils unique, dise bonsoir à son père? Je

1. Steak haché, grillé ou frit, accompagné de condiments. *(N. d. T.)*

travaille toute la journée. Je trime dur. Comme un esclave – Maya hochait la tête, et elle continua à hocher la tête en remettant son dîner dans le four, Morris la suivant partout dans la cuisine – pour payer à ma famille une belle maison dans une banlieue résidentielle, afin que vous n'ayez pas à vivre dans cette ville surpeuplée. Est-ce que j'exige une sonnerie de clairon quand je rentre chez moi? Est-ce que j'exige des sonneries de trompette et des roulements de tambour? Je demande seulement un peu de considération. Est-ce déraisonnable d'exiger qu'il dise bonsoir? Moi, je dis bonsoir. Toi, tu dis bonsoir, mais lui? Peut-être que je devrais acheter un magnétophone et lui faire dire une fois, une seule fois, Bonsoir papa, et tu pourrais me passer la bande quand je rentre à la maison. Maya haussa les épaules. Excuse-moi, Morris, je voudrais mettre la table. Maya mit la table, Morris toujours sur ses talons, Il va y avoir du changement dans cette maison. Je vais faire en sorte que mon fils me respecte. Tu m'entends? Oui, je t'entends, Morris, et tu as raison. Il faut qu'il te respecte. Excuse-moi, il faut que je sorte les couverts. Dorénavant, quand je rentrerai à la maison, je veux qu'il éteigne ce machin et qu'il dise bonsoir. Maya hocha la tête. Comment s'est passée ta journée? Ma journée? Ma journée? Mes journées se passent très bien, ce sont mes soirées qui sont les plus pénibles. Le minuteur se mit à sonner, et Maya sortit le dîner du four. Dis à Milton qu'il est l'heure de manger. Morris passa dans le salon, son air décidé en disant long sur sa détermination.

Viens manger, Milton.

Apporte-moi ça ici.

Qu'est-ce que ça veut dire, apporte-moi ça ici?

Milton tourna lentement la tête et regarda son

père comme s'il avait affaire à un demeuré, puis il regarda de nouveau l'écran.

Morris fixa son fils un instant, puis il tourna brusquement les talons et rentra dans la cuisine. Il ne veut pas venir dîner. Il n'a pas faim? Il veut être servi dans le salon. Maya haussa les épaules. Eh bien, laisse-le faire. Je vais lui préparer un plateau... Comment ça, laisse-le faire? Morris, ne t'énerve pas, c'est mauvais pour ta digestion. Tiens, assieds-toi et détends-toi. Maya conduisit Morris à sa chaise, prépara un plateau pour Milton et le lui porta. Elle revint dans la cuisine, servit le dîner et s'assit en souriant à Morris. Allez, mange pendant que c'est chaud. Morris hochait constamment la tête. Apporte-moi ça ici, apporte-moi ça ici. Il avait l'impression que les coups de canon et les rafales de mitrailleuse du film résonnaient dans sa tête. Entre les détonations assourdissantes, il perçut la voix de son fils, et Maya se leva et coupa un gros bout de gâteau, et elle mit une grosse boule de glace dessus et porta le tout à Milton. Morris mangeait. Il avait quelque chose dans la bouche. Il mâchait. Il avalait. Donc, il devait être en train de manger. Maya s'assit. Il la voyait, et pourtant, elle n'était pas là. Y'était ou y'était pas? Des pensées lui transperçaient la tête. Elles éclataient sous son crâne. Mitraillaient son nez et ses oreilles. Elles jaillissaient de sa bouche, enveloppaient sa tête et lui serraient la gorge. Un peu de respect tu pourrais dire bonsoir Je suis ton père Je travaille toute la journée le cinq heures trente est un fourgon à bestiaux des batteries de canon et des escadrilles un peu de respect Je n'ai pas à écouter il va y avoir du changement – Morris, ça va? – oui, du changement et du respect, sans détonations – Morris se dressa de toute sa taille, raide et droit comme un I – Maya leva les yeux vers lui, tout en continuant à manger – il va y avoir du changement, et pas plus tard que maintenant, et il sortit de la cuisine à grands pas, passa devant Maya qui le regardait d'un air inquiet, et fit irruption dans le salon. Il perçut la masse indistincte de Milton qui le regardait, les yeux écarquillés, arracha le cordon d'alimentation de la prise secteur et se mit à pousser le téléviseur vers la porte.

Milton hurla. Hé, qu'est-ce que tu fais?

C'que j'fais? J'fais du changement.

Hé, m'man, M'MAN!!!

Maya se précipita dans le salon. Que se passe-t-il? Milton tirait sur le bras de son père, le frappait et s'agrippait au téléviseur en hurlant, NON, NON, DONNE-MOI CE POSTE.

Attention, ou je vais te donner ce que tu mérites. Que se passe-t-il? Morris, qu'est-ce que... Ôte-toi de là. Du vent! Il repoussa son fils, et Maya s'écarta machinalement tandis que Morris faisait passer le poste par la porte et le jetait sur la pelouse. Maya et Milton le suivirent des yeux tandis qu'il se dirigeait vers le garage, Dorénavant, il va y avoir du changement, hahahahahahahaha, on me dira bonsoir, hahahahahaha!!! Il ressortit du garage avec un bidon d'essence et une hache. Son rire rauque et ses vociférations se prolongèrent tandis qu'il abattait la hache sur le poste, et le tube explosa, éparpillant de gros morceaux de verre un peu partout, les mains de Morris coupées en plusieurs endroits se mettant à saigner, Maya et Milton hurlant, Milton tirant sa mère par le bras, ARRÊTE-LE, ARRÊTE-LE!!! et il courut vers la maison, sans cesser de pousser des cris perçants, et appela la police. Plusieurs voisins mirent le nez à la fenêtre, puis ils sortirent de chez eux pour voir Morris mettre le téléviseur en pièces, riant encore et encore, des gouttes de sang jaillissant des mains de Morris, et puis d'autres voisins sortirent de chez eux, la nouvelle s'étant répandue par téléphone, et tous s'approchèrent, de plus en plus près, et bientôt, il y eut une centaine de personnes massées sur le trottoir et dans la rue pour regarder Morris qui lâcha enfin sa hache et versa de l'essence sur ce qui restait du poste, et il gratta une allumette et l'essence s'enflamma dans un grand PLOOUUFF, HAHAHAHAHAHAHAHAHAHAHAHAHA, BRÛLE, MON SALAUD, BRÛLE, BRÛLE, BRÛLE!!!!! et il se mit à sauter en l'air et Milton courut vers le feu et Maya le retint et les enfants des voisins se mirent à crier, Éteignez-le, éteignez-le!!! et puis d'autres voisins applaudirent et s'approchèrent du feu en encourageant Morris qui continuait à crier BRÛLE MON SALAUD, BRÛLE MON SALAUD, et le bruit d'une sirène retentit, lointain puis de plus en plus proche, et avant que les flics ne se soient approchés de Maya et de Milton, la voiture des pompiers apparut dans un crissement de pneus au coin de la rue, et deux pompiers en jaillirent avec des extincteurs pendant qu'un flic demandait à Maya ce qui se passait et Milton sautait en l'air en hurlant TUEZ-LE, TUEZ-LE!!! et soudain, il se rua dans la maison pour prendre sa caméra vidéo et l'autre flic essayait d'entraîner Morris loin du feu et Morris se libérait en hurlant, Foutez-moi la paix, vous n'avez pas le droit, brûle mon salaud, maintenant, il dira bonsoir, et le flic tirait de plus en plus fort et Morris résistait de plus en plus et finalement le flic se fâcha, Tu ferais mieux de te calmer mon pote ou je vais te casser la gueule, et puis il appela son collègue et ils essayèrent de lui tordre les bras tandis qu'il faisait des moulinets et trépignait et hurlait, et tous trois roulèrent sur la pelouse, les pompiers leur disant de faire attention et de s'écarter, les voisins applaudissant Morris et huant les flics. Ces derniers avaient arraché presque tous les vêtements de Morris et ils parvinrent enfin à l'immobiliser, visage contre terre, et l'un des flics enfonçait sa matraque dans la nuque de Morris tandis que l'autre lui passait les menottes dans le dos, Morris contusionné et ensanglanté, et Milton continuait à filmer la scène avec sa caméra vidéo, et Maya regardait tranquillement les flics traîner Morris, toujours riant et vociférant, vers la voiture de patrouille et les pompiers dispersèrent les cendres et s'assurèrent avant de partir que le feu ne reprendrait pas.

Milton passa la nuit chez ses grands-parents. Il mit sa cassette dans leur magnétoscope et regarda les flics emmener son père, riant comme un fou et brandissant son poing en direction de l'écran, TUEZ-LE, TUEZ-LE, TUEZ-LE!!! puis il repassa la cassette, encore et encore et encore...

LA PUBERTÉ

Le garçon s'adossa contre le pare-chocs d'une voiture et fit rebondir sa balle en caoutchouc dans le creux de sa main... puis par terre, visant la fissure entre ses pieds quatre, cinq, six, sept fois, inconscient de ses actes, les yeux fixes, comme un automate.

Il cessa de faire rebondir la balle et se borna à la tenir dans sa main, les bras le long du corps, serrant la balle sans en avoir conscience. Une balle lui avait toujours procuré des sensations particulières, non seulement parce qu'elle signifiait qu'il allait retrouver ses amis pour jouer avec eux, mais aussi parce qu'elle suscitait une réaction plus personnelle. Il en aimait la texture et la consistance, mais il en aimait aussi l'odeur, et le bruit qu'elle faisait en rebondissant par terre ou contre un mur, ou lorsqu'elle était frappée par une batte ou une main, le son émis étant chaque fois particulier, différent. Parfois, quand il gardait une balle suffisamment longtemps, il la lavait, et quoiqu'elle ne reprît jamais l'aspect du neuf, elle avait un air bien à elle, et cela lui plaisait énormément. Et même s'il n'avait jamais cherché à analyser le sentiment qu'une balle suscitait en lui, il l'éprouvait chaque fois qu'il la faisait rebondir en l'air, ou contre un mur, tout en marchant. Et maintenant, il ne ressentait plus cette même joie; bien plus, il n'avait pas conscience de son absence et n'éprouvait plus qu'un sentiment de vide.

Le samedi, il prenait toujours son petit déjeuner en hâte et courait jusqu'à la cour de l'école (la mesure du temps étant la distance qui séparait un samedi de l'autre, chaque heure de classe qui passait le rapprochant du samedi suivant) et maintenant, il était là, sur la 3e avenue, et contemplait la balle. Jusqu'alors, il était toujours arrivé le premier dans la cour de l'école, mais aujourd'hui, les autres s'y trouvaient depuis des heures, et il était encore dans l'avenue, à quelques dizaines de mètres de l'école, se demandant bien pourquoi il ne souhaitait pas se joindre à eux, et pourquoi il se sentait si bizarre... si triste.

Il lança sa balle contre un mur, la rattrapa, puis il la mit dans sa poche et se mit à marcher lentement. L'avenue était encombrée par les habituels chalands du week-end qui passaient d'une boutique à l'autre, tâtant les fruits et les légumes, posant des questions, s'arrêtant pour bavarder, des enfants qui s'agitaient dans leurs poussettes ou tiraient sur le bras de leurs mères... et les trolleys, les camions et les voitures faisaient le même bruit qu'à l'accoutumée. Même le vieil Italien avec sa charrette pleine d'escargots était là aujourd'hui, entouré par un groupe d'enfants qui riaient en regardant les escargots qui montaient le long des flancs de la charrette, et le petit vendeur qui les saisissait et les remettait dans les paniers. Le garçon feignit de ne pas avoir entendu l'appel de l'un des gamins et continua à se promener parmi la foule, intrigué par cet étrange sentiment qui semblait être la cause de sa présence dans l'avenue, alors qu'il aurait dû se trouver dans la cour de l'école, de son manque d'intérêt pour les escargots et pour la façon dont le vendeur les décollait des flancs de la charrette et faisait frémir son énorme moustache après les avoir jetés dans les paniers, alors que ce spectacle l'avait toujours mis en joie. Pour la première fois depuis qu'il était fasciné par cet homme et sa charrette, il ne se demanda pas si sa moustache sentait l'escargot. Pour une raison qu'il ne s'expliquait pas, il ne lui semblait pas normal de se trouver là (avait-il toujours pensé à sa moustache?) au lieu d'être dans la cour de l'école, et pourtant, il n'éprouvait aucune envie nouvelle susceptible de remplacer celles qui, jusqu'alors, constituaient les limites et le centre de son univers.

Il quitta l'avenue et descendit la 69e rue, s'arrêtant devant la caserne des pompiers, se joignant à la foule des badauds qui regardaient les pompiers nettoyer leurs voitures et tester leur matériel. Les tuyaux étaient étalés dans la rue, des hommes astiquaient et faisaient briller les pièces en cuivre, un gyrophare fut allumé et se mit à tourner, la grande échelle fut dressée et appuyée contre le mur de la caserne, et des hommes y grimpèrent...

Le garçon regardait, sans enthousiasme, et commença à sortir sa balle de sa poche... puis il l'y laissa retomber et s'éloigna, sans tourner la tête en entendant des pignons grincer et un jet d'eau siffler, et il continua à descendre la rue, regardant au passage les maisons et les boutiques qu'il connaissait bien, de plus en plus mal à l'aise en raison de ce besoin qu'il sentait en lui et du poids qui écrasait sa poitrine.

Il regarda autour de lui, mais rien n'était différent, et cela l'intrigua. Quelque chose en lui exigeait que la rue, les maisons, les gens fussent différents, mais ils étaient identiques à eux-mêmes, et il ne parvenait plus à s'identifier à eux. Les empreintes qu'il avait laissées dans ces rues au cours des mille promenades qu'il y avait faites avaient disparu. Elles n'étaient plus ses rues, et pourtant, il continua à y errer, cherchant apparemment quelque chose sans savoir le moins du monde de quoi il s'agissait, ne sachant pas très bien s'il cherchait quelque chose ou s'il avait envie de s'enfuir. Il souhaitait une compagnie mais se trouvait réduit à la solitude, incapable de se demander pourquoi, ne sachant pas réellement s'il fallait se poser la question, plongé dans cette dimension angoissante du temps où le passé est déjà mort alors qu'on ignore encore si l'avenir existe; cette dimension où même les souvenirs ne peuvent être évoqués, ou du moins trop vaguement pour qu'ils procurent le moindre réconfort.

Il s'arrêta, et regarda un chat qui fouillait dans une poubelle, ses cicatrices et sa fourrure arrachée par endroits attestant la vaillance avec laquelle il avait combattu ceux qui avaient voulu le tuer et son dévouement pour ses chatons (aimant à penser que le chat ne voulait pas uniquement apaiser sa faim, mais cherchait de la nourriture pour ses petits cachés dans quelque cave obscure) et il aurait voulu le prendre dans ses bras et le caresser, l'emporter chez lui, le laver, le nourrir, l'écouter ronronner pendant qu'il lapait son lait... se coucher avec lui et sentir la douceur de sa fourrure quand il se pelotonnerait tout contre lui...

il pourrait même lui mettre un collier avec une clochette, et le regarder courir après une balle ou une souris en caoutchouc en écoutant la clochette tinter...

et personne ne ferait de mal à Lucky. Il ne serait pas pourchassé par des gamins armés de pierres. Ils ne le feraient pas tournoyer en le tenant par la queue pour le lancer en l'air. Lucky n'aurait pas à jouer des griffes pour se libérer de mains malintentionnées et s'enfuir, affolé, au milieu des jambes et des autos en stationnement... pour finir sous les roues d'un camion. Il fallait qu'il l'aide! Il s'avança en direction du chat qui, instinctivement, leva la tête, le regarda un instant puis bondit hors de la poubelle, et s'enfuit. Il n'essaya pas de le poursuivre, mais le regarda s'éloigner dans la rue, triste que le chat n'ait pas compris ses intentions.

Le chat disparut, et le garçon resta pensif pendant quelques instants, puis il reprit son chemin, lentement, regardant son ombre qui obscurcissait les fissures du trottoir, les capsules de bouteilles, les bouts de papier, les bâtons de sucettes et les vieux chewing-gums qui s'étaient incrustés dans l'asphalte. Il tourna dans Colonial Road, et se dirigea vers Bliss Park. A l'entrée du parc, il rencontra un autre gamin qui se joignit à lui. T'as vu Rusty aujourd'hui?

Le garçon secoua la tête.

Tu crois qu'il est là?

Je sais pas, Joe.

J'ai deux ampoules cassées, là-d'ans – secouant un sac en papier et souriant – j'espère qu'il traîne par là.

Le garçon hocha la tête, et ils continuèrent à descendre l'allée, puis ils traversèrent une pelouse et s'arrêtèrent sous un grand mûrier et mangèrent des mûres, le garçon sentant le jus tiède et sucré lui couler dans la gorge et appréciant la saveur des fruits qui, bizarrement, augmentait sa tristesse. L'autre garçon cueillait des poignées de mûres et les dévorait, tout heureux, sont rudement bonnes, hein? Mon vieux, je pourrais en manger des millions.

Ils continuèrent leur chemin sur la pelouse, le garçon prenant plaisir à sentir l'herbe sous ses pieds, regardant le ciel et les arbres, entendant les voix des enfants et de leurs mères, les patineurs dans les allées, les cris soudains des joueurs de base-ball, le bruit de ses pas sur l'herbe, le bruissement des feuilles et des branches, le chant des oiseaux et le bruit de leurs ailes...

Son sentiment de solitude ne s'en trouvait pas diminué, mais il s'en accommodait mieux, comme si un tel sentiment était plus à sa place, ici, au milieu de la verdure et des arbres.

Tiens, regarde, il est là-bas. Joe montrait du doigt un groupe composé de quelques hommes et de deux ou trois garçons assis sur la colline. Quand ils rejoignirent le groupe, ils s'assirent en compagnie des autres gamins qui riaient et criaient à Rusty de nourrir les écureuils. Rusty les salua d'un geste de la main, et il but une rasade de vin au goulot. Puis il passa la bouteille – toujours emballée dans son sac de papier brun – à son voisin. Ils étaient trois, et ils continuèrent à faire circuler la bouteille.

Joe secoua son sac sous le nez des autres et dit à Rusty, J't'ai apporté quelque chose à manger. Ils s'esclaffèrent tous, et il secoua de nouveau le sac avant de le donner à Rusty. Rusty l'ouvrit et regarda les morceaux d'ampoules cassées, but une nouvelle rasade, passa la bouteille et s'essuya la bouche avec le dos de la main, Seigneur, t'en veux vraiment pas? Il déchira le sac et l'étala par terre. T'sais, quand j'travaillais au cirque, ils me servaient ça sur un plateau. Il éclata de rire et les gamins s'esclaffèrent, et le garçon sentit son visage se dérider, mais quelque chose en lui luttait contre ce sourire naissant. Rusty cessa de rire, prit un gros morceau de verre, le mit dans sa bouche et commença à mastiquer. Les gamins le fixaient, les yeux de plus en plus écarquillés. Il avala et se lécha les lèvres, C'était sûrement une General Electric. Je reconnais toujours les Ge. Z'ont comme une saveur de Michigan [1]. Il se remit à rire

1. Le siège de la société General Electric se trouve dans le Michigan. *(N. d. T.)*

et s'arrêta quand on lui passa la bouteille. Il mangea tous les morceaux de verre contenus dans le sac sous l'œil des gamins, sidérés, bien qu'ils l'aient vu faire la même chose à plusieurs reprises. Le garçon regardait lui aussi, pétrifié, enregistrant ce qu'il voyait, mais le petit quelque chose en lui qui faisait qu'habituellement il s'émerveillait faisait défaut, et il ne se demandait même pas ce qu'il advenait de tout ce verre dans l'estomac de Rusty.

Quand Rusty eut fini le verre, il plia le sac, s'en servit pour s'essuyer doucement les lèvres et dit, Vous ferez mes compliments au chef. Les gamins se mirent à glousser et à rire.

L'un d'eux lui tendit quelques cacahuètes, Donne à manger aux écureuils, Rusty. Rusty prit les cacahuètes et pouffa, puis il s'éloigna de quelques mètres en rampant, et en tendit une à un écureuil qui venait de descendre d'un arbre. L'écureuil resta sans bouger pendant quelques instants, puis il s'avança vers Rusty qui lui lança la cacahuète. L'écureuil s'en saisit, l'examina soigneusement, puis il détala et l'enterra. Rusty le suivit en rampant, et quand l'écureuil fut parti, il déterra la cacahuète et la brandit – les gamins piaillant et riant – puis il la mit dans sa bouche et revint vers le groupe en rampant, et tout le monde riait à gorge déployée, et le garçon souriait, les autres criant et se donnant des grandes tapes dans le dos. Rusty s'assit, bras tendus, mains ballantes ; il poussa un petit cri, se retourna et partit en rampant à la recherche d'un autre écureuil. Le garçon observait la scène, sentant son visage se dérider, prêt à rire, et ses mains avaient envie d'applaudir, de donner des claques dans le dos des autres, mais le poids qui écrasait sa poitrine l'en empêchait, et le sentiment inconnu qui s'était emparé de lui détruisait toute joie, toute envie de rire, et il se sentait encore plus loin de ses amis et du monde qui lui était familier.

Il quitta le groupe et entreprit lentement l'ascension de la colline, les cris gutturaux des geais se mêlant aux voix et aux rires, jusqu'au kiosque qui se trouvait au sommet. Il resta à l'ombre de celui-ci pendant quelques instants, regardant un écureuil qui escaladait un arbre en tournant autour du tronc, puis il descendit jusqu'au mur de pierre qui ceignait la colline du côté de la mer. Il s'assit sur le mur et contempla le port... regardant les remorqueurs qui tractaient des péniches pleines de boue, de charbon, de wagons de chemin de fer, les grandes cheminées émettant des nuages de fumée blanche, des nuages concentriques de fumée noire émanant des cheminées courtes et trapues, les ferries qui entraient et sortaient du port... les voitures qui passaient sur l'autoroute... les gens qui se promenaient sur Shore Road... Les enfants qui couraient, et leurs cerfs-volants qui s'élevaient lentement, par à-coups, lorsqu'ils tiraient sur la corde...

puis il sauta au bas du mur et descendit la colline en direction de l'eau. Il marcha le long de l'océan, contemplant le rivage de Staten Island, de l'autre côté de la baie. Il regarda et écouta le flot clapoter contre la jetée et tourbillonner parmi les rochers, y laissant des morceaux de bois et des épaves quand il se retirait, et la vague suivante les emportait à nouveau et les ballottait sur sa crête, jusqu'à ce qu'elle se brise sur les rochers et vienne mourir contre la jetée avant de refluer à son tour et de regagner sa source en tourbillonnant parmi les écueils, laissant derrière elle les épaves indésirables. Il s'arrêta, s'accouda à la rambarde qui courait le long de la jetée et contempla l'océan... Il entendait le grincement du treuil d'amarrage du ferry, le tintement des bouées à cloches, les cornes de brume et les sirènes des navires dans la baie... songeant à la tristesse, à la solitude (mais pas au sentiment d'aventure) qui ont, de tous temps, été associées à la mer... sentant qu'il y avait quelque chose de commun entre lui et cette solitude...

Il regarda les rochers en contrebas, et les petits crabes qui couraient sur eux et entre eux, se rappelant l'été précédent, quand lui et ses amis passaient des heures à les attraper, en rejetant la plupart à la mer, n'en gardant que quelques-uns pour faire peur aux filles... Mais tout cela paraissait irréel maintenant... non pas comme si cela ne s'était jamais produit, mais comme s'il avait vécu cela à une autre époque, ou dans une autre vie, et il ne semblait pas y avoir de rapports entre alors et aujourd'hui. Pas plus que ce vague souvenir ne le mettait en joie; il se sentait encore plus triste et plus déprimé.

Il leva les yeux et regarda le détroit entre Staten Island et Long Island, puis il contempla l'océan. Curieusement, l'horizon semblait avoir une signification; il essaya de la découvrir, ce qui ne fit qu'augmenter sa confusion...

Un jour (il ne devait pas y avoir si longtemps) lui et ses amis étaient venus ici, par une journée maussade, alors que l'océan était noir et constellé de moutons, et les vagues s'écrasaient sur les rochers et contre la jetée, les embruns montant haut et s'abattant sur eux tandis qu'ils se cramponnaient à la rambarde, bougeant instinctivement pour compenser le roulis du navire, le garçon hurlant des ordres à son équipage car le bateau faisait des embardées, se rapprochant dangereusement des écueils dans cette mer démontée et inexplorée. Il avait refusé de tourner le dos aux embruns qui lui cinglaient le visage et était courageusement resté à son poste, ignorant les trombes d'eau qui s'abattaient sur lui, aboyant les ordres essentiels permettant au navire de sortir sain et sauf de la tempête...

Souvent et toujours avec joie, il avait pensé à cette journée et, chaque fois que le vent soufflait, que la mer était forte dans la baie, et que les embruns balayaient la jetée, il avait essayé d'entraîner ses copains au bord de l'océan, mais chaque fois, quelque chose s'y était opposé, et il n'avait jamais revécu cette expérience autrement que dans sa tête, se souvenant de chaque vague et sentant le goût du sel tandis que les embruns lui fouettaient le visage.

Il essayait de la revivre en ce moment même, sans succès. Pourtant, autrefois, quand il évoquait ce souvenir, la joie et l'émotion qu'il avait ressenties, non seulement l'étreignaient de nouveau, mais se trouvaient accrues, et aujourd'hui, il se rappelait uniquement les faits, et rien de plus. Cette journée était morte.

Il cessa de regarder la baie, se sentant totalement abandonné (car s'il ne trouvait pas le bonheur ici, pas même le souvenir du bonheur passé, où le trouverait-il?) et repartit vers la 3e avenue. Le malheur et la tragédie l'accablaient maintenant, et toute la tristesse du monde s'abattait sur lui, et il sentait monter en lui toutes les larmes jamais versées, et quoiqu'une parcelle de lui-même essayât de chasser cette tristesse, elle luttait sans conviction. Il était normal que la misère du monde l'accablât puisque, pour une raison qu'il ignorait, il était responsable de ses maux.

Il s'arrêta au coin de la rue pendant quelques minutes, en se demandant ce qu'il pouvait faire...

où il pouvait aller...

se sentant totalement coupé des gens qui passaient à côté de lui, tout en ayant l'impression qu'une nouvelle relation s'instaurait entre eux et lui.

Il repartit et prit instinctivement le chemin de sa maison, ayant le sentiment que tous les regards étaient braqués sur lui, comme s'il portait un masque affichant ses pensées. Il jeta un coup d'œil aux badauds, s'attendant à ce qu'ils arrêtent leurs conversations, sourient, puis se mettent à rire et restent là, sans bouger, à le contempler.

Il baissa les yeux et accéléra l'allure (se demandant vaguement pourquoi ils riaient – est-ce qu'il riait, lui?). Maman pourrait sûrement l'aider. Il pouvait toujours courir vers elle, la serrer dans ses bras, lui raconter ce qui n'allait pas, ce qui le tourmentait. Elle le réconforterait, le rassurerait. C'était peut-être cela dont il avait besoin, pleurer et laisser maman l'embrasser, le serrer dans ses bras, et tout irait bien, tout serait comme avant, il n'aurait rien à craindre???

Le garçon s'arrêta et regarda, de l'autre côté de la rue, l'entrée de son immeuble, les yeux pleins de larmes... Il n'entendait pas le bruit des camions, des voitures, des trolleys, des gens, uniquement un bourdonnement confus...

le kiosque à journaux à côté de sa porte se mit à tourner, et la circulation devint floue au point de ne plus former qu'une masse indistincte...

Pourquoi était-il incapable de traverser la rue et de monter l'escalier en courant pour aller rejoindre maman? Pourquoi était-il incapable de bouger????

Des larmes jaillirent de ses yeux, et il eut l'impression que ses poumons et toute sa poitrine explosaient.

Était-il assis?

Debout?

Allongé, anesthésié, attaché à une table et perdant peu à peu connaissance, un masque à gaz enserrant son visage, écoutant une psalmodie de paroles décisives.

assourdissante puis douce

assourdissante puis douce, lente, rapide, lente...

Les mots se mirent à tournoyer, et la psalmodie se changea en un gémissement continu

les pôles s'inversèrent

les orbites basculèrent, des astres et des planètes éblouissants descendant en vrille

entrant en collision, explosant

répandant des myriades d'étincelles semblables à des gouttes de sperme...

Un gémissement de douleur irrépressible monta en lui et fit vibrer sa gorge. Sa tête fut brutalement rejetée en arrière, et il fit demi-tour, et il alla en titubant jusqu'au coin de la rue...

puis, pris de panique, il s'enfuit loin des gens qui continuaient à bavarder sur le trottoir, des promeneurs et des femmes qui poussaient des landaus, loin des arbres et des voitures en stationnement, et des enfants qui jouaient bruyamment à la balle dans la cour de l'école...

LE MANTEAU

Harry adorait son manteau. Il se l'était procuré vers la fin de l'hiver, et le manteau lui avait sauvé la vie. Les hivers étaient rudes en toutes circonstances dans le Bowery mais, sans manteau, ils étaient mortels. Des corps étaient enlevés tous les matins, des cadavres collés au sol par le gel qu'il fallait détacher à coups de pioche. Mais le manteau de Harry était devenu plus qu'un élément de confort, plus qu'une protection contre le froid, plus encore qu'un sauveur... il était son ami, son copain... son unique compagnon. Il aimait tendrement son manteau.

Il était long, tombant pratiquement sur ses chevilles, et lourd, et il faisait presque deux fois le tour de son corps, et quand Harry en relevait le col, il se sentait totalement protégé du monde extérieur. C'était un manteau provenant de surplus militaires qui lui avait été donné par l'armée du Salut, l'un des derniers qui restaient. Ç'avait été le coup de foudre. Mais conserver un manteau dans les bas-fonds en hiver n'était pas chose aisée. Il devait ouvrir l'œil. Il y avait toujours un type ou une bande prêts à vous le voler, et ils n'hésitaient pas à tuer pour ce faire.

Mais maintenant, le temps devenait plus clément, et il pouvait se détendre un peu. Il restait vigilant, mais il allait être plus facile de protéger son manteau. Il avait vu des types vendre le leur quand la température se réchauffait pour avoir de quoi se payer une bouteille de vin, mais jamais il ne serait assez idiot pour faire une chose pareille. L'hiver revenait toujours. Une année, il avait passé une partie de l'hiver enveloppé dans des journaux, essayant désespérément de se protéger du froid, chaque jour lui semblant durer une éternité, mais c'était un souvenir qu'il n'évoquait que dans la chaleur de l'été, lorsque porter le manteau lui paraissait si pénible. L'hiver revenait toujours.

Pendant la mauvaise saison, il faisait souvent la plonge la nuit. Quand il était arrivé dans les bas-fonds, deux ou trois vieux de la vieille avaient essayé de lui apprendre à faire la manche, à évaluer le client pour savoir s'il fallait le regarder bien en face et lui dire qu'on a besoin d'un verre, ou prendre l'air d'une victime, style ancien combattant (mal réinséré), et toutes les variantes. Et ils l'avaient averti que le plus important était de savoir qui ne pas taper. Ils ont cette lueur dans le regard et ils sont capables de te tuer. Ceux-là, faut que tu les évites comme la peste... Et Harry les regardait faire la manche au sud de Houston Street – ici les flics t'emmerdent pas, mais au nord, ça craint – mais Harry ne pouvait pas aborder un inconnu et lui demander de l'argent. Il lui était déjà difficile, presque impossible, de demander son dû après une nuit de travail. Il était comme cela depuis toujours, et il avait renoncé à changer.

Il aimait travailler la nuit, pour se faire un peu de fric, mais aussi pour avoir un endroit où rester au chaud pendant les longues nuits glaciales. C'était plus facile de trouver un lieu sûr où boire son pinard et roupiller pendant la journée. Quand il travaillait, il suspendait son manteau à côté de l'évier et le surveillait toute la nuit. En dehors de lui, personne n'était censé se trouver dans l'arrière-cuisine, mais rien ne garantissait qu'un type n'allait pas entrer en trombe pour tenter de s'emparer de son manteau.

Il aimait faire la plonge pour une autre raison : il était seul. Il n'y avait que lui, la vaisselle, et son manteau. Harry était toujours très mal à l'aise en compagnie d'autrui. Il avait quitté l'école tôt à cause de la terreur quotidienne qu'il éprouvait à l'idée de se trouver dans une salle avec tous ces élèves, d'avoir à se lever et à répondre quand on l'interrogeait. Il avait passé de plus en plus de temps seul, allant de moins en moins en classe, et pour finir, on lui avait fichu la paix, et il s'était désintéressé de l'école, restant dans son coin aussi souvent qu'il le pouvait, souhaitant ardemment une compagnie, totalement incapable de parler de ses angoisses, nul, pas même Harry, ne comprenant pourquoi il agissait de la sorte.

Les nuits occupées à faire la plonge passaient vite. Il était au chaud, seul, il avait à manger, et il buvait un coup de temps en temps, certain que personne ne le voyait sortir sa bouteille de sa poche. Pour survivre, il fallait que certaines choses restent secrètes. Et les boulots de plongeur ne manquaient pas. Ce n'est pas le genre de travail auquel un type s'accroche. Et on a toujours besoin d'un plongeur.

Quand il avait fini son travail, on lui donnait son petit déjeuner et son argent, et il achetait une bouteille de muscat et cherchait un immeuble abandonné dans un coin tranquille. La faune des bas-fonds s'éveillait et commençait à peine sa journée, et il pouvait se terrer dans un endroit peinard où il n'aurait pas à se soucier des intrus. Il s'avançait toujours aussi loin que possible dans les décombres des immeubles abandonnés. Il y avait des bandes qui hantaient le Bowery, des types pires que des chiens enragés, et il ne fallait surtout pas leur donner à penser qu'on possédait un quelconque objet de valeur.

Il mettait toujours sa bouteille dans la grande poche de son manteau et feignait de marcher sans but. Il ne comptait plus les types qu'il avait vus se faire tabasser et tuer pour un manteau ou une bouteille de vin.

Dans les bas-fonds, il fallait être prudent. Il fallait être son propre mentor... son propre ami.

Il escalada un tas de gravats et d'ordures dans un terrain vague, pénétra dans un immeuble abandonné et se fraya un chemin parmi les murs délabrés et les poutres abattues jusqu'à un coin reculé et sombre, et il s'assit, et il se calfeutra dans son manteau, et il ouvrit sa bouteille. Il but presque la moitié de la bouteille, à grandes goulées, puis il s'arrêta pour reprendre son souffle et poussa un long soupir... Il regarda la bouteille avec admiration... avec affection... tandis qu'il sentait le vin réchauffer ses entrailles et se répandre dans son organisme... puis il but une petite gorgée... puis une autre... puis il se passa la langue sur les lèvres, reboucha la bouteille et la posa précautionneusement à côté de lui. Il sortit son argent, fit un rouleau des billets, ne conservant qu'un dollar, et il les glissa par une poche trouée dans la doublure de son manteau, là où personne n'irait les chercher; après quoi, il s'adossa contre le mur, s'enveloppa dans son manteau, nicha la bouteille sur ses genoux et la serra contre lui, et il ferma les yeux, et il sourit et se trémoussa tandis qu'il sentait le vin couler dans ses veines, lui procurant un sentiment de bien-être et de chaleur, générant des ondes de plaisir jusqu'au bout de ses orteils.

Autrefois, le vin faisait naître en lui des visions, mais un jour, quelque part, cela avait cessé, ou peut-être les visions s'étaient-elles estompées. Et aucune force ne semblait capable de les faire réapparaître, et rien ne semblait pouvoir en susciter de nouvelles.

Tous ses espoirs, toutes ses visions, tous ses rêves gravitaient maintenant autour de cet instant où lui, Harry, et sa bouteille étaient blottis au chaud et en sécurité dans un recoin d'immeuble abandonné...

Mais certains souvenirs venaient parfois le hanter... ou d'autres qui, par vagues successives, remplissaient son esprit de joie...

Un jour, alors qu'il se promenait en voiture dans les Appalaches, il s'était arrêté sur le bord de la route pour contempler le coucher de soleil. Il avait vu l'astre disparaître, puis les traînées de couleur passer du rose au rouge, du bleu au violet, et il était resté assis là, seul, des larmes jaillissant de ses yeux et coulant le long de ses joues, profondément ému par la beauté de cet incroyable spectacle... Il était encore là alors qu'il n'y avait plus qu'une lueur bleu-gris dans le lointain et que le ciel s'assombrissait, et quand la clarté de la lune avait commencé à éclairer la vallée à ses pieds, quand le ciel s'était dilué dans une pénombre veloutée, des étoiles scintillantes apparaissant peu à peu, constellant les ténèbres, il était toujours là, transporté, bouleversé par ce merveilleux spectacle dont la beauté et le miracle le touchaient au plus profond de son être...

Mais il y avait bien longtemps que ce souvenir n'était pas venu le hanter.

Il but encore un coup, reboucha la bouteille et regarda autour de lui. Pour l'instant, il avait tout ce qu'il pouvait souhaiter. Une bouteille... un endroit où se mettre au vert quelque temps... et son manteau... son beau, son merveilleux manteau. Il en embrassa le col, je t'aime, manteau, et il se mit à rire. Il but une autre gorgée, ferma les yeux et sentit le vin le réchauffer; puis il regarda son manteau. Je peux toujours compter sur toi. T'es mon ami. Un ami, un vrai. Mon pote. Tu m'laisseras jamais tomber, hein? Et j'te laisserai jamais tomber non plus. J'te jure – il leva la main pour rendre son serment plus solennel – que j'te laisserai jamais tomber. Jusqu'à ma mort, j'te laisserai jamais tomber. Il abaissa la main et but un nouveau coup; puis il vit quelque chose qui brillait dans le noir. Il fronça les sourcils, fixa la chose intensément et parvint enfin à distinguer un énorme rat dont les yeux étaient braqués sur lui. Malade de peur et de dégoût, il abaissa les paupières et s'enfonça plus profondément dans son manteau, puis il rouvrit les yeux, mais le rat était toujours là, ses yeux semblables à deux balises dans le noir. Il fixa ces yeux, refoulant la nausée qui montait en lui, puis il se força à ramasser une pierre qu'il lança en direction du rat, et celui-ci disparut aussitôt dans l'obscurité. Il but un bon coup et se détendit. Au moins, c'était un vrai rat. Autrement, il n'aurait pas pu s'en débarrasser aussi facilement. Il avait déjà eu des crises de delirium tremens, mais il n'avait jamais rien vu qui ressemblât à un rat. Il savait que c'était le cas pour certains types, et il se demandait comment ils survivaient en voyant des rats courir sur eux... Il secoua la tête. Beeeerrrrk! Il ouvrit la bouteille, jeta la capsule, but à grandes goulées, puis il resserra son manteau autour de lui. Il peut rien nous faire, hein? Il pourrait même pas me toucher. Mon pote l'en empêcherait, pas vrai? Rien ni personne... Personne ni rien, s'pas? Il peut rien contre nous. Il se pelotonna encore plus dans le coin et dans son manteau. Il ferma les yeux un instant et écouta le vin chanter dans son corps, et il sourit, puis il se mit à chanter. Les nuits sont longues depuis que – il gloussa et hocha la tête – je rêve de toi pendant toute – il se mit à rire – hihihihihihi – pendant – hihihihihi – hic... hic... mon pote... mon pote... il agita la main en arc de cercle pour battre la mesure – Regarde le ballon qui rebondit – pendant toute la – hihihihi... hic... Personne – hahaha – person – hic... Per – hahaha... Il but une grande rasade et secoua la tête – Personne hihi – hic... Il but encore un coup, continuant à chanter faux dans sa tête, des mots indistincts sortant de sa bouche, rien ne vaut un bon copain, hihihihi... continuant à marmonner, et à glousser, et à hocher la tête, puis il vida la bouteille et la jeta le plus loin possible dans les ruines ténébreuses, et il écouta le tintement de verre brisé qui se répercutait dans son abri douillet, semblable au tintement des clochettes d'un traîneau, tandis que sa tête s'abaissait lentement jusqu'à ce que son menton repose sur le revers de son manteau, et il sombra dans le sommeil.

Il bougea, s'agita de manière spasmodique et marmonna tandis qu'il reprenait peu à peu conscience. Il faisait beaucoup plus sombre dans l'immeuble, mais il avait depuis longtemps l'habitude de se réveiller vers cette heure-là, et il savait que l'après-midi touchait à sa fin. Il se leva et brossa son manteau puis, lentement, précautionneusement, il franchit le mur en ruine de l'immeuble.

Les ombres s'allongeaient. Il se fraya un chemin parmi les gravats qui jonchaient le terrain vague, glissant et trébuchant, les rats couinant et s'enfuyant tandis qu'il se dirigeait vers la rue, lentement, à pas incertains. Il y avait beaucoup de monde à cette heure-là, et Harry s'emmitoufla dans son manteau tout en descendant la rue, la présence des passants satisfaisant son besoin de contacts humains sans constituer une menace. Il vivait seul, replié sur lui-même, depuis des années, mais le temps n'avait pas supprimé ce besoin, ce désir occasionnel de se trouver avec des gens. Du moment qu'il était libre de se trouver là, dans la rue, sans être tenu de se mêler à eux, tout allait bien.

Bientôt, il éprouva le besoin de boire un coup,

et il acheta une bouteille de muscat qu'il mit dans sa poche avant de sortir de la boutique. Il s'éloigna rapidement des abords du magasin et se rendit dans un endroit désert et sûr pour boire. Puis il se replongea dans l'animation de la rue, engoncé dans son manteau pour se protéger du froid, un sentiment de triomphe et d'amour s'emparant de lui tandis qu'il tournait le dos au vent glacial, conscient de la chaleur de son corps.

Il décida qu'il travaillerait cette nuit encore, et il fit la tournée des bistrots et se retrouva bientôt devant un évier à double bac. Il ôta son manteau et le suspendit à côté de lui, là où il pouvait le surveiller.

Le printemps se passa sans problèmes. Dans la journée, si le soleil était trop chaud, il gagnait le côté ombragé de la rue et, bien qu'il fît chaud, il parvenait à supporter son manteau. Parfois, il était tenté de l'enlever, mais il s'en gardait bien. C'eût été aller au-devant des ennuis. Il eût été trop facile pour un type de le bousculer pendant que son comparse lui arrachait le manteau et s'enfuyait. Non, il ne pouvait pas se permettre de prendre ce genre de risque. Si chaud qu'il fît, son manteau avait toujours de la valeur pour des clochards. Il pouvait toujours être troqué contre une fiasque de vin.

Et de toute façon, il y avait le soulagement apporté par les soirées, son manteau étant alors parfait pour se protéger de la fraîcheur ambiante. Puis, quand les pluies printanières se firent rares, tout devint plus facile. Pendant environ un mois, il eut un logement fantastique. Il avait trouvé une gigantesque caisse d'emballage et passé des heures à la tirer et à la pousser à travers les ruines jusqu'au fin fond d'un immeuble, là où l'on ne risquait pas de tomber dessus par hasard. Il l'installa dans un coin et nettoya une partie des débris alentour, mais pas trop – il ne voulait pas montrer que l'endroit était manifestement habité, il ne voulait pas laisser de piste – juste assez pour pouvoir se coucher et se lever sans se heurter à un obstacle. Et il trouva un vieux calendrier qui pouvait avoir cinq ou six ans, et il le cloua sur l'une des parois de la caisse. Il se procura quelques chiffons et ce qui restait d'un coussin et se confectionna un semblant de fauteuil.

Il restait aussi souvent que possible dans son logis, adorant le sentiment de sécurité qu'il lui procurait, l'odeur du bois, et s'il faisait particulièrement chaud, comme c'était souvent le cas en été, il ôtait son manteau, l'enveloppait soigneusement dans des feuilles de plastique qu'il avait trouvées et l'enterrait sous les gravats dans un endroit invisible, assuré que, quoi qu'il arrivât, son manteau ne craignait rien. Puis il s'installait confortablement dans son fauteuil, et il buvait et chantait et se parlait doucement, ou bien parfois, il restait silencieux et regardait les créatures diverses cohabitant avec lui dans les immeubles abandonnés et les terrains vagues sortir de sous les décombres, des grottes que constituaient les caves et les sous-sols, ou d'endroits plus profonds encore, de lieux inconnus situés au-delà des bâtisses construites par les hommes où les ténèbres et la moiteur engendraient et nourrissaient d'étranges créatures. Il les observait avec crainte et dégoût, essayant parfois de fermer les yeux pour les faire disparaître de son univers, mais ne pas savoir où elles se trouvaient l'effrayait encore davantage, si bien qu'il se voyait contraint, contre son gré et sa volonté, de les regarder quand elles apparaissaient subitement, couraient çà et là, puis s'arrêtaient brusquement et le fixaient de leurs yeux luisants, des yeux qui semblaient devenir plus brillants et plus grands plus il les regardait, si grands et si brillants qu'ils paraissaient se détacher de la tête de l'animal et s'avancer vers lui... tout son corps se tendant, se raidissant, la panique et la nausée lui nouant les tripes et lui serrant la gorge...

jusqu'au moment où les bestioles se remettaient à courir brusquement, ou faisaient un bond, ou simplement disparaissaient dans le monde inconnu et effrayant dont elles étaient sorties.

Parfois, il les observait, fasciné, tandis qu'elles se glissaient furtivement parmi les ombres et les débris, ignorant sa présence, attentives à ne pas être vues par leurs proies ou leurs prédateurs. Un jour, alors qu'une faible lueur éclairait encore les coins les plus reculés de l'immeuble, il avait vu un gros matou ramper lentement, furtivement, vers quelque chose. Il avait triste allure avec son bout d'oreille en moins et sa fourrure arrachée par lambeaux. C'était manifestement un combattant, un survivant... mieux encore, c'était un chef, et Harry avait immédiatement éprouvé de l'affection pour le chat. Il l'avait observé, ignorant ce que le chat avait vu, mais il traquait manifestement quelque chose car il rampait, son ventre rasant les pierres et les débris, avançant de quelques dizaines de centimètres... s'arrêtant... regardant... les narines palpitantes, la queue battante. Harry avait regardé dans la même direction que lui, fasciné et curieux, et il lui avait semblé percevoir comme un mouvement... puis il avait été certain qu'il y avait quelque chose dans l'ombre. Le chat avait continué à ramper... puis il s'était arrêté, la queue fouettant l'air, l'arrière-train frémissant... puis il avait bondi, et Harry avait vu sa proie qui couinait et tentait de s'enfuir. C'était un énorme rat, et il avait couiné de nouveau quand le chat l'avait frappé en l'air. Le rat avait roulé sur lui-même, bondi rapidement sur ses pattes, et il s'était retrouvé acculé contre un vieil évier. Le chat, lentement, habilement, avait forcé le rat à se réfugier dans le coin, là où il ne pouvait plus bouger, et quand il avait bondi, le chat avait bondi aussi et saisi le rat dans ses grosses pattes, et tous deux avaient atterri lourdement sur une plaque de métal, le rat couinant si fort que Harry en avait eu presque mal aux oreilles. Le rat était parvenu à sortir des griffes du chat, mais il ne pouvait aller nulle part, et le chat s'était approché centimètre par centimètre du rat qui maintenant saignait. Harry avait regardé, immobile, respirant à peine, essayant de ne pas voir le sang qui coulait, content malgré tout que le rat saignât, réfrénant son envie de crier des encouragements au chat. Le rat avait bondi derechef, et le chat l'avait chopé, et cette fois, quand ils étaient retombés, le chat avait planté ses crocs dans le cou du rat et l'avait violemment secoué, le couinement du rat perçant le silence, et il l'avait secoué jusqu'au moment où un craquement avait retenti, et le rat était devenu instantanément silencieux, pendant inerte entre les crocs du chat. Le chat l'avait secoué encore un peu, puis il l'avait laissé tomber sur le sol et l'avait regardé un instant... poussé avec sa patte... regardé de nouveau une seconde ou deux... et il l'avait fait rouler comme une bobine de fil pendant quelques minutes... Harry se sentant de plus en plus mal à l'aise... enfin il l'avait saisi et emporté dans les ténèbres, hors de portée des yeux de Harry mais pas de ses oreilles, et dans le silence, il avait perçu des craquements d'os brisés. Il s'était bouché les oreilles de ses mains et avait fermé les yeux, mais...

Plus tard, son visage s'était peu à peu détendu, et il avait ouvert les yeux, lentement... Rien ne paraissait changé. Puis il avait ôté les mains de ses oreilles... et poussé un soupir de soulagement en entendant le silence. Il avait bu de grandes rasades de vin et soupiré de nouveau, et il s'était aperçu qu'il s'interrogeait sur la violence dans la nature, une vieille habitude qu'il avait chassée de son esprit à grand renfort de vin.

Le manteau lui tenait chaud en été, même à l'ombre, quand il parvenait à en trouver, mais il s'en moquait pas mal. Il savait qu'un nouvel hiver serait là avant longtemps, et il allait y survivre. Son manteau y veillerait. En été, il délaissait la plonge et se transformait en chiffonnier. Au petit matin, il se procurait dès qu'il le pouvait une charrette, et il s'éloignait du Bowery pour être hors de portée des bandes susceptibles de l'agresser pendant qu'il récupérait de vieux cartons ou après qu'il eut touché son argent. Et quand il était en sécurité, à une distance suffisante, il ôtait son manteau et le mettait dans la charrette, et il le recouvrait de vieux papiers.

Il s'en tenait au papier et au carton. Il avait vu d'autres chiffonniers apporter des éviers et des meubles et marchander avec le type pour, finalement, lui extorquer quelques dollars, mais quand il avait essayé, le type lui avait dit que sa camelote ne valait rien, et il s'était contenté d'acquiescer et était reparti chercher du papier. Il savait que le type allait garder l'évier et le vendre, mais il ne savait tout simplement pas marchander comme les autres. Alors il s'en tenait au papier et au carton.

Il ne se fatiguait pas, sachant qu'il gagnerait assez d'argent pour subvenir à ses besoins. Il avait toujours une bouteille de muscat sur lui et buvait un coup de temps en temps, et il travaillait sans se presser. Généralement, il s'arrêtait dans un troquet de bas étage, et il se bourrait de haricots et de pain avant de regagner son logis, une bouteille de muscat dans la poche.

Il dut finalement abandonner son logement. Une nuit, alors qu'il rentrait avec sa bouteille de muscat, il entendit des voix juste avant de contourner le dernier mur. Il s'arrêta. Écouta... Ils devaient être deux, p'têt plus... p'têt bien trois... mais va savoir. Leurs voix étaient étouffées et indistinctes, mais il parvint à comprendre ce qui se passait. Ils se disputaient pour décider qui allait boire le coup suivant, ou qui avait bu plus que les autres. Il écouta... sans bouger... Le ton montait, devenait agressif et soudain, il y eut un coup sourd suivi d'un cri étranglé, puis un autre coup... et encore un autre... et il reconnut le bruit que fait une pierre, ou un tuyau, ou un objet semblable en s'abattant sur la tête de quelqu'un. Puis les coups cessèrent, et il entendit un corps tomber, puis le silence... puis le bruit que fait quelqu'un en buvant... La peur et le dégoût faillirent lui faire perdre la tête, mais il se força à quitter les lieux silencieusement. Il resta quelques instants immobile dans l'air de la nuit, refoulant la nausée qui montait en lui, voulant s'enfuir aussi vite que possible mais se sentant faible et malade. Il respira profondément à plusieurs reprises, fermant les yeux de temps en temps, essayant d'oublier ce bruit et cette vision. Au bout d'un moment, il parvint à boire un peu de vin et à se frayer un chemin à travers les décombres vers un autre immeuble où il se réfugia et noya le souvenir de l'incident dans l'alcool.

En dépit de la chaleur, la vie était facile en été. Il allait par les rues, lentement, poussant sa charrette, regardant autour de lui, buvant un coup de temps à autre, observant les enfants qui couraient et jouaient à mille et un jeux, regardant les arbres, les buissons, les arbustes et les fleurs, le visage offert à la caresse de l'air et du soleil, se sentant libre et sans entraves. Le soir, il regagnait l'immeuble où il avait élu domicile, et il chantait, buvait et se parlait à lui-même, doucement, jusqu'à ce qu'il sombre dans l'inconscience.

Puis l'automne arriva, changeant la couleur des feuilles et la direction du vent, et il ramassait parfois une feuille rouge striée de jaune. Les soirées étaient plus fraîches, et il était toujours drapé dans son manteau qui le protégeait du froid et lui tenait chaud, le bout de son nez glacé lui rappelant la présence amicale et réconfortante de son compagnon... et il chantait et parlait doucement, moins pour lui-même que pour son copain... son beau manteau.

Puis les feuilles cessèrent de changer de couleur et tombèrent, les arbres devenant dépouillés, dénudés, squelettiques, pitoyables. Il se remit à marcher sur les trottoirs ensoleillés, conscient du fait que le fond de l'air était plus frais, ce qui signifiait qu'un nouvel hiver allait bientôt s'abattre sur le Bowery. Cette perspective le rapprocha encore de son manteau, sachant que celui-ci l'abriterait du vent et du froid qui feraient bientôt grelotter tout le quartier, laissant chaque nuit dans leur sillage des corps d'ivrognes morts sous une porte cochère ou dans un immeuble abandonné, des corps rigides et bleuis.

Mais l'hiver n'était pas encore là, et Harry se fraya un chemin parmi les moellons qui jonchaient un terrain vague, tout heureux de sentir le changement soudain de température quand il quitta un endroit ensoleillé, traversa une vaste zone ombragée pour se trouver de nouveau sous les rayons du soleil couchant. Il entendit des voix et des rires et vit deux garçons d'un certain âge danser autour d'un ivrogne qui traversait le terrain vague à quelques mètres de lui. Il vit l'un des gosses verser un liquide sur l'ivrogne. Ce doit être de l'eau, pensa Harry, et il frissonna en songeant à ce que devait éprouver un type mouillé des pieds à la tête; mais alors, l'un des gamins gratta une allumette, et il la lança sur le clochard, et celui-ci parut exploser et se transforma en torche vivante, et les gosses s'enfuirent en riant tandis que l'ivrogne hurlait et essayait de courir, mais il n'arrêtait pas de tomber. Harry réagit instantanément, courut vers le clochard, ôta son manteau, renversa promptement l'ivrogne, et il l'enveloppa dans le manteau pour étouffer les flammes, l'ivrogne hurlant de douleur, Harry devant lutter pour maintenir le manteau sur lui mais, heureusement, le type ne tarda pas à s'évanouir, et Harry parvint à éteindre les flammes. Il laissa le clochard enveloppé dans le manteau pour être sûr que les flammes ne se rallumeraient pas et pour protéger son corps des angles vifs des moellons.

D'autres personnes avaient assisté à la scène, et bientôt, la police et une ambulance arrivèrent. Les infirmiers sortirent doucement le type du manteau de Harry. Le clochard était à moitié carbonisé mais vivant. Ils le mirent dans l'ambulance puis demandèrent à Harry si tout allait bien. Des brûlures? Harry fit non de la tête. Venez donc avec nous, on vous examinera à l'hôpital. Harry refusa d'un signe de tête, serrant son manteau contre lui et fixant l'ambulance. L'infirmier haussa les épaules, Vous lui avez sauvé la vie... du moins momentanément. Mais je sais pas si ça servira à grand-chose. L'ambulance partit et la police posa quelques questions à Harry. Harry serrait son manteau contre lui, encore sous le choc. Deux personnes déclarèrent qu'elles pouvaient décrire les gosses qui avaient fait ça. Ce n'est pas la première fois que ça arrive, et les coupables sont probablement les mêmes.

Ouais, ils considèrent ça comme une sorte de jeu.

Ils appellent ça transformer un clodo en brûlot.

Harry parvint à enfiler son manteau et à s'extraire du petit attroupement qui s'était formé, et il se rendit en titubant au magasin de spiritueux le plus proche. En mettant la bouteille dans sa poche, il réalisa à quel point ses mains avaient été brûlées. La douleur subite le fit sortir de l'état de choc dans lequel il se trouvait, et il retrouva peu à peu ses esprits en regagnant son abri dans un coin d'immeuble abandonné. Il examina son manteau; hormis quelques taches noires, il n'avait pas souffert. Il le serra contre son cœur en s'installant dans son coin et faillit pleurer de soulagement en s'adossant au mur. Il continua à étreindre et à embrasser son manteau, fou de joie à l'idée qu'il n'avait rien, conscient du fait que les flammes auraient pu le consumer quand il l'avait jeté sur l'ivrogne. Son soulagement était tel qu'il passa de longues minutes à étreindre et à embrasser son manteau, lui disant qu'il était navré s'il avait été meurtri, mais qu'il n'avait pas eu le choix, il ne pouvait pas laisser un type brûler, et son manteau l'assura qu'il allait bien, qu'il comprenait et reconnaissait que Harry avait bien fait...

A la longue, l'état de choc se dissipa, et Harry mit son manteau et se pelotonna dedans. Pourtant, tout en sachant que son manteau n'avait pas souffert, il ne parvenait pas à refouler la tristesse qui s'emparait de lui. Il but un coup et regarda ses mains brûlées. Elles n'étaient pas en trop mauvais état. Un peu rouges avec quelques ampoules. Il but de nouveau, à grandes gorgées. Bientôt, le vin atténuerait la douleur. En attendant, il tiendrait des pierres dans ses mains pour en rafraîchir les paumes...

Mais ni la fraîcheur des pierres, ni même le vin ne semblaient capables de chasser la tristesse indicible qui accablait son corps et son esprit. Il but encore, à grandes goulées, essayant de noyer dans l'alcool les cris d'agonie de l'ivrogne, mais quand ils s'estompèrent enfin, il continua à entendre les voix des gens, c't'une sorte de jeu... c't'une sorte de jeu, c't'une sorte de jeu...

Soudain, il poussa un gémissement et des larmes jaillirent de ses yeux, et il se prit la tête à deux mains en sanglotant à fendre l'âme, Oh mon Dieu... mon Dieu... Il serra sa tête dans ses bras, espérant que, par quelque miracle, cette pression soulagerait le mal qui rongeait son corps et la douleur qui accablait son esprit et son âme... Oh mon Dieu... pourquoi la vie est-elle si fragile???? Pourquoi???? Pourquoi????

Il y avait encore une faible lueur dans le ciel tandis qu'il marchait dans la rue, les mains enfoncées dans ses poches, parlant doucement à son manteau, lui disant à quel point il l'aimait et combien il appréciait la chaleur qu'il lui procurait, que, grâce à lui, il n'avait pas à redouter l'hiver; et parfois, il sifflait pendant quelques instants, ou même fredonnait, et puis il se remettait à parler à son manteau, lui racontant qu'ils allaient acheter une bouteille de vin et regagner le petit coin douillet qu'ils avaient aménagé la veille au soir, et boire, et dormir, sans crainte, sans soucis, seulem... Soudain, deux clochards le poussèrent brutalement sous un porche, et il sut instantanément qu'ils en voulaient à son manteau. Il donna des coups de poing et hurla, AU SECOURS!!!! AU SECOURS!!!! AAAAAAAAAAAAHHHHHHHHHHHH!!!! Ta gueule, fils de pute. Harry continua à faire des moulinets avec ses bras en hurlant, AAAAAAAAAAHHHHHHHHHHH!!!! – Attrape-le, nom de Dieu – Mais, bordel de merde, qu'est-ce tu crois qu'j'essaye d'faire? – Bon Dieu, assomme-le – et Harry continua à agiter les bras et à se débattre pour s'enfuir du porche, espérant que quelqu'un viendrait à son secours, AAAAAAAAAHHHHHHHHHH!! sans cesser de hurler, et tous trois continuaient à tomber les uns sur les autres et à se heurter aux murs dans l'étroit passage, Harry ne cessant de faire des moulinets et de hurler tout en essayant de gagner la sortie, les clochards tentant de se saisir de lui et de l'assommer avec un bout de tuyau que l'un d'eux tenait à la main, et Harry passa finalement à travers la porte délabrée – AAAAAAAAAAAHHHHHHHHHHHH – au moment précis où le type lui donnait un coup de tuyau sur la tête et Harry s'élança en titubant dans la rue et le type le frappa de nouveau et Harry tomba à genoux, les bras serrés contre son corps pour qu'ils ne puissent pas lui enlever son manteau, puis il fut frappé encore une fois et il s'écroula, le visage contre terre, et il reçut des coups de pied mais il ne desserra pas les bras, à demi inconscient, marmonnant non, non, non, pendant qu'ils essayaient de lui arracher le manteau, et les passants qui, tout d'abord, ne leur avaient accordé qu'un coup d'œil, les regardèrent plus attentivement, et bientôt, certains demandèrent ce que c'était que ce bordel, et les deux clochards regardèrent les gens qui les entouraient, sans cesser de tirer sur le manteau, et puis une voiture de patrouille apparut au coin de la rue et ils lâchèrent le manteau et s'enfuirent en courant... Les flics sortirent de la voiture et s'approchèrent de l'endroit où Harry gisait sur le trottoir, la tête ensanglantée, les bras serrés autour de son manteau dans une étreinte protectrice et mortelle. Les flics l'examinèrent un instant... Il a l'air d'être vivant.

Ouais... J'crois qu'on f'rait bien de demander de l'aide.

L'autre flic acquiesça, retourna à la voiture et appela une ambulance. Une douzaine de personnes entouraient Harry, demandant ce qui s'était passé, hochant la tête ou relatant ce qu'elles avaient vu, ou cru voir; quelques passants s'arrêtèrent pour se joindre à elles, ou jeter un coup d'œil et poursuivre leur chemin; d'autres ralentissaient le pas puis, voyant qu'il ne s'agissait que d'un clochard, s'éloignaient en hâte.

Les médecins firent de leur mieux, mais personne ne s'attendait à voir Harry passer la nuit; à quatre heures du matin, son cœur s'arrêta effectivement de battre, mais l'infirmière de garde lui fit un massage cardiaque, et son cœur se remit à battre, faiblement mais régulièrement. Toutes ses fonctions organiques furent contrôlées et jugées normales, à la surprise générale, aucune raison médicale n'expliquant le fait qu'il fût encore en vie.

Au bout de quatre jours, ils commencèrent à croire qu'il survivrait. Non parce que son état s'était amélioré – il était stationnaire – mais simplement parce que cela paraissait, en quelque sorte, inévitable. Puis, vers quatre heures et demie du matin, son corps fut pris de convulsions dues au manque d'alcool. Son état empira rapidement, mais il s'accrochait à la vie, quelque chose en lui se refusant à mourir.

Traiter ses convulsions était, en soi, chose aisée, mais le traitement avait tendance à aggraver son autre mal, si bien que le personnel de l'hôpital dut trouver un équilibre délicat pour qu'il ne meure pas d'un mal tout en étant soigné pour un autre.

Miraculeusement, il survécut aux convulsions et au traitement et, après être resté dans le coma pendant une semaine, il revint à lui pendant une brève période; ses yeux étaient incapables d'accommoder, mais il parvint à hocher affirmativement la tête quand on lui demanda s'il entendait, puis il bredouilla quelques mots indistincts à propos de son manteau avant de sombrer à nouveau dans l'inconscience. A partir de cet instant, l'amélioration de son état fut lente, parfois imperceptible, mais régulière.

Une semaine plus tard, il était en état de parler, et une employée du service des entrées vint le voir. Elle lui sourit, s'assit à côté de son lit et lui expliqua que, comme il était inconscient lors de son arrivée, et comme il n'avait pas de papiers sur lui, elle devait lui poser quelques questions.

D'accord? Vous vous sentez capable de répondre?

Il acquiesça. Ils n'ont pas pris mon manteau, n'est-ce pas?

Comment? Quel manteau?

Celui que je portais. Ils ont essayé de me voler mon manteau.

Oh... Je suis sûre qu'il doit être au vestiaire avec les autres.

Il mit un certain temps à assimiler cette information, mais quand il y fut parvenu, il soupira intérieurement... puis il hocha la tête.

Bon, voyons, j'ai besoin de quelques renseignements. Cela ne prendra pas longtemps. Nom?

Harry, Harry Wright.

Adresse?

Harry s'exprimait lentement, d'une voix faible, au prix d'un effort manifeste. Le Bowery.

Le Bowery? Vous n'avez pas de domicile fixe?

Il agita la main en signe de dénégation. Pourquoi, le Bowery, c'est pas fixe? L'quartier bouge jamais.

Rien de plus précis?

Il fit un petit signe négatif de la main.

Elle sourit et haussa les épaules. Age?

Quarante ans.

Qui doit-on prévenir en cas d'urgence?

Aucune importance... Il eut un petit sourire, les frères Gallo.

Les frères Gallo?

Son sourire s'élargit, Ernest et Julio.

Oh???? Puis elle comprit et sourit. Les négociants en vins?

Harry abaissa les paupières en guise d'acquiescement.

Elle souriait toujours. Eh bien, je crois que nous ferions mieux de laisser cette rubrique en blanc. Profession?

Harry avança le menton en signe de dérision... Plongeur.

Avez-vous jamais été soigné dans cet hôpital?

Je sais pas.

Vous ne savez pas?

Il secoua doucement la tête... Je sais pas où je suis.

Oh... à l'hôpital de Bellevue.

Nooon. Une douleur dans la tête le fit tressaillir, puis il expira un grand coup, fatigué, épuisé.

L'employée regarda le formulaire, puis Harry. Je crois que cela suffira pour aujourd'hui. Reposez-vous. Elle se leva pour partir.

Rendez-moi un service, voulez-vous? Allez voir si mon manteau n'a rien.

Elle faillit dire quelque chose, mais elle se contenta de sourire et hocha la tête. Bien sûr.

Merci. Harry ferma les yeux et s'endormit.

Quand il se réveilla, il demanda à l'infirmière si l'employée lui avait donné des nouvelles de son manteau.

Quel manteau?

Elle devait s'assurer qu'il n'avait rien.

Elle n'en a probablement pas eu le temps. Je suis sûre qu'elle va s'en occuper.

Harry acquiesça mentalement, incapable de réfléchir vraiment, ignorant quand il avait vu l'employée... ignorant tout en fait. De temps à autre, il entrevoyait une lueur, mais elle se perdait rapidement dans la brume, et il ne trouvait pas l'énergie nécessaire pour se concentrer sur une idée plus de quelques instants, et il sombrait dans le sommeil.

Au cours des jours qui suivirent, pendant ses moments de lucidité, Harry s'interrogea à propos de son manteau, se demandant s'il allait bien, s'il l'avait encore sur lui en arrivant à l'hôpital et, dans ce cas, ce qu'il avait bien pu devenir. Chaque fois que quelqu'un s'approchait de lui, il aurait voulu demander des nouvelles de son manteau, mais il ne parvenait pas à trouver l'énergie nécessaire. Il eut finalement l'impression que deux jours s'étaient écoulés depuis son entretien avec l'employée, sans en être absolument certain, car il dormait beaucoup et n'avait pas encore une conscience très précise du temps mais, quoi qu'il en soit, le besoin de savoir devint irrésistible, au point qu'il demanda à l'infirmière si l'employée lui avait parlé de son manteau.

Elle fronça les sourcils, irritée. Quel manteau?

Mon manteau – Harry se sentit pris de tremblements – vous vous rappelez, j'ai demandé...

Ah oui, non, personne ne m'a rien dit.

Mais elle m'avait assuré... Pouvez-vous l'appeler?

Je n'ai pas le temps de m'inquiéter d'un manteau. J'ai déjà suffisamment de travail comme cela.

Mais il faut que je sache. Je ne sais pas si... Il essaya de se lever, mais une violente douleur lui coupa le souffle, et il retomba sur le lit.

Une douleur dans la tête?

Il eut du mal à marmonner une réponse.

L'infirmière se précipita hors de la chambre et revint bientôt avec une seringue, et la douleur s'apaisa, et Harry, une fois de plus, sombra dans le sommeil.

Harry continua à s'enquérir de son manteau, se

demandant toujours s'il posait la même question plusieurs fois par jour ou une fois tous les deux jours, mais quand la tension devenait trop forte, au point de ne plus lui laisser le choix, il reposait la question, et quand on lui répondait évasivement, il s'agitait tellement qu'il fallait lui administrer un sédatif, et une note de plus était inscrite dans son dossier. Quand le docteur lut ces notes, et quand les infirmières lui dirent que Harry se faisait du souci pour son manteau, il demanda que Harry fût examiné par un psychiatre. Et pour l'amour du ciel, dites-lui en attendant que son manteau n'a rien.

Lorsqu'une infirmière déclara à Harry que son manteau n'avait rien, il parut métamorphosé; son corps se détendit de façon presque perceptible, et ses joues retrouvèrent des couleurs. Il sentit un interminable soupir monter en lui tandis qu'il sombrait de nouveau dans le sommeil.

Harry se sentait détendu mais encore un peu faible quand, un matin, un jeune psychiatre vint le voir. Harry ne s'était pas rasé depuis trois ou quatre jours, sa tête était recouverte de bandages pleins de taches de sang et d'antiseptique, et il était bardé d'électrodes destinées à vérifier que son organisme fonctionnait normalement. Le psychiatre le contempla pendant quelques instants Vous paraissez déprimé.

Harry battit des cils en guise de réponse.

Comment vous sentez-vous?

Harry haussa légèrement les épaules, Ça va.

Le psychiatre prit quelques notes. Vous semblez inquiet pour vos vêtements.

Mon manteau. Je voulais m'assurer qu'il allait bien.

Le portiez-vous quand vous êtes arrivé?

Harry le regarda un instant, Je ne sais pas.

Le psychiatre se remit à prendre des notes, puis

regarda Harry. Je vois. Vous avez fréquemment des trous de mémoire?

Harry le fixa en clignant des yeux, de plus en plus intimidé. Il se mit à transpirer. J'étais inconscient.

Le psychiatre le regarda fixement pendant un instant, puis il prit quelques notes supplémentaires. Il vous arrive souvent d'être obnubilé par vos effets personnels?

Harry le fixa, hochant légèrement la tête, essayant sincèrement de comprendre où le médecin voulait en venir. Il écoutait attentivement, entendait des mots auxquels il semblait incapable de conférer un sens. Harry ne voyait pas quel mal il avait fait. Il ne pouvait qu'écouter et froncer les sourcils...

Le psychiatre scruta Harry et prit de nouvelles notes. Vous vous inquiétez toujours autant pour vos vêtements?

Sous le regard du psychiatre, Harry se sentait perdre contenance... Finalement, il secoua la tête.

Harry transpirait et tremblait de plus belle, et il se sentait désormais incapable ne serait-ce que d'essayer de comprendre ce que disait le psychiatre et où il voulait en venir. Il ne pouvait que le regarder fixement et secouer la tête, au bord des larmes.

Pour finir, le psychiatre prit quelques notes sur l'attitude peu coopérative et hostile du patient, ainsi que sur son infantilisme, puis il referma le dossier à reliure métallique d'un geste sec, Ce sera tout. Il quitta la chambre.

Harry tremblait encore quand, une heure plus tard, une infirmière entra.

Ça va?

Harry hocha légèrement la tête.

Vous êtes si pâle et si moite – elle posa sa main

sur son front – et votre front est brûlant. Vous avez mal quelque part?

Il acquiesça.

Harry continua à trembler longtemps après qu'on lui eut fait une piqûre; il se sentait glacé et déboussolé, et il aurait voulu s'enfuir, et se cacher, et pleurer... pleurer...

Il regarda les fils qui reliaient son corps aux instruments qui entouraient son lit, sachant qu'il pouvait se libérer facilement, mais il était incapable d'esquisser le moindre geste. Il était pris au piège. Il savait que ses jambes ne le supporteraient pas s'il tentait de se lever. Et même s'il y parvenait, il ne savait pas où trouver son manteau, et sans lui, il n'irait pas loin... pas en cette saison.. ce serait un suicide... et il ne voulait pas mourir. Pas comme cela. Il ne voulait pas mourir du tout, et surtout pas de cette façon... un tas de viande congelée...

Il ferma les yeux et serra les paupières de toutes ses forces pour chasser cette vision, puis il les ouvrit brusquement pour s'imprégner de son entourage et oublier le froid et les regards inquisiteurs du psychiatre... Il essaya de changer de position, mais sa liberté de mouvement était restreinte. Ses yeux avaient tendance à se fermer... lourds de sommeil... son corps lui parut plus léger... la tension se dissipa lentement tandis que le médicament opiacé se répandait dans son organisme... il sut qu'il ne tarderait pas à s'endormir... son corps se fit de plus en plus léger...

ses paupières de plus en plus lourdes...

il ne parvenait plus à rassembler ses idées... n'avait plus qu'une conscience diffuse de son corps... pourtant, il avait l'impression de se noyer dans un torrent de larmes...

L'état de Harry Wright continuait à s'améliorer et bientôt, il put se rendre aux toilettes, d'abord avec l'aide d'une infirmière, puis tout seul. Encore un mois, et il fut en état de se promener où bon lui semblait, quand il le désirait, et de passer quelque temps dans la salle de télévision quand elle n'était pas trop bondée, s'installant toujours au fond de la pièce; mais il passait le plus clair de son temps à faire des réussites, ou à feuilleter des revues. Il était encore trop faible pour faire autre chose, et il se contentait de se reposer, de manger, se sentant détendu et rassuré maintenant qu'il savait que son manteau allait bien.

Il fut incapable d'assister au repas de Thanksgiving, mais il participa avec enthousiasme aux fêtes de Noël, appréciant la nourriture et les attractions que diverses organisations présentaient, ainsi que les petits paquets de bonbons distribués aux malades. Les plaisanteries le firent rire, et les vœux et les cris de JOOOOYYEEUUX NOËL le déridèrent.

Maintenant qu'il se sentait assez bien pour se déplacer sans risque, la première chose qu'il faisait en se levant était de regarder par la fenêtre pour voir le temps qu'il faisait. Les abords de l'hôpital avaient toujours l'air gris et froid, mais il observait les passants et, à leur démarche, savait quelle température il faisait. Il observait aussi et écoutait le personnel qui prenait son service le matin. Tous parlaient du temps et, par les jours de grand froid, ils se frottaient encore les mains en entrant dans la salle de garde, et ils courbaient le dos en parlant du vent et de la neige. Il regardait tout cela et écoutait le ronflement des radiateurs, et il souriait... Même en sortant d'ici, il aurait chaud. Il avait son manteau. Il n'avait pas à s'inquiéter, et il se drapait dans sa robe de chambre, comme s'il s'agissait de son manteau, et il se tenait devant la fenêtre et collait son nez contre la vitre froide, et il sentait la chaleur qui montait du radiateur...

Et de temps en temps, il s'asseyait, les mains dans les poches de sa robe de chambre, et pensait à son copain... à sa coupe et à sa texture... il fermait les yeux et voyait chaque centimètre carré de son manteau, même les endroits noircis par le feu, et il sentait son poids sur ses épaules et le contact du tissu sur ses joues, et il imaginait ses poches presque insondables... et il éprouvait une sensation de chaleur différente, la chaleur de l'amitié... la chaleur de l'affection.

Un matin, alors qu'il feuilletait le journal, il vit une photo et reconnut les lieux, un terrain vague dans le Bowery. Il y avait un bulldozer dans le terrain vague et, devant lui, quatre ou cinq cadavres allongés sur le sol. « ...des habitants du Bowery qui sont morts de froid au cours du mois précédent et dont les corps viennent d'être découverts. Il a fallu les détacher du sol à l'aide d'un bulldozer. » Un sentiment de nausée et de panique noua les tripes de Harry, mais peu à peu, il se détendit en se drapant une nouvelle fois dans sa robe de chambre, et il ferma les yeux et parla affectueusement à son ami. Son ami l'aimait, et il ne laisserait jamais une chose semblable lui arriver. Il n'avait pas à s'inquiéter pour cela.

Harry était à l'hôpital depuis trois mois, mais le recouvrement progressif de sa santé et de ses forces allait de pair avec une nervosité croissante. Une tension diffuse s'emparait de lui, une anxiété qui le rongeait de plus en plus chaque jour. Il se repliait de plus en plus sur lui-même, devenait de moins en moins communicatif, passant la plus grande partie de son temps assis, drapé dans sa robe de chambre, allant parfois à la fenêtre pour contempler la grisaille. Aussi loin qu'il se souvienne, il en avait toujours été ainsi. Seule la boisson parvenait à y remédier. Quand il avait suffisamment bu, le monde lui paraissait différent... il devenait plus hospitalier, plus confortable, plus plaisant, et il ne se sentait plus dégoûté ou menacé par ce qu'il voyait. Mais plus il restait longtemps sans boire, plus la vie devenait pénible... Tout lui était insupportable. Il semblait qu'il n'y eût rien d'autre que la mort et le mal... toujours le mal... le genre de mal qui s'installe en vous et progresse et vous ronge jusqu'à miner tout votre être... toujours le mal...

Voilà pourquoi le Bowery était un quartier idéal. Dans d'autres lieux, quand tout lui paraissait gris et laid, il y avait toujours une petite parcelle de lui-même pour se souvenir et lui rappeler que les choses n'étaient pas toujours ainsi, qu'il lui était arrivé de regarder le monde qui l'entourait et d'aimer – parfois même d'adorer – ce qu'il voyait, de tout son cœur et de toute son âme, et il ne pouvait que boire pour essayer de ranimer tout cet amour... toute cette beauté... et cette situation conflictuelle le rongeait.

Mais plus il buvait, plus il devenait difficile de rester dans de tels endroits, et il était contraint de partir, en proie aux affres d'un enfant qui pleure, ou d'un chat perdu, ému parfois jusqu'aux larmes par la beauté d'une fleur ou d'un arbre couvert de bourgeons.

Mais dans le Bowery, quand il avait le sentiment que le monde était dénué de toute beauté, que seuls la laideur et le mal subsistaient, il pouvait regarder autour de lui et se trouver conforté dans son sentiment, car le monde qu'il voyait était conforme à sa vision, si bien qu'il n'y avait plus de conflit. La laideur était bien réelle, et le vin lui conférait des couleurs, et il pouvait aller son chemin, seul, tantôt plongeur, tantôt chiffonnier, et il trouvait un endroit où s'abriter, seul, et parler, et chanter doucement pour lui-même et pour son manteau, et boire jusqu'à ce qu'il plonge dans l'inconscience.

L'anxiété et le chagrin de Harry croissaient au fil des jours et, bien qu'il neigeât et qu'il fît froid, il se sentit soulagé quand on lui annonça que tous les tests montraient qu'il était totalement rétabli, et qu'il allait pouvoir quitter l'hôpital.

Avant sa sortie, le psychiatre vint de nouveau le voir. Il demanda à Harry ce qu'il allait faire une fois dehors. Plus lucide que lors de la première visite, Harry restait cependant perplexe devant le médecin. Ce dernier semblait toujours vouloir dire autre chose que ce qu'il disait effectivement, et Harry essayait de comprendre ce qu'il souhaitait. Rentrer chez moi.

Le psychiatre consulta son dossier. Où habitez-vous? Apparemment, ils ont oublié de le mentionner.

Harry fronça les sourcils. Dans le Bowery.

Le Bowery? Pourquoi iriez-vous là-bas?

J'y habite.

Le psychiatre prit des notes. Mais n'aimeriez-vous pas faire autre chose dans la vie? Trouver un bon emploi et devenir un membre productif de la société?

Harry secoua la tête. Je travaille.

Le psychiatre prit d'autres notes. Faire la plonge n'est pas un métier très reluisant.

Harry se contenta de le regarder, frémissant intérieurement.

Maintenant que vous êtes désintoxiqué, vous devriez pouvoir trouver un logement dans un quartier décent.

Harry secoua la tête, son visage trahissant une confusion manifeste.

Le psychiatre prit d'autres notes. Voudriez-vous aller quelque part pour vous reposer, dans un endroit où l'on vous aiderait à faire – Harry secouait la tête

– le bilan de votre existence et à ne pas replonger dans votre ancien milieu? Harry continuait à secouer la tête. Non... un asile de dingues, non. Voyons, ce n'est pas exactement – Harry secouait toujours la tête – ainsi qu'il faut... le psychiatre fixait Harry intensément, l'expression de son visage et le ton de sa voix manifestant son incrédulité. Ne souhaitez-vous pas vous bonifier?

Harry cessa de hocher la tête et fixa le psychiatre, presque tenté de lui expliquer que ce mode de vie était le plus agréable qu'il eût jamais connu, et qu'il désirait le retrouver, mais incapable de rassembler l'énergie et la volonté nécessaires pour cela. Au moins, maintenant, le psychiatre ne posait plus de problème à Harry; l'énigme était résolue : encore un de ces types bien intentionnés qui cherchaient à fourrer leur nez dans les affaires d'autrui. Harry cessa de froncer les sourcils et se détendit légèrement... J'suis très bien comme ça.

Le psychiatre regarda Harry, exaspéré, et referma sèchement le dossier à reliure métallique; puis il partit.

Le jour de sa sortie, un employé fut prié d'aller chercher les affaires de Harry, et Harry se mit à marcher de long en large, la tension montant de plus en plus tandis qu'il contemplait la laideur ambiante et regardait par la fenêtre la neige et les arbres courbés par le vent. Il sentit la chaleur qui montait du radiateur, puis colla son nez contre la vitre froide...

puis il se retourna et se remit à faire les cent pas.

Au bout d'une demi-heure, il se rendit au bureau des infirmières et demanda où étaient ses vêtements. On lui répondit de se détendre, que l'employé n'allait pas tarder. Il se remit à marcher de long en large, son anxiété et sa tension devenant si grandes qu'il tenait à peine sur ses jambes, allant d'un bout à l'autre de la pièce, regardant de temps en temps par la fenêtre. Finalement, l'infirmière de service décida de téléphoner pour savoir où était l'employé, pensant qu'il tirait au flanc. Quand le préposé au vestiaire répondit, il lui déclara que l'employé était encore là, que les vêtements de monsieur Wright restaient introuvables, et qu'ils continuaient à les chercher. Eh bien, dites à Walter de revenir à la salle de garde, et appelez-nous lorsque vous les aurez trouvés. Salle B3W.

Harry entendit la fin de la conversation par bribes. Comment, ils trouvent pas mon manteau?

Ils semblent avoir des difficultés, monsieur Wright, mais...

Le visage de Harry pâlit instantanément et ses genoux plièrent sous lui. Il me faut mon manteau. Il s'appuya contre le bureau des infirmières. Il m'faut mon manteau.

Restez calme, monsieur Wright. Ne vous mettez pas dans des états pareils.

Harry tremblait et les regardait fixement. Où est le vestiaire? J'le trouverai. Où mettent-ils les...

Monsieur Wright – le ton était autoritaire – il faut vous calmer, ou vous allez faire une rechute et...

Dites-moi seulement où est le vestiaire. J'trouverai mon manteau. Je l'trouverai...

Harry s'accrochait désespérément au bureau, se sentant de plus en plus faible, sa vision s'obscurcissant, la pièce se mettant à tourner autour de lui... Il ne sentait plus ni ses pieds ni ses jambes. Il se mit à osciller, à demi inconscient et sanglotant de façon presque incohérente tandis qu'il revivait le long combat qu'il avait livré pour sauver son manteau, éprouvant une sensation de vide mortel en songeant qu'il avait perdu son manteau, ce qu'il avait de plus cher au monde, un ami qui avait autant, sinon plus de valeur que sa propre vie...

Il se redressa et les supplia de lui dire où se trouvait le vestiaire. Je trouverai mon manteau... Je le sais... Je le trouverais n'importe où... Je –

Monsieur Wright, je vous en prie, vous devez...

Walter revint du vestiaire et lança la fiche de dépôt sur le bureau. Ils ne trouvent ses vêtements nulle part, mademoiselle Wilson.

Laissez-moi aller voir. Je l'trouverai... et Harry continua à supplier, et à trembler, et à s'accrocher désespérément au bureau pendant qu'une infirmière tentait de le calmer.

Mademoiselle Wilson jeta un coup d'œil au dossier de Harry et demanda à Walter sous quel nom le préposé au vestiaire avait cherché.

Le nom qui est inscrit là-dessus je suppose.

Elle lui montra le registre des entrées. Il a été inscrit sous le nom de John Doe [1] quand il est arrivé. Voyez, il y a aussi un numéro d'identification.

Monsieur Wright, quel genre de vêtements portiez-vous?

Un grand manteau militaire. Il ne me faudra qu'une minute pour le retrouver.

Mademoiselle Wilson appela le vestiaire et dit au préposé ce qu'il fallait chercher, sous quel nom et sous quel numéro.

Pour Harry, les instants qui suivirent semblèrent durer une éternité; il était suspendu entre la vie et la mort; la seule chose lui prouvant qu'il vivait encore était cette curieuse douleur qui le minait et le rongeait intérieurement, mais au bout de quelques minutes, Walter revint avec ses habits. Ils avaient été

1. Équivalent américain de Dupont/Durand. *(N. d. T.)*

désinfectés, mais leur allure et leur odeur restaient bizarres, et Walter les portait à bout de bras en fronçant le nez. Harry saisit ses vêtements et les serra contre son cœur, la larme à l'œil, et il se précipita dans les toilettes pour s'habiller. Il s'assit sur le siège, riant et pleurant tout à la fois, étreignant et embrassant son manteau, lui disant à quel point il l'aimait et combien l'attente avait été longue, que personne ne pouvait les séparer, qu'il n'avait pas de soucis à se faire car, quoi qu'il arrivât, il l'aurait retrouvé... se balançant d'avant en arrière, des larmes roulant sur ses joues, sanglotant et riant de soulagement...

Harry commençait à descendre le perron de l'hôpital quand un paquet de neige poussé par le vent s'abattit sur lui, l'aveuglant momentanément. Il saisit la rampe, sentant le froid du métal sur sa paume et la morsure du vent sur son visage. Il rabattit sa casquette sur ses oreilles et releva le grand col de son beau manteau sur sa nuque, et il se pelotonna dans son manteau comme un papillon dans un cocon, et un sourire l'illumina tout entier. Il sentait le froid sur son nez et la chaleur de son corps. Son manteau était encore plus chaud que dans son souvenir. Son beau, son merveilleux manteau.

Le vent se calma et il descendit l'escalier glissant et dangereux en se tenant à la rampe. Quand il arriva en bas, il enfouit ses mains froides dans ses poches et regarda autour de lui. La rue était bordée de tas de neige dont la couleur gris sale était visible sous la couche blanche de neige fraîche. Il se mit en route, marchant prudemment sur les plaques de glace qui recouvraient le trottoir, sentant son corps se mouvoir à l'intérieur de son manteau, entendant le vent et la neige tomber sur lui, se moquant de l'un et de l'autre.

Il descendit la rue à petits pas jusqu'au premier magasin de spiritueux et acheta un demi-litre de muscat. Dès qu'il se retrouva dehors, il but un peu de vin, restant immobile suffisamment longtemps pour le sentir couler dans ses veines et se répandre dans son organisme, sachant que bientôt, la grisaille et la laideur deviendraient tolérables. Il mit la bouteille dans sa poche et se dirigea vers l'arrêt d'autobus. Bientôt, il serait de retour dans le Bowery, et il trouverait un bel immeuble abandonné où faire son trou et boire son vin tranquillement, et parler doucement, et chanter pour lui-même et pour son manteau.

Il attendit debout, dos au vent, blotti dans la chaleur de son manteau, tout son être rayonnant de bonheur. Il frotta sa joue contre le col, rassuré par ce contact rugueux. Ils étaient ensemble. Ils pouvaient tout affronter ensemble... tout faire ensemble... tout surmonter ensemble... Il aimait son manteau... et son manteau l'aimait... et ils étaient ensemble. C'était cela l'important. Personne... rien ne pourrait jamais les séparer. Et tant qu'ils resteraient ensemble, ils s'en tireraient toujours. Ouais... ils s'en tireraient. Le bus arriva et il monta dedans.

Harry Wright rentrait chez lui. Il avait chaud... Il était sauf...

LE MUSICIEN

Harold se leva à sept heures, quelques minutes avant l'heure à laquelle il avait réglé le réveil, mit ses chaussons, sa robe de chambre, et passa dans la salle de bain. Il songea un instant à dire à Virginia qu'il ne prendrait pas d'œufs à la coque pour son petit déjeuner mais y renonça, l'idée à peine formulée. Il se brossa les dents, puis suspendit sa robe de chambre à la patère fixée derrière la porte, mit son pyjama dans le sac à linge sale, puis, après avoir soigneusement réglé la température de l'eau en tournant minutieusement les robinets, il entra dans la cabine de douche. Quand il eut fini, il s'essuya énergiquement, remit sa robe de chambre et se rasa. Puis, il se brossa les cheveux et se peigna soigneusement, et il enfila ses vêtements, à l'exclusion de sa cravate et de sa veste.

Lorsqu'il arriva dans la cuisine, ses sœurs et ses œufs l'attendaient, Virginia en train de verser son café, Helen en train de donner à manger à Minet, son corps mince drapé dans sa robe de chambre qui lui descendait jusqu'aux pieds.

Bonjour Harold, tu as bien dormi?

Oui, Virginia. Et toi?

Elle acquiesça, Oh très bien, merci.

Le poste était réglé sur une station qui diffusait des nouvelles, et ils écoutèrent, comme il se doit, le bulletin météorologique et les prévisions pour la journée. Lorsque ce fut fini, Helen s'assit. Eh bien, on dirait qu'il va faire une belle journée.

Harold était en train de reposer sa tasse sur sa soucoupe, C'est une bonne chose. Tu as bien dormi, Helen?

Oh, couci-couça. Mon dos, tu sais...

Virginia et Harold hochèrent la tête, et Virginia regarda Harold.

Oui, je sais. Tu devrais peut-être consulter le docteur Winslow.

Virginia acquiesça et regarda Helen.

Je crois que je le ferai si cela ne s'améliore pas bientôt.

Harold s'écoutait mastiquer son toast avec une régularité qui lui rappelait le battement d'un métronome. Il finit par avaler et but une gorgée de café. Virginia sourit. Que vas-tu jouer ce soir, Harold?

Il contempla sa sœur pendant un instant, J'avais pensé à une sonate de Beethoven.

Oh, ce serait merveilleux, n'est-ce pas, Helen?

Helen réfléchit un instant, comme il lui seyait de le faire, car elle était la plus âgée. Oui. N'oublie pas d'épousseter le piano, Virginia.

Non, bien sûr, elle leur sourit, c'est la première chose que je fais tous les matins.

Eh bien, il faut que je m'occupe de mes violettes africaines, et Helen se leva et quitta la cuisine.

Et il faut que j'aille au bureau. Harold s'essuya les lèvres avec sa serviette, puis il retourna dans ses appartements pour finir de s'habiller. La vieille maison était admirablement adaptée à leurs besoins, chacun d'eux y ayant une suite, Harold à l'étage et ces dames au rez-de-chaussée. De plus, chacun d'eux était né dans cette maison et y avait passé toute sa vie,

Helen, soixante et onze ans, Virginia, soixante-sept ans, et Harold, cinquante-trois ans. Toute une vie.

Harold s'assura qu'il n'y avait pas d'accrocs à sa veste, puis il acheva de s'habiller avant de descendre en empruntant l'escalier, cet escalier que jadis, il y avait bien longtemps, il descendait quatre à quatre ou même, une fois ou deux peut-être, à cheval sur la rampe, jusqu'à ce que mère y mît un terme; depuis lors, il le descendait dignement. Lorsqu'il arriva au rez-de-chaussée, Helen en avait fini avec ses violettes africaines et avait ramassé les écuelles de Minet. Les chats sont des animaux charmants, mais une maison doit être bien tenue. Harold mit son chapeau et, quoique le temps fût clair et ensoleillé, et que la météorologie eût annoncé des températures de l'ordre de vingt degrés, Harold passa son imperméable, au cas où.

N'oublie pas ta serviette, Harold, et Virginia la lui tendit.

Comment le pourrais-je, Virginia? Il prit la serviette, embrassa Virginia sur la joue, puis Helen, et quitta la maison.

Il remarqua, sans s'en apercevoir, les fissures dans le trottoir, notant les différences entre aujourd'hui et cinq ans auparavant, dix ans auparavant, entre aujourd'hui et bien des années auparavant. A une époque, il les comptait avec une fascination enfantine, mais cela lui avait passé, comme son habitude de monter et descendre l'escalier quatre à quatre. Comme son désir de devenir pianiste de concert. Mère ne voulait pas en entendre parler non plus...

Papa était déjà mort depuis longtemps... ou du moins, il lui semblait qu'il était mort depuis longtemps car il était très jeune à l'époque de sa mort. Certaines choses étaient gravées avec précision dans sa mémoire, et d'autres étaient vagues... très vagues...

Non, mère ne voulait pas entendre parler de cela non plus. Jouer du piano n'était pas convenable pour un homme, pas plus qu'il n'était convenable pour un garçon de monter et de descendre l'escalier quatre à quatre, ou de compter les fissures dans le trottoir. Un homme devait faire son droit. Les juristes avaient pignon sur rue. Quand il fut inscrit au barreau, mère l'autorisa à jouer du piano, et il prit des cours. Il lui arrivait même de l'écouter. De temps en temps...

Il remonta la rue, remarquant au passage que les arbres se couvraient de verdure, souriant intérieurement. Il lui fallait sept minutes pour aller jusqu'à la station de métro, quelques secondes pour acheter le journal et se retrouver sur le quai.

Une fois dans la rame, il posa sa serviette entre ses jambes et lut son journal. Sa serviette l'inquiétait, et il avait toujours peur que quelqu'un ne trébuchât sur elle. Parfois, il se sentait rougir quand, accidentellement, il lui arrivait d'en donner un coup à quelqu'un. Il n'avait jamais souhaité s'encombrer d'une serviette. Il ne rapportait jamais de dossiers à la maison. Ses responsabilités ne le justifiaient pas. Mais il devait admettre que mère avait raison, elle lui conférait une sorte de prestige. Toutefois, elle était parfois bien embarrassante.

Il salua ses collègues d'un signe de tête et leur sourit, et traversa les bureaux pour gagner le sien. Il suspendit son imperméable et son chapeau au portemanteau, s'assit à son bureau et consulta son calendrier. C'était lundi, et aujourd'hui, il allait pouvoir appeler. Pas tout de suite. Plus tard. Et il allait peut-être lui parler plus longuement aujourd'hui. Après tout, il n'y avait aucune raison valable pour se borner à lui dire Bonjour, comment allez-vous? puis, au revoir, passez une bonne journée. Eh bien, on verra ce qui arrivera. Pour l'instant, travaille. Il prit un dossier sur la pile bien nette posée sur le coin gauche de son bureau et lut attentivement chacune des pages, prenant des notes, puis il réfléchit au problème, prit quelques notes supplémentaires, puis il revit tout le dossier, indiquant brièvement ce qu'il pensait devoir être fait en l'occurrence, puis il réfléchit encore quelques minutes en tapotant ses doigts les uns contre les autres, relut ses notes d'un bout à l'autre, méticuleusement, puis il dicta un mémorandum et une lettre détaillés, et quand il eut fini, il entoura le dossier d'une bande portant la mention « A taper », et le posa soigneusement sur la pile bien nette située sur le coin droit de son bureau, proche de la porte pour que sa secrétaire pût y avoir accès plus aisément. Il se renversa dans son fauteuil, chassa les minuscules bouts de papier qui se trouvaient sur son bureau, puis il décrocha le téléphone et composa un numéro. Il écouta la sonnerie, s'humectant légèrement les lèvres, puis à la seconde sonnerie, il s'installa confortablement dans son fauteuil et attendit avec impatience d'entendre sa voix. Il écouta pendant une seconde puis dit, Bonjour. Il continua à écouter, souriant, hochant la tête, son corps se mouvant de façon presque imperceptible, comme s'il écoutait un morceau de musique. Quand il eut raccroché, il continua à sourire, confortablement installé dans son fauteuil, ses coudes reposant sur les accoudoirs, les mains devant son visage, tapotant ses doigts les uns contre les autres. Sa voix était si belle. Il l'entendait encore, flottant dans l'air, égrenant les dernières notes d'une mélodie... Il se rappelait la première fois où il avait entendu Renata Tebaldi. Il avait été pris au dépourvu. Il avait allumé la radio et entendu une voix qui l'avait forcé à s'asseoir, immédiatement, et il avait écouté, subjugué par ces sonorités exquises, par cette incroyable maîtrise artistique... Et, seul dans ses appartements, cette divine découverte l'avait profondément ému. Et, peu de temps après cette soirée, il l'avait vue chanter Mimi. Elle était si belle, sa voix était si sublime. Il tremblait encore d'émotion en repensant à cette soirée. Et bien qu'il fît un froid glacial ce soir-là, il était allé l'attendre devant l'entrée des artistes, et quand, enfin, elle était apparue et avait salué la foule de ses admirateurs – non, de ses adorateurs – il s'était presque évanoui tant elle était extraordinairement belle, tout en elle resplendissait... ses cheveux noirs, son incroyable manteau de vison, sa peau, ses bijoux et ses yeux... Oh, ces yeux... il l'avait contemplée, contemplée encore, en extase au point qu'il avait failli oublier de lui demander un autographe... et son sourire quand elle avait pris son stylo et son programme... Oh, quel sourire ravissant...

Il se renversa dans son fauteuil, les yeux clos, les poings serrés, poussa un soupir imperceptible, puis il ouvrit lentement les yeux et regarda le téléphone en se penchant légèrement en avant. Il rappellerait peut-être plus tard, pour lui en dire davantage, et peut-être même prononcer quelques mots. Il chassa de son bureau quelques menus bouts de papier supplémentaires et prit un second dossier sur la pile de gauche.

A midi, il cessa de prendre des notes sur le dossier qu'il étudiait et partit déjeuner. Il alla à la fenêtre, regarda les gens dans la rue, puis le ciel sans nuages, et décida de laisser son imperméable dans son bureau et de ne prendre que sa veste et son chapeau.

C'était un restaurant élégant et calme, et il sourit timidement en tendant son chapeau à la préposée au vestiaire. Le maître d'hôtel s'inclina. Bonjour, monsieur Livingston. Je crains que votre table habituelle ne soit occupée, mais je peux vous en donner une autre à proximité. Harold sourit. Ce sera parfait. Harold prit place, et le garçon arriva immédiatement. Bonjour, monsieur. Harold sourit et lui répondit d'un signe de tête, comme il convenait. Prendrez-vous le plat du jour, monsieur? Oui, je crois que je vais prendre le caneton. Et un jus de tomate pour commencer, monsieur? Oui, s'il vous plaît.

Harold but son jus de tomate à petites gorgées et regarda furtivement autour de lui, se demandant vaguement quel goût les boissons servies aux tables voisines pouvaient avoir. Il n'aimait pas les cocktails, mais il se disait qu'un jour, peut-être, il pourrait prendre un Martini, mais cette idée ténue ne faisait que l'effleurer. Il savoura son repas et se demanda fugitivement combien de garçons l'avaient servi depuis qu'il fréquentait l'établissement???? Mon Dieu, il eût été bien incapable de le dire. Ou à combien de maîtres d'hôtel, de préposées au vestiaire ou aux toilettes, de cireurs, ou de... il avait eu affaire... il sourit et gloussa intérieurement, ou même combien de canetons il avait mangé. Demain, j'essayerai peut-être le... Huuummm, demain... la côte de veau farcie... Cela se pourrait, vous savez. Elle ne figure au menu que depuis quelques années. Il s'essuya les lèvres avec sa serviette une dernière fois, puis il se leva et quitta le restaurant.

Il resta debout devant la porte quelques instants, puis il se mêla à la foule des passants qui encombraient les trottoirs à l'heure du déjeuner, et se dirigea lentement vers un grand magasin tout proche. Il flâna quelques instants parmi les présentoirs à cravates, puis se rendit au rayon lingerie et se promena lentement au milieu des vitrines, regardant les nombreux articles présentés sur les comptoirs, dans les présentoirs, et sur les mannequins. A plusieurs reprises, il éprouva de la main la douceur indicible des sous-vêtements, se permettant même un léger frisson d'excitation. Il se promena dans le rayon pendant quelques minutes encore, puis il sortit du magasin et regagna son bureau.

Il se remit à étudier ses dossiers jusqu'aux environs de quatre heures, puis il appela de nouveau. Il éprouvait un sentiment de jouissance anticipée en écoutant la deuxième sonnerie, et en percevant le déclic annonçant qu'il allait entendre sa voix : Allô, vous avez en ligne le répondeur automatique du Stuyvesant Museum. Si vous souhaitez obtenir autre chose que des renseignements généraux, veuillez appeler – Il se pencha en avant, les coudes posés sur son bureau – Le nouveau jardin consacré à la sculpture est désormais accessible au public aux heures d'ouverture habituelles du musée. Vous y trouverez des œuvres d'artistes européens et américains du XIXe et du XXe siècle. Dans la galerie Willnymer se tient une exposition temporaire d'estampes japonaises du XIVe et du XVe siècle qui durera jusqu'à la fin du mois. L'exposition présente – il souriait en l'écoutant, se caressant doucement la joue du bout des doigts de sa main droite, laissant sa voix couler en lui telle un courant doux et apaisant qui faisait naître dans son corps une énergie inhabituelle, inconnue – une série de conférences, de récitals de musique et de danse aura lieu le soir. Ce soir, vous pourrez assister à un spectacle de danses indiennes traditionnelles dédiées à Shiva. Demain, le quatuor Bartholemew jouera des pièces de Haendel, Beethoven et Bartok, tandis que – Son sourire s'élargit. Oui, je trouve cela merveilleux, et il rougit légèrement en entendant le son de sa propre voix, et il se tut de nouveau, voulant jouir au maximum de sa voix à elle – pour obtenir des renseignements sur le prix d'entrée, veuillez appeler le guichet du musée. L'accès à la galerie Dunbar est en permanence gratuit, et vous pourrez y voir des tableaux, des sculptures et des dessins remarquables – il hocha la tête et ferma les yeux tandis que des petits points lumineux défilaient sur sa rétine et qu'un flot d'images déferlait dans son corps.

Il se caressait encore la joue en souriant quand il lui dit qu'elle avait une voix merveilleuse, puis il se tut aussitôt pour pouvoir l'écouter – si vous avez pris cet enregistrement en cours – sa voix chantait à l'unisson avec la musique qu'elle faisait naître en lui, et son ouïe, mais aussi tous ses sens participaient à cette communion, et son corps se mouvait au rythme de cette musique – Merci d'avoir appelé le Stuyvesant Museum, nous vous souhaitons une bonne journée. Il n'entendit pas le déclic, il était encore envoûté par la musique...

Il raccrocha, et il garda les yeux fermés jusqu'au moment où la musique se fit plus lointaine, alors il ouvrit les yeux et poussa un soupir presque imperceptible, tandis que son esprit suivait la musique qui s'éloignait...

puis il regarda le téléphone. Nous vous souhaitons une bonne journée. Il respira un grand coup et prit un autre dossier sur la pile de gauche.

A cinq heures, il referma le dossier qu'il était en train d'étudier, balaya les petits bouts de papier qui se trouvaient sur son bureau, rangea ses crayons et ses stylos avec soin, fit de même pour tout ce qui se trouvait sur son bureau, positionna son calendrier au centre de celui-ci, mit le journal du matin dans sa serviette et s'en alla. Dans le métro, il lut le journal du soir et, en arrivant chez lui, il suspendit son imperméable au portemanteau, rangea son chapeau, et donna le journal du matin à Virginia. Elle adorait consulter la rubrique consacrée au bridge et faire les mots croisés. Merci, Harold.

Je t'en prie, Virginia, et il l'embrassa sur la joue.

Puis il embrassa Helen. Tout s'est bien passé aujourd'hui?

Parfaitement bien. Comment était ton caneton?

Oh, il était bon.

Pas trop salé?

Non, non, en réalité, il était parfait.

Oh, j'aime à te l'entendre dire. Il faut se méfier des canetons. Ils sont souvent trop gras.

Oui, je sais. Mais celui-ci avait été parfaitement dégraissé. Il commença à monter l'escalier.

Le dîner sera prêt dans une demi-heure, Harold.

Parfait, Helen.

Nous allons innover ce soir.

Ah?

Oui. Nous allons manger de l'agneau avec des petits pois et des carottes au lieu du traditionnel chou-fleur.

Bien, très bien, et il se remit à monter l'escalier. Il suspendit sa veste au portemanteau, alluma son électrophone, et posa un disque d'arias chantées par Renata Tebaldi sur le plateau. Tout en écoutant la musique, il compulsa sa collection parfaitement rangée de photos dédicacées d'artistes lyriques, choisit sa préférée pour la regarder de temps à autre, tandis qu'il écoutait sa voix du lundi se fondre harmonieusement avec celle de la Tebaldi... Oh, comme il aimait le lundi soir. Sa voix mélodieuse résonnait encore dans ses oreilles, se mêlant aux accents magiques et exquis de la Tebaldi, caressant ses sens tandis qu'il restait assis dans son fauteuil, toute son âme transmettant à ses mains ses glorieuses aspirations musicales, pendant que la voix du poète faisait entendre des vers qui l'incitaient à les mettre en musique, et il respirait profondément tandis que ces souvenirs lui revenaient, non pour revivre, car ils avaient perdu toute substance et toute vie depuis longtemps, mais ils lui revenaient encore... la joie qu'ils lui procuraient était toujours bien réelle... l'extase était toujours bien réelle... enfouies dans les circonvolutions les plus secrètes de son cerveau, là où personne ne pourrait jamais les détruire, et bien que les images, jadis brillantes, de salles de concert, et le bruit des applaudissements ne fussent plus que des éclairs passant devant ses yeux fermés, cette vision, oh Dieu, cette vision extraordinaire continuait à perdurer dans son âme, et il tenait la photographie de la Tebaldi dans ses mains, toute son attitude, tout son être rendant grâce à la cantatrice, à la musique, à sa voix du lundi tandis qu'il écoutait avec son cœur...

Pendant le dîner, chacun raconta sa journée, et ils sourirent et bavardèrent agréablement, chacun essayant de faire plaisir aux deux autres. Virginia tremblait presque d'excitation en racontant ce qui lui était arrivé au supermarché. C'est la chose la plus terrifiante que j'aie vécue, ou peu s'en faut.

Vraiment? Que s'est-il passé?

Elle sourit à Helen, j'ai déjà mis Helen au courant. J'examinais les œufs – pour m'assurer qu'ils n'étaient pas fêlés, tu sais – Harold hocha la tête – quand, soudain, une terrible explosion retentit – Helen se mit à rire – je t'assure, Helen. Je sais ma chérie, je te prie de m'excuser. Harold sourit et les regarda, mais ne dit rien. Donc, il y a eu cette abominable explosion, et j'ai laissé tomber le carton d'œufs – dans la caisse, si bien qu'il n'y a pas eu de casse, Dieu merci – mais je tremblais si fort que j'étais dans l'impossibilité de bouger. Finalement, après ce qui m'a paru être une éternité, un employé est arrivé, et je lui ai demandé ce qui s'était produit – je pensais que des gangsters avaient attaqué le magasin – et il m'a dit qu'un client avait fait tomber une bouteille d'eau de Seltz – Helen se remit à glousser, et Harold sourit, puis s'esclaffa, et Virginia esquissa une grimace, Je sais, cela paraît idiot à présent, mais sur le coup, j'étais absolument terrifiée. Et pour finir, j'ai oublié les œufs, et elle se mit à rire aussi.

Après dîner, ils continuèrent à bavarder en buvant leur café. Enfin, Helen demanda à Harold s'il était prêt. Je crois que oui.

Bien.

Oh, très bien. Ils débarrassèrent la table, mirent la vaisselle à tremper et passèrent au salon. Harold s'assit au piano, se frotta les mains pendant quelques instants, joua quelques gammes puis se tourna vers ses sœurs, Voulez-vous que je joue l'*Appassionata?*

Oh oui, s'il te plaît.

Ce serait merveilleux, Harold.

Il fit face au piano, se redressa et regarda le clavier pendant un instant, puis se mit à jouer. Dès que ses doigts se posèrent sur les touches, il se sentit transformé, transporté de joie. Pas seulement parce qu'il n'était plus Harold Livingston, cinquante-trois ans, non marié, avocat, vivant avec ses deux sœurs célibataires; ou parce qu'il transcendait sa vie quotidienne pour devenir pianiste de concert. C'était quelque chose de plus profond encore. Il faisait tout simplement partie intégrante de la musique. Mais pas de la musique qu'il jouait, de la musique que Beethoven avait composée. Bien des fois, au fil des ans, Harold avait essayé de s'imaginer qu'il entendait autre chose que la musique qu'il jouait, mais il avait l'oreille trop fine. Son jeu ne manquait certes pas de passion. Ou de puissance. Et les arpèges étaient clairs et distincts. Il savait que son jeu était inspiré, et il éprouvait un grand respect pour la musique, mais il savait aussi que sa technique était imparfaite et empreinte d'une certaine raideur. Mais ce qu'il n'entendait pas avait plus d'importance encore que ce qu'il entendait, car ce qu'il ne percevait pas, c'était cette imagination brillante, cette touche de génie qui font les grands musiciens et dont le manque ne saurait être comblé par l'étude... plus maintenant en tout cas. Mais Harold avait depuis longtemps cessé d'entendre les notes qui sortaient du piano, et il écoutait la musique qui venait de son cœur, la musique qui était au cœur des notes. C'est cela que Harold entendait tout en regardant ses doigts se mouvoir sur le clavier, c'est cette musique-là qui l'emplissait tout entier...

Quand il eut fini, il resta immobile un instant, encore sous le charme de la musique, puis il sourit, se retourna et regarda ses sœurs qui applaudissaient, en proie à une émotion indicible car elles venaient d'entendre l'*Appassionata* comme jamais elles ne l'avaient entendue auparavant. Il se leva, salua et s'approcha de ses sœurs. Merci. Merci.

Oh, c'était merveilleux, Harold, tout simplement merveilleux.

Oh oui, la plus belle version que j'aie jamais entendue.

Je vais nous faire du chocolat chaud pour boire avec notre gâteau. Oh, comme j'aime le lundi soir.

Avant de se coucher, Harold écouta l'enregistrement de l'*Appassionata* par Sviatoslav Richter, les yeux fermés, les coudes reposant sur les accoudoirs de son fauteuil, les mains devant son visage, tapotant ses doigts les uns contre les autres. Il entendait la musique... De temps en temps, il souriait et hochait la tête en guise d'approbation, éprouvant une sensation de plénitude totale quand la musique qui chantait en lui s'harmonisait avec celle qui lui parvenait de l'extérieur. Quand la musique s'arrêta, il resta assis quelques minutes, gardant les yeux fermés jusqu'à ce que les éclairs qui passaient devant eux aient disparu. Il se leva et replaça soigneusement le disque dans sa pochette. Virginia a tout à fait raison à propos du lundi, mais il n'y a pas que la soirée qui soit merveilleuse.

Il se déshabilla et rangea soigneusement ses vêtements, puis il mit son pyjama et sa robe de chambre, et il passa dans la salle de bains, se brossa les dents, puis se rinça la bouche. Il se regarda dans la glace, puis il éteignit et retourna dans sa chambre. Il resta allongé sur le dos quelques instants, écoutant le silence, puis il songea qu'il ne prendrait peut-être pas d'œufs à la coque pour son petit déjeuner... Mais il n'avait nul besoin de prendre une décision dès maintenant. Il se tourna sur le côté, ferma les yeux et s'endormit.

DES BALEINES ET DES RÊVES

Il y a bien longtemps de cela, un homme m'a dit que refuser de rêver équivalait à vendre son âme. J'étais jeune alors, et je ne savais pas que ces mots allaient avoir en moi une résonance particulière et me marquer à jamais, mais je me rappelle fort bien avoir cligné des yeux et hoché la tête, comme pour m'imprégner plus profondément de la véracité des propos qu'il me tenait grâce à ce simple mouvement.

Et j'avais la tête pleine de rêves. De rêves, de rêves, de rêves. Et je rêve encore.

Et la baleine est un rêve.

Lorsque j'étais petit et terrien, jouer avec des bateaux était mon activité favorite. Une simple baguette dans l'eau faisait l'affaire. Je n'avais nul besoin de voiles ou de vapeur, un peu d'imagination suffisait, et mes vaisseaux voguaient sur des mers lisses comme des miroirs, ou étalaient les tempêtes les plus terrifiantes. Et je contemplais le reflet du soleil sur les lagons des mers du Sud ou bien, quand la brise ridait la surface de l'eau, le reflet tourmenté de la lune sur l'Atlantique. Et les digues et les jetées étaient mes terrains de jeu favoris, et je passais des journées entières sur le rivage, ou sur le môle, à regarder les navires de toutes sortes et de toutes nationalités entrer et sortir du port, ou jeter l'ancre et stopper, tandis que des chaloupes amenaient les marins à terre. Je n'ignorais pas que les pilotes savaient très précisément où chaque navire devait mouiller l'ancre, et à quelle distance les uns des autres, mais le fait qu'un port plein de bateaux au mouillage ne connût jamais de problèmes continuait néanmoins à m'émerveiller. Et je restais assis pendant des heures à regarder la marée modifier la position des navires, tandis qu'ils tiraient sur leur ancre. Je regardais et je rêvais.

Et puis, les années passant lentement, je me tenais au bout de la jetée, attendant qu'un remorqueur vînt s'amarrer, espérant que le capitaine me verrait et me crierait de monter à bord, qu'ils avaient besoin d'un mousse et je sauterais sur le pont, et nous larguerions aussitôt les amarres et partirions à l'aventure.

Et le soir, je restais allongé dans mon lit, et je laissais mon imagination m'emporter où bon lui semblait, et je voguais vers des lieux que j'avais vus en photo, et j'imaginais notre navire affrontant les flots déchaînés du cap Hatteras, ou naviguant parmi les îlots au large de la Floride, autant de noms qui fleuraient bon l'exotisme et le romantisme.

Et un jour, je sautai effectivement sur le pont d'un remorqueur et fis un aller-retour dans le port. Je vivais comme dans un rêve. Et un vieux marin se moqua gentiment de moi, et il me parla de sa vie à bord, et de tous les pays qu'il avait vus, et de tous les océans qu'il avait sillonnés, et il me parla de l'époque où il naviguait sur un baleinier, de l'allure des baleines quand elles fendaient les flots, de l'explosion qu'elles provoquaient en émergeant, du bruit assourdissant de leur énorme queue frappant la surface de l'eau. Et il imita même le cri d'une baleine. Le capitaine m'autorisa à pénétrer dans la timonerie et me laissa tenir la barre pendant une minute, mais je passai la totalité de ces quelques heures, ou presque, en compagnie du vieux marin à écouter, encore et encore, des histoires de baleines. Et pendant des jours et des nuits, je revécus cette journée, rêvant constamment d'apprendre aux baleines à danser.

Vers l'âge de quinze ou seize ans, je pris enfin la mer. Toute une vie passée à rêver de la mer prit fin, et une nouvelle vie commença, une vie dans laquelle j'allais enfin vivre mon rêve. Mais je continuai à le poursuivre, même s'il était devenu réalité. Je n'ai jamais navigué sur un baleinier, mais j'ai vu des baleines émerger à la surface de l'eau à maintes reprises, sans provoquer autre chose qu'un léger remous, l'air si paisible, si fort, si indomptable, et tandis que je les contemplais depuis le plat-bord, je jouais dans ma tête un air de concertina et de pipeau pour leur apprendre à danser, et elles poussaient des cris de joie, et elles tournaient et virevoltaient dans l'eau, scandant le rythme de la musique de joyeux battements de queue...

Et lorsque le moment était venu, elles faisaient entendre un dernier cri et reprenaient le cours inéluctable de leur navigation, et je reprenais le mien, accoudé au plat-bord, regardant les remous s'éloigner, ayant le sentiment qu'elles emportaient une partie de mon être, et que je conservais une partie du leur. Et elles devinrent, en quelque sorte, partie intégrante de mon rêve, et d'étrange façon, elles contribuaient à l'alimenter autant que moi-même. J'avais besoin d'elles pour rêver. Et il en est de même aujourd'hui.

Et je rêve encore, même si je ne suis plus qu'un terrien installé à Snug Harbor depuis quelques années déjà. Nous sommes tous d'anciens marins ici, et nous parlons des nombreux ports que nous avons connus, des innombrables pays et peuples que nous avons vus, et dont beaucoup ont changé de noms des dizaines de fois. Mais je reste seul aussi souvent que je le peux, à regarder le port, un port qui était autrefois plein de bateaux de toutes sortes, et qui n'abrite plus guère qu'un navire de temps en temps. Il en va de lui comme de toute chose ; il a changé.

Mais mon rêve n'a pas changé. Et je le poursuis toujours.

J'ai navigué si longtemps et recousu tant de voiles que l'extrémité de mes doigts est aplatie et dure, et j'ai halé sur les manœuvres tant de fois que mes mains sont aussi rugueuses que du chanvre de Manille ; j'ai gravi des enfléchures sur des mers démontées et me suis assis sur l'écoutille d'un cargo tout neuf, secoué par les trépidations des machines. Souvenirs... Rien que des souvenirs. Des images qui aident à passer une journée. Mais elles ne durent qu'un temps. Mon rêve les chasse. Je ferme les yeux, et j'entends la musique, et elles arrivent, elles nagent autour de moi, en dansant, en chantant, Oh comme c'est beau de voir l'eau glisser sur leur dos brillant et luisant, et bien que leur taille soit monstrueuse, elles ne font que rider la surface de l'eau en fendant les flots de mers sans bornes. Et, les mains en porte-voix, je leur crie un joyeux BONJOUR, MES AMIES... et elles agitent la queue en guise de réponse, et nous dansons, et nous rions, et cette chose qui s'appelle la mort n'existe plus, abolie par notre entente, et je sais que, tant que mon cœur et cette partie intemporelle, colossale et éternelle de moi-même seront comblés par mon rêve, cette vision des baleines dansant avec moi, seule la vie existera, la vie, aussi grandiose, aussi forte, aussi belle, aussi pleine de douceur et de joie que mes amies, et là où elles iront, j'irai aussi, et nous serons inséparables, et ma vie sera la leur et la leur la mienne, et nous ferons pour toujours partie du même rêve.

CHANSON
DE LA NEIGE SILENCIEUSE

Il essaya de se faire une idée du temps par la lumière qui filtrait à travers ses paupières, une lueur grise qui tendait vers le noir. Peut-être avait-il tort? Peut-être le réveil n'était-il pas sur le point de sonner? Ou bien, peut-être, les médicaments affectaient-ils sa perception du temps? Non, ce n'était pas cela. Il avait le sentiment très net qu'il était près de sept heures. Le ciel doit être couvert et gris, peut-être même qu'il a neigé comme prévu. Ça se pourrait. Il neige peut-être en ce moment même. Il loucha en direction de la fenêtre, le visage plissé, tendant l'oreille pour entendre la neige tomber... ou la pluie, si le temps s'était brusquement réchauffé... mais n'entendit rien. Pas même le bruit du vent.

Il concentra son attention sur le bout de son nez, mais il n'était pas particulièrement froid. Cela ne voulait pas dire grand-chose. Il s'était souvent réveillé le matin sans avoir le nez froid. En fait, tout bien pesé, il avait rarement froid au nez en se réveillant. Je trouve que c'est un des avantages de ces médicaments, j'ai plus besoin de me lever la nuit pour aller aux toilettes. C'était au milieu de la nuit qu'il avait froid au nez, à tel point que, parfois, il n'arrivait pas à se rendormir. Voilà ce qui, autrefois, déclenchait le processus : il se levait et, le temps de se retrouver sous les couvertures, il avait le nez glacé, et il semblait incapable de se rendormir, et il restait allongé sans bouger, à mi-chemin entre la veille et le sommeil, sans jamais savoir s'il rêvait ou s'il réfléchissait, sachant que le réveil allait sonner tôt ou tard et redoutant cet instant, souhaitant se rendormir, sans succès, car son nez était gelé au point d'en être douloureux, et il luttait contre le froid et l'insomnie et restait étendu, attendant que le réveil se mette brusquement à sonner, sans jamais être totalement prêt à faire face à une telle agression, et quand, enfin, la sonnerie se déclenchait brutalement, provoquant un tremblement de tout son corps, il avait l'impression qu'en fermant simplement les yeux il pourrait dormir pendant des siècles... et alors, il restait étendu, essayant de toutes ses forces de se détendre et de dormir, pensant à l'heure à laquelle il s'était couché, à l'heure approximative à laquelle il s'était endormi, calculant combien de temps il avait dormi, combien de temps il aurait pu dormir en tout, et combien de temps il devrait dormir pour travailler efficacement. Et surtout, il voulait... non, il était impératif qu'il dorme suffisamment pour faire face aux exigences de son travail... tout particulièrement maintenant qu'ils s'étaient installés en banlieue et avaient acheté une maison avec toutes les responsabilités que cela impliquait. Cet achat présentait des avantages, mais il avait entraîné bien des changements. Autrefois, il lui fallait quinze minutes de métro et quelques minutes de marche pour aller à son bureau. Maintenant, il mettait presque aussi longtemps pour se rendre à la gare; ensuite, il avait une heure de train pour arriver à Grand Central, à condition que le train n'ait pas de retard mais, Dieu merci, il n'en avait presque jamais. C'était l'une des raisons pour lesquelles ils avaient choisi le Connecticut plutôt que Long Island. L'un dans l'autre, il lui fallait se lever presque deux heures plus tôt que lorsqu'ils vivaient à New York. Mais tout ceci était prévu. Ce qui ne l'était pas, c'était ces nuits d'insomnie au cours desquelles il comptait les heures, essayant désespérément de prendre un peu de repos, et plus il essayait, plus il s'engluait dans cet univers étrange à mi-chemin entre la veille et le sommeil, passant parfois brusquement de l'un à l'autre, se sentant littéralement rebondir contre les parois invisibles qui les délimitaient, jusqu'au moment où il se laissait glisser hors du lit et se préparait péniblement à affronter une nouvelle journée.

Mais le temps n'était qu'un des éléments qui, la nuit, s'insinuaient dans sa conscience. Quand il tentait de faire le vide dans son esprit, de se détendre, il pensait au trou énorme et subit fait dans son compte en banque par le premier versement lors de l'achat de la maison. Il avait soigneusement analysé toutes les données du problème avec son comptable avant d'en faire l'acquisition : non seulement le prix était largement dans leurs moyens mais, compte tenu des déductions fiscales, cela ne leur revenait pas plus cher d'acheter que de payer un loyer, et en plus, ils se constituaient un capital. Oui, c'était ce qu'il ne cessait de se répéter tous les matins : il se constituait un capital et, en cette période d'incertitudes économiques, c'était vital. Il avait réfléchi à la question bien des fois et, sur le plan financier, il n'y avait pas le moindre doute dans son esprit, sauf quand il se réveillait au milieu de la nuit et restait allongé, sans dormir, essayant désespérément de trouver le sommeil et de se reposer avant que le réveil ne sonne.

Et alors, il songeait à la maison, cette maison qui était beaucoup plus spacieuse et où les enfants pouvaient courir et sauter sans crainte de déranger les voisins du dessous. Et Alice avait la cuisine dont elle rêvait, avec toute la place requise pour suspendre sa batterie de cuisine, ou tout autre objet qu'elle souhaitait suspendre à des crochets ou à des étagères. Et bien sûr, il y avait le plaisir de décorer sa propre maison, de se sentir totalement libre de faire des changements quand bon vous semble, et des milliers d'autres avantages, et il songeait à tout cela et finissait par oublier ses soucis financiers, et il sentait le sommeil le gagner mais, pour une raison quelconque, une petite partie de lui-même semblait se complaire dans l'état de veille si bien que, quand la sonnerie du réveil le faisait brusquement sursauter, il n'était pas tiré d'un profond sommeil mais sortait plus ou moins brutalement d'un état semi-comateux, en proie à une violente nausée, un goût répugnant dans la bouche.

Mais depuis qu'il était rentré de l'hôpital, les tranquillisants et les somnifères l'empêchaient de se réveiller, si bien que toutes ces pensées, ces soucis et ces inquiétudes ne venaient plus le troubler la nuit. Il se réveillait toujours quelques minutes avant que le réveil ne sonne, mais la sonnerie était réglée pour se déclencher beaucoup plus tard maintenant qu'il n'allait plus au bureau, et quoique son corps fût affaibli par les médicaments et qu'il eût la bouche pâteuse et remplie d'une bile nauséabonde, il n'avait plus à lutter contre l'épuisement nerveux qui, selon les médecins, était la cause de sa dépression. Mais il passait toujours par cette période d'attente et de crainte, comme avant.

Il resta allongé, essayant de bouger le moins possible, respirant doucement, tendant l'oreille pour percevoir un éventuel changement, mais il ne remarqua rien. Il n'entendait pas le moindre bruit, et il ne faisait pas plus clair. Il sentit qu'Alice était réveillée, elle aussi, mais ne dit rien. Il aurait voulu se tourner vers elle, la caresser gentiment et la remercier d'être là, de l'aimer, mais il ne parvenait pas à vaincre l'apathie provoquée par les médicaments, si bien qu'il resta allongé sans bouger, respirant doucement, et essayant de ne pas songer au fait qu'il allait devoir affronter une nouvelle journée...

Mais ce n'était pas seulement les drogues qui lui interdisaient de se tourner et de toucher sa femme, de la rassurer et de lui dire qu'il l'aimait et appréciait tout ce qu'elle faisait pour lui; c'était aussi la responsabilité que supposait un tel geste. Si seulement il avait pu la toucher de cette façon qu'elle connaissait si bien, s'il avait pu poser sa main sur sa joue et lui communiquer ainsi l'amour qu'il éprouvait pour elle, comme il l'avait fait si souvent par le passé, elle se serait tournée vers lui et aurait souri, et elle lui aurait pris la main et l'aurait embrassée, mais il savait qu'il était désormais incapable de faire face à une telle situation, qu'il lui faudrait chercher les mots et les phrases adéquats, des mots et des phrases qui lui faisaient défaut. Il se sentait soudain complètement écrasé par le poids des responsabilités qu'impliquent l'amour... la vie. Alors il restait allongé sur le flanc, tournant le dos à sa femme, respirant doucement, les yeux clos pour ne pas voir le jour, attendant que le réveil sonne, sachant qu'Alice interromprait immédiatement la sonnerie pour qu'il ne soit pas réveillé, qu'elle se lèverait en faisant le moins de bruit possible pour ne pas le déranger. Si seulement il avait pu lui dire qu'il était inutile de bondir sur le réveil, de sortir du lit discrètement, de se rendre à la salle de bain sur la pointe des pieds, de fermer doucement la porte, de laisser couler un filet d'eau, de s'asperger les yeux pour en chasser le sommeil et d'attendre pour se laver qu'il soit éveillé et debout... et il l'écoutait se mouvoir presque imperceptiblement, et il aurait voulu lui dire que toutes ces précautions étaient inutiles, qu'elle pouvait prendre sa douche tout de suite, qu'elle n'avait pas besoin d'imposer silence aux enfants pendant qu'ils prenaient leur petit déjeuner et se préparaient pour l'école... mais l'idée même le faisait frémir.

Bientôt, peut-être, il pourrait cesser de prendre ces médicaments. Bientôt, peut-être, il pourrait se lever, descendre, et prendre son petit déjeuner en famille. Bientôt, peut-être, il retournerait au bureau comme avant. Bientôt, peut-être, il pourrait prendre sa femme dans ses bras et lui dire : je t'aime, tout simplement, sans crainte et sans remords, et sans s'inquiéter de ce qu'il dirait ensuite. Son gros problème était qu'il ne parvenait pas à fixer son attention sur quelque chose de sain, de positif. S'il songeait à son travail, il était en proie au doute, à l'inquiétude : était-il encore capable de travailler efficacement? Trouverait-il un emploi quand il serait guéri? Si toutefois il guérissait. Non, non, il fallait qu'il guérisse. Mais qu'avait-il? Il ne le savait pas vraiment. Il avait parlé avec le personnel de l'hôpital et s'était entretenu à plusieurs reprises avec le docteur Richter, mais il ne savait toujours pas ce qu'il avait. Bon Dieu, qu'entendaient-ils par : vous êtes nerveusement épuisé? Qu'entendaient-ils par repos? C'était ça le repos? C'était comme ça qu'il allait se remettre? Se remettre de quoi au juste???? Seigneur! Il fallait qu'il oublie tout ça. Mais s'il pensait à sa femme et à ses enfants, une telle tristesse s'emparait de lui qu'il avait envie de pleurer, sans d'ailleurs savoir pourquoi. Il n'avait aucune raison de pleurer! Il les aimait. Ils l'aimaient. Aucun d'eux n'était mourant; alors pourquoi pleurer? Ou bien était-il en train de mourir? La mort se présentait-elle parfois sous des formes dont il ignorait tout? Était-il possible de rester éternellement dans cet état? Prisonnier de ses pensées morbides, tentant vainement de chasser les sentiments qu'il éprouvait. Et même s'il réussissait à se libérer, où irait-il? Chaque fois qu'il y parvenait, il se retrouvait au même point, en proie à ces sentiments qui le paralysaient littéralement, engendraient des craintes et des angoisses inconnues qui le terrifiaient au point que ses pensées d'antan lui paraissaient plaisantes ou presque. Si bien qu'il passait d'un état pénible à un état intolérable, incapable d'enrayer ce processus, écoutant une fois de plus les bruits du matin : les enfants qui s'affairaient – Alice leur répétant constamment de faire moins de vacarme – s'habillaient, prenaient leur petit déjeuner, rassemblaient leurs livres pour l'école, se rappelant soudain une chose importante et finissant par quitter la maison en courant.

Il resta allongé, immobile, les yeux clos, jusqu'au moment où une envie pressante le força à se lever et à se rendre à la salle de bain. Il se lava rapidement, sans se regarder dans la glace, et mit de vieux vêtements. Il écarta le store de quelques centimètres et jeta un coup d'œil par la fenêtre... Il se détendit un peu et esquissa un sourire en regardant la neige tomber; il y en avait deux ou trois centimètres sur le sol, et les arbres et les buissons en étaient couverts. Le jardin devant la maison était d'un blanc éclatant, partagé en deux par les empreintes de Beth et de Michael. Un sentiment qui ressemblait à de la joie s'empara de lui tandis qu'il contemplait cette scène paisible – un cardinal, suivi de sa femelle, apportant soudain une tache de couleur dans toute cette blancheur – se souvenant des parties de luge... et puis, il éprouva une vive douleur en songeant que les enfants auraient dû crier et sauter de joie en voyant la neige, qu'on leur avait sûrement dit de se taire, que papa dormait et qu'il avait besoin de repos. Il continua à regarder par la fenêtre, pensant aux risques qu'impliquait la présence de la neige sur les routes et au fait qu'il faudrait déneiger l'allée conduisant au garage et...

Il descendit l'escalier, lentement, essayant d'oublier tout cela. Alice était assise à table et buvait du café. Elle se mit à sourire dès qu'elle entendit les pas de Harry dans l'escalier. Tu as bien dormi, mon chéri?

Harry haussa les épaules et hocha la tête, Oui.

Il neige. C'est beau, n'est-ce pas?

Il hocha de nouveau la tête et s'approcha de la cuisinière pour se verser une tasse de café. Alice se leva. Attends, je vais le faire, chéri. Assieds-toi.

Non, non, ça va. Je peux le faire moi-même. Alice s'arrêta à mi-chemin de la cuisinière. Tu en es sûr? Je le ferais volontiers. Harry continuait à froncer les sourcils en dépit des efforts qu'il faisait pour sourire. S'il te plaît, s'il te plaît, je m'en tirerai très bien tout seul.

Alice resta immobile un instant, le regardant, sentant qu'il était irrité; puis elle fit une nouvelle tentative. Veux-tu que je te prépare quelque chose à manger? Des toasts? Des biscuits?

Non, non. Assieds-toi. Alice, S'IL TE PLAÎT. Il se dirigea vers la table, portant précautionneusement sa tasse, et s'assit.

Alice le suivit et s'assit lentement, ne voulant pas heurter la table et renverser le café. Tous deux regardèrent la neige tomber par la fenêtre. De nouveau, le visage d'Alice s'éclaira d'un sourire. Michael était encore à moitié nu quand il est sorti pour tâter la neige. Il en a fait une boule et l'a jetée, et il est rentré, enchanté, en disant qu'elle se tassait bien et serait extra pour faire de la luge. Je suis bien contente que nous soyons vendredi. Et eux aussi. Ce pourrait bien être la dernière chute de neige de la saison.

Harry la regarda, le visage détendu, presque souriant. C'est pourtant vrai. Nous sommes déjà au milieu du mois de mars.

C'est vrai, et nous avons survécu à notre premier hiver dans le Connecticut sans la moindre engelure.

Ce n'est tout de même pas la banquise.

Non. Mais c'est très différent de ce que nous connaissions en ville. C'est incroyablement beau. Elle souriait, rayonnante. Je suis si heureuse que nous nous soyons installés ici. Oh Harry, merci pour la maison, et pour les arbres, et... et pour tout.

Harry la regarda un instant tandis qu'elle le contemplait avec amour, puis il hocha la tête, finit son café et se leva. Eh bien, il est temps que j'y aille.

Tu vas faire une promenade?

Oui.

Tu crois que c'est une bonne idée d'aller te promener maintenant? Je veux dire, les rues ont l'air glissant et dangereux.

C'est la seule chose que je fasse pour guérir, je...

Ce n'est pas vrai, mon chéri – sa voix était pleine de chaleur et d'affection – tu fais tout ce que tu peux.

Harry hochait la tête, Oui, je suppose que tu as raison, mais tout cela me semble bien peu.

Elle lui toucha timidement le bras puis prit une de ses mains dans les siennes. Essaye d'être moins dur avec toi-même. Ton état s'améliore de jour en jour. Harry la regarda et retira sa main, sentant l'irritation, la tension et des sentiments contradictoires monter en lui, et il eut envie de lui dire de laisser tomber ses foutus airs protecteurs, mais sa colère n'était pas assez grande pour lui faire prononcer de telles paroles. Ce sont les ordres du docteur. Je dois marcher tous les jours. C'est bon pour le cœur – d'une voix égale qui manifestait toutefois son irritation.

Alice resta debout, sans bouger, tandis que Harry

finissait de s'habiller, n'osant rien dire, craignant de se mettre à crier ou de le traiter de pauvre type larmoyant, et elle se contenta de le regarder en silence tandis qu'il se préparait à affronter le froid... puis elle décida de faire une nouvelle tentative. Un petit bisou? en se penchant vers lui pour lui donner un baiser et en recevoir un, Harry se raidissant immédiatement, lui présentant sa joue tout en se reculant. Il lui jeta un bref coup d'œil, le visage empreint de confusion. A tout à l'heure.

Alice le regarda traverser le jardin enneigé où, en dehors de lui, rien ne bougeait. Il marcha lentement, précautionneusement, jusqu'à la rue...

Elle se détourna, regagna la cuisine et se mit à récurer une casserole, les mâchoires serrées, les mains et les bras douloureux, frottant si fort qu'elle donnait l'impression de vouloir faire un trou dans le fond de la casserole. Elle la laissa subitement tomber dans l'évier. Nom de Dieu. Je ne supporterai pas ces idioties beaucoup plus longtemps. Ce Richter ferait bien de trouver une solution. Je vais lui téléphoner aujourd'hui et – elle lança le tampon à récurer sur la casserole et s'effondra brusquement sur l'évier. C'était toujours la même chose. Chaque fois qu'elle se mettait en colère contre Harry, elle se rappelait ce que le médecin avait dit : il fallait s'attendre à ce que Harry se replie sur lui-même pendant quelque temps, mais son état s'améliorerait avec le temps et du repos. Elle cessa de fixer l'évier et regarda par la fenêtre le calme presque surnaturel qui régnait dehors, et qui ne faisait qu'augmenter son trouble. Du temps. Du temps, du temps!!!! C'était apparemment ce dont ils avaient tous besoin, et ils n'en avaient jamais assez. Saloperie de temps! Oh le temps, tu m'entends? Va te faire foutre! De quel côté es-tu, hein?

Harry traversa la rue pour gagner le côté non bâti. Rien que des arbres sur la colline qui montait en pente douce jusqu'à la rue suivante. Au-delà, il y avait des maisons, mais elles se trouvaient à une bonne distance, et il ne les voyait que parce que les arbres étaient dénudés. Il regarda les nids construits dans deux arbres, de grands nids dont on lui avait dit qu'ils étaient des nids d'écureuils. Il avait été surpris d'apprendre que les écureuils construisaient de semblables nids, ayant toujours pensé qu'ils vivaient dans un creux d'arbre comme dans les dessins animés. Il passait devant depuis des semaines, depuis qu'il était sorti de l'hôpital, et chaque fois, il s'arrêtait et regardait, mais il n'avait encore jamais vu un seul écureuil aux abords du nid, ni aucun autre animal d'ailleurs. Jamais rien.

Quand il avait commencé à se promener, il ne marchait qu'une dizaine de minutes, lentement, mais maintenant, il parcourait trois kilomètres tous les matins. Au début, monter la petite colline lui avait paru pénible, mais il savait qu'après avoir atteint le sommet, la marche deviendrait tôt ou tard plus facile, qu'il aurait les idées de plus en plus claires et, qu'en rentrant chez lui, il se sentirait beaucoup mieux qu'avant de partir, tout en ayant encore le sentiment d'être coupé de sa famille... et du reste. Il en avait parlé au docteur Richter la dernière fois qu'il l'avait vu, et il lui avait dit que, selon lui, il irait beaucoup mieux s'il ne prenait plus ces médicaments, mais le médecin l'avait mis en garde, lui disant qu'il ne fallait pas brusquer les choses, et il continuait à prendre ses drogues avec réticence, se promettant constamment de cesser bientôt ou, du moins, de réduire la dose, quoi qu'en dise Richter. Mais cela, c'était pour plus tard. Dans l'immédiat, il lui fallait juste mettre un pied devant l'autre et marcher le long de rues qui lui étaient désormais familières.

Quand il parvint au sommet de la colline, il s'arrêta un instant pour reprendre son souffle et regarder autour de lui. Aucun être vivant n'était en vue. Tout était calme. Et la neige qui tombait renforçait cette impression d'immobilité totale. Elle voletait dans l'air et tombait sur le sol, les arbres ou les buissons, semblant se fondre dans le paysage, comme si elle en avait toujours fait partie, comme si elle était un élément constitutif de l'air et de tout ce qui l'entourait. Il sentit sa caresse sur son visage tandis qu'il levait les yeux, ne voyant aucune différence entre l'air et le ciel qui se confondaient dans un tout gris perle qui semblait illuminé de l'intérieur, la neige voletant dans la lumière tamisée.

Tout en marchant, Harry regardait les arbres dénudés dont les branches se paraient de neige, les arbres à feuillage persistant et les buissons touffus qui ployaient légèrement sous la masse humide de la neige. Ce calme était nouveau pour lui, de même que le sentiment de paix qu'il éprouvait, un sentiment dont il n'avait jamais entendu parler, pas même dans les livres. Et bien que l'air ambiant fût presque palpable, il ne lui avait jamais paru plus léger, et Harry marchait en ayant l'agréable sensation de flotter, ses mouvements semblant rencontrer une résistance de moins en moins grande.

Il contempla la rue et la blancheur virginale qui l'entourait, et il regarda ses pieds s'enfoncer dans la neige et écouta le crissement produit par chacun de ses pas. Il se retourna pour regarder ses empreintes. Elles étaient fascinantes. Personne n'était passé par cette rue aujourd'hui. Il n'y avait pas la moindre trace de pattes de chien, d'écureuil; pas même l'empreinte légère d'une patte d'oiseau. Il continua son chemin sous la neige qui tombait doucement, silencieusement, peu à peu envahi par un sentiment de paix qui rendait sa marche plus aisée et plus aérienne.

Il regarda les maisons devant lesquelles il passait depuis des semaines, et bien qu'il ne les eût jamais examinées attentivement, elles lui étaient devenues familières à force de les voir si souvent, et il fut surpris de constater à quel point leur apparence était modifiée quand on les voyait à travers la grisaille de l'air et la blancheur de la neige, chaque maison, chaque bosquet, chaque arbre, chaque buisson et chaque boîte aux lettres couverts de neige, se fondant dans l'air comme s'ils n'étaient rien d'autre qu'une image projetée sur un écran gris perle et immobile, une sorte de mirage dû à la neige silencieuse, une vision sur le point de disparaître à tout instant, ne laissant derrière elle que l'air et la neige dans laquelle il avançait maintenant d'un pas léger.

Il s'engagea dans une autre rue, remarquant au passage une clôture délabrée, l'esprit absorbé par la vision d'une étable pleine d'animaux regardant le divin enfant tandis que les rois mages apportaient leurs cadeaux et les déposaient aux pieds de Marie et de Joseph...

Seigneur, quelques mois seulement s'étaient-ils écoulés depuis Noël? Tout cela lui paraissait si loin, si loin qu'il se demanda ce qui avait pu évoquer un tel souvenir. Mais nous ne sommes plus qu'à quelques semaines du printemps... le printemps... oui, c'est la dernière chute de neige de l'hiver. Après celle-ci, terminé. Fini. Les enfants devront s'en donner à cœur joie ce week-end; après quoi, ils pourront ranger leurs luges jusqu'à l'hiver prochain...

Oui, l'hiver reviendra. Mais, bientôt, ce sera le printemps. Mais quelle que soit la saison, y aura-t-il jamais une autre journée comme celle-ci, des moments semblables à ceux-ci? Non... non... Non, il n'y aura plus jamais rien de comparable... être absorbé par... ne faire qu'un avec...

Il continua à marcher mais d'un pas plus lent. Il voulait que cette promenade dure. Il refusait d'en voir le terme. Il voulait se laisser submerger par ce sentiment... s'immerger dans l'air doux et lumineux et la neige qui tombait silencieusement autour de lui, l'effleurait, s'accrochait à lui, des flocons s'agglutinant sur ses sourcils, formant de petites masses translucides dont sa vision enregistrait vaguement la présence...

Vision...

Tout cela n'était qu'une vision. Une vision sans... la vision de ce qui l'entourait mais dont il sentait intérieurement les bienfaits. Ses poumons fonctionnaient mieux, sa respiration était calme et aisée, son pouls lent et régulier; ses jambes lui semblaient légères, et il avait chaud aux pieds et aux mains...

oui

chaud, et même son nez lui paraissait chaud, merveilleusement chaud...

oui,

tout chaud, et il savait qu'il souriait, et que son sourire était chaleureux. Il s'arrêta en atteignant l'endroit où il faisait demi-tour. Il avait parcouru un kilomètre et demi. Il était temps de rentrer. Il regarda les maisons environnantes, celles qui se dressaient au loin semblant dépourvues de substance tant elles se fondaient dans la luminosité de l'air; puis il leva les yeux et contempla les arbres dont la silhouette grise bordée de blanc disparaissait dans la lumière. Il vit un corbeau posé sur l'extrémité d'une branche et fut surpris par sa couleur noire. Il l'observa et attendit l'appel, clignant machinalement des paupières quand la neige tombait dans ses yeux, sans pour autant détourner le regard. Il resta là, sans faire le moindre mouvement. Sans faire le moindre bruit. Puis il entendit l'appel. Trois fois. Le corbeau posé dans l'arbre au-dessus de sa tête répondit par un croassement, s'éleva lentement et sembla planer au-dessus de la branche, la neige continuant à tomber verticalement, indifférente à ses battements d'ailes, semblant transpercer l'oiseau tandis qu'il s'éloignait pour rejoindre sa femelle. Il le suivit des yeux jusqu'à ce qu'il eût disparu, se demandant si c'était vraiment le premier bruit qu'il entendait depuis qu'il avait quitté la maison, ou si c'était seulement le premier bruit qu'il remarquait.

Il se détourna et fit lentement le premier pas sur le chemin du retour.

Il suivit ses propres traces, les seules traces visibles dans la neige. Elles lui parurent petites, et quoiqu'elles fussent les seules empreintes visibles, elles ne semblaient pas souffrir de cette solitude. L'idée que des empreintes puissent souffrir de leur solitude le fit sourire; comme si les empreintes avaient une vie propre, ou comme si elles pouvaient refléter la vie de leur auteur! Peut-être, après tout... qui sait? D'ailleurs, ça n'avait aucune importance. Il suivait ses propres traces, se contentant de marcher et de laisser de nouvelles empreintes qui pointaient dans la direction opposée.

Et il continua à marcher de la sorte, se tenant lui-même compagnie. Du coin de l'œil, il perçut un mouvement et vit deux chiens qui sortaient de sous les arbres, marchant tranquillement dans la neige qui collait à leurs poils longs. Ils lui jetèrent un bref regard et passèrent leur chemin, humant tour à tour la neige, les arbres, l'air, sans jamais arrêter leur progression lente et silencieuse. Harry continua son chemin, sans même ralentir le pas, mais il les suivit des yeux jusqu'au moment où ils disparurent sous les arbres et dans les buissons.

Il tourna au coin de la rue et découvrit un grand espace plat d'une blancheur éclatante, ponctué par la trace de ses propres pas, qui disparaissait au loin dans la lumière gris-blanc. Cela semblait impossible, mais pourtant, l'air était encore plus doux et le silence encore plus grand. Il continua à marcher, suivant ses propres traces, ayant l'impression qu'il pouvait continuer ainsi éternellement, que tant que la neige continuerait à tomber silencieusement, il pourrait poursuivre sa route et, ce faisant, oublier ses soucis et ses ennuis, et toutes les horreurs passées et à venir. Rien ne pourrait plus tourmenter ou torturer son esprit, ni le faire trembler de peur; les ténèbres qui s'étaient abattues sur son âme se dissiperaient. Il n'y aurait que lui et la neige douce et silencieuse; et chaque flocon, grâce à la vie qui lui était propre, du fait de l'entité unique et distincte qu'il constituait, apporterait sa part de joie pendant qu'il continuerait à marcher, la neige douce et silencieuse tombant si paisiblement, si joyeusement...

oh oui, et si amour-eu-se-ment...
amour-eu-se-ment...

Mais oui, bien sûr! Voilà pourquoi l'air est si vivifiant et d'un gris si lumineux alors que, par ce temps-là, on s'attend à voir un ciel plombé et sinistre. La neige porteuse d'amour en est la cause. Oh Dieu, quel apaisement!

Oui, il pourrait marcher éternellement. Il pourrait continuer à marcher si facilement, et toutes ses pensées morbides disparaîtraient, ensevelies sous la neige silencieuse.

Au fur et à mesure qu'il marchait, la respiration

de Harry se faisait plus aisée, jusqu'à ce qu'il n'eût plus conscience de respirer, et même s'il respirait encore, il avait l'impression que l'air pénétrait en lui et revigorait son corps sans qu'il eût à produire le moindre effort pour cela. Bientôt il n'entendit plus la neige craquer sous ses pieds en dépit du fait qu'il tendait l'oreille, mais il n'en fut pas surpris car son corps lui semblait si léger qu'il avait l'impression de ne même pas laisser d'empreintes sur le sol; il avait seulement conscience de pouvoir marcher éternellement.

Il arriva à proximité de sa rue mais, au lieu de s'y engager, il continua tout droit, quelque chose le poussant à poursuivre son chemin dans cette direction qu'il n'avait jamais empruntée auparavant, dans cette rue qui lui était totalement inconnue et radicalement différente des autres rues du voisinage. Et plus il marchait, plus son corps lui paraissait léger, léger, comme si l'étincelle qui animait la neige silencieuse, l'étincelle qui illuminait l'air jaillissait en lui et embrasait peu à peu chaque fibre et chaque cellule de son corps. Il savait qu'il rayonnait. Il savait que cette lumière brillait dans ses yeux. Il savait que cette lumière faisait chatoyer son corps, même à travers ses vêtements. Ses jambes lui donnaient l'impression d'être de plus en plus légères, et quand il regarda le sol, il ne vit pas d'empreintes. La couche de neige fraîche qui recouvrait la rue était vierge, et derrière lui, à perte de vue, il n'y avait pas la moindre trace de pas. Il se retourna et regarda devant lui, conscient de se mouvoir dans l'air d'un gris-blanc lumineux, sentant que la lumière devenait peu à peu une partie intégrante de lui-même, de même qu'il devenait une partie intégrante de la lumière, et tout son être était rempli d'une joie inimaginable tandis que la lumière brillait de plus en plus fort...

et

puis il l'entendit, d'abord très faiblement, mais néanmoins distinctement. Il entendit la neige qui tombait doucement dans l'air, chaque flocon émettant un son différent; et pourtant, ces sons n'étaient pas dissonants et n'altéraient pas les autres, pas plus que chaque flocon dans sa chute ne gênait les autres; au contraire, ils s'harmonisaient pour composer un chant, et Harry savait que très peu de gens avaient jamais entendu ce chant-là. Et le chant se fit plus fort, quoique toujours doux, tandis qu'il continuait à être absorbé par la lumière, à ne faire plus qu'un avec la lumière... et maintenant, il n'y avait plus de pieds pour laisser des empreintes, plus d'yeux ou de corps pour rayonner, il n'y avait plus que la lumière et la musique et la joie pure, la joie pure et éternelle. Plus de passé, plus d'avenir, non, plus même de présent, uniquement cette joie perpétuellement renouvelée qui excluait jusqu'au souvenir de la douleur, des conflits et des chagrins... uniquement cette joie perpétuellement renouvelée...

et il savait qu'il pourrait rester là éternellement.

Mais alors, le chant de la neige silencieuse céda peu à peu la place à un autre bruit, vague tout d'abord, puis de plus en plus familier tandis qu'il l'entendait résonner en lui. Il connaissait ce bruit, mais il ne parvenait pas encore à l'identifier. Il se fit plus distinct, et il écouta plus attentivement tout en essayant de continuer à percevoir le chant de la neige. Peu à peu, le nouveau bruit accapara son attention jusqu'au moment où, lui aussi, se mit à chanter en lui... et enfin, il l'identifia, un sourire illuminant aussitôt son visage, et puis il n'entendit plus rien d'autre que ce chant... le chant d'Alice et des enfants, et il revécut tous les instants de bonheur qu'ils avaient connus ensemble...

pourtant, il ne parvenait pas à oublier la lumière et la joie que lui avait procurées le chant de la neige silencieuse, aspirant à être, une fois encore, rempli de cette joie qui chassait pour toujours ses doutes et ses craintes, et il luttait pour raviver cette joie qui s'éteignait peu à peu... et puis, un nouveau bruit résonna douloureusement en lui, et il eut soudain du mal à respirer en entendant sa famille pleurer à cause de son absence, et il ressentit leur douleur et leur chagrin, et l'idée qu'il devait rentrer à la maison s'imposa brusquement à lui. Si doux que fût le chant de la neige silencieuse, si belle que fût la lumière, si exquise que fût la joie, il fallait qu'il rentre.

Et quand il s'en fut persuadé, il eut vaguement conscience de l'existence de son corps. Il sentit que ses yeux continuaient à briller, mais maintenant, il sentait que ses pieds touchaient le sol et, au fur et à mesure qu'il prenait conscience de ses gestes, il s'aperçut que les pleurs avaient cessé et qu'il entendait à nouveau le chant d'amour de sa famille résonner en lui. Il se sentit sourire en écoutant leurs voix et un grand bonheur réchauffa son corps. Ce n'était plus la joie qu'il avait éprouvée quelques instants auparavant, mais un bonheur comme il n'en avait pas connu depuis des temps qui lui paraissaient immémoriaux, même si sa raison lui disait que quelques mois seulement s'étaient écoulés depuis cette époque-là; un bonheur qu'il avait connu pendant des années, mais qu'il pensait enfui à jamais.

Il entendit la neige craquer sous ses pieds mais, une fois encore, se sentit léger... sans entraves... capable de se mouvoir librement dans l'air gris-perle et la neige silencieuse.

Il s'arrêta et resta immobile quelques instants, observant la neige, sentant sa caresse sur son corps. Il se tourna et regarda l'endroit où ses empreintes s'arrêtaient. Une partie de lui-même le poussait à retourner sur ses pas, à retrouver cette joie qu'il avait éprouvée pendant quelques brefs instants, mais il savait qu'il ne pouvait pas... qu'il ne voulait pas ignorer ces autres voix qui résonnaient en lui. Il se retourna et partit d'un pas décidé vers sa maison. Il ignorait ce qui lui était arrivé, mais quoi que ce fût, il savait que tout espoir n'était pas perdu, que ce qui s'était produit une fois pouvait se reproduire. Il pourrait retrouver une partie de cette joie et rentrer chez lui en chantant la mélodie de la neige silencieuse. Et ils la chanteraient tous ensemble. Il savait que ses yeux brillaient, et Alice ne manquerait pas de le remarquer. Il savait aussi qu'il pourrait prendre sa main dans la sienne.

TABLE

CET OUVRAGE
A ÉTÉ COMPOSÉ
ET ACHEVÉ D'IMPRIMER
PAR L'IMPRIMERIE FLOCH
À MAYENNE EN AVRIL 1988
POUR LE COMPTE DE QUAI VOLTAIRE
5, QUAI VOLTAIRE, 75007 PARIS

ISBN : 2-87653-012-0
Dépôt légal : avril 1988
N° d'édition : 013. N° d'impression : 26648

Imprimé en France